KB141933

스페인,
바람의 시간

스페인, 바람의 시간

2015년 10월 23일 초판 1쇄 발행

지은이 · 김희곤

펴낸이 · 이성만
책임편집 · 김형필, 허주현

마케팅 · 권금숙, 김석원, 김명래, 최의범, 조히라, 강신우
경영지원 · 김상현, 이윤하, 김현우
펴낸곳 · (주)쌤앤파커스 | 출판신고 · 2006년 9월 25일 제406-2012-000063호
주소 · 경기도 파주시 회동길 174 파주출판도시
전화 · 031-960-4800 | 팩스 · 031-960-4805 | 이메일 · info@smpk.kr

ISBN 978-89-6570-279-5 (03810)

• 이 책의 국립중앙도서관 출판시도서목록은 서지정보유통지원시스템 홈페이지(http://seoji.nl.go.kr)와
국가자료공동목록시스템(http://www.nl.go.kr/kolisnet)에서 이용하실 수 있습니다. (CIP제어번호:CIP2015025575)

스페인, 바람의 시간

숨 쉬기조차 권태로울 때,
나는 스페인으로 떠났다.

김희곤 지음

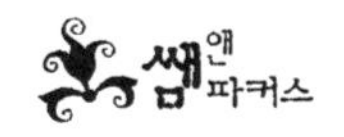

차례

Prologue

스페인은 사랑이다

인류 역사에서 사랑보다 질긴 생명은 없었다. 사랑은 불멸의 혼이다. 마흔넷 내 인생의 허리에서 어느 날 갑자기 스페인으로 바람이 불었다. 콜럼버스가 계란을 깨서 세웠듯이, 알렉산더 대왕이 고르디아스의 매듭을 풀지 않고 과감히 끊어버렸듯이 무모하게 가족들을 팽개치고 스페인으로 떠났다. 그러나 감정적으로 거의 죽을 것 같았다. 감추어 두었던 사랑의 풍선을 다시 불었다. 평생 가슴속에서만 조용히 끓고 말 내 사랑의 씨앗을 스페인의 대지에 심었다. 미지근하게 식어가는 아내와의 사랑과 내 안에 시들어가는 사랑의 열정들을 다시 세우고 싶었다. 하고 싶은 일이 무엇인지, 내가 건축을 진정으로 사랑하는지에 대한 질문을 하고 싶었다. 소년처럼 쿵쾅거리는 가슴속의 열정을 다시 한 번 더 확인하고 싶었다. 봄바람에 고개를 살랑이는 개나리처럼 마드리드 건축 대학에서 내 청춘의 마지막 열정을 시험하고 싶었다.

대학을 졸업하고, 강원도 산골짝에서 ROTC 육군 중위로 복무하고, 대학원 석사과정을 마치고, 지루한 수련 과정을 마치고 마침내 건축사 자격증을 딴 것이 서른넷이었다. 개업을 하고, 사랑을 하고, 결혼을 하고 아들, 딸 낳고 미친 듯이 작업했다. 마치 가우디가 구엘의 후원으로 작품에 몰입했듯이 좋은 건축주를 만나 핑크빛 미래를 그리고 있었다.

어느 날 그 후원자는 "나 잠시 여행을 떠나야 할 것 같아요."라는 인사를 남기고 하늘나라로 떠났다. 서른한 살에 가우디를 만난 구엘은 죽는 순간까지 가우디를 후원해주었지만, 미켈란젤로는 그렇지 못했다. 승승장구할 것 같았던 메디치가의 몰락과 프랑스군의 침략으로 열아홉에 피렌체를 떠나 베네치아, 로마, 시에나, 볼로냐를 떠돌았다. 마흔넷 내 인생의 서툰 조각을 들고 스페인으로 떠났다.

스페인이라는 열정의 모래판 위에 서 있었다. 아무런 준비도 없이 스페인의 황금물결 속으로 돌진했다. 있는 힘을 다해 열정의 몸부림을 쳤지만 생각의 틈은 자꾸 벌어지고 조바심으로 바닥난 여유가 몸서리쳤다. 스페인의 칼날이 빛처럼 빠르게 나의 심장을 가로질렀다. 완벽한 배움이란 두려움 속에서 나를 지키는 간절함이었다. 철 지난 내 청춘이 배움의 문 앞에서 한없이 서성거렸다. 성공과 권력과 돈을 좇으며 바람처럼 달려온 내 인생이 어느 날 청춘의 꽃밭에 앉은 나비처럼 자유로웠다. 그러나 그 청춘의 꽃밭에 펼쳐진 젊음의 욕망이 근심의 바람에 흔들리고 있었다. 청춘이란 두려움의 칼날을 타고 욕망의 춤을 추는 것이었다. 스페인 마드리드 건축 대학에서 다시 찾은 내 청춘은 화산처럼 솟아오르는 한줄기 불꽃이었다.

연경(오늘날의 베이징)이라는 목표에 집착하며 하룻밤에 아홉 번 강을 건넜던 연암 박지원은 자신의 여행을 두고 《열하일기》에서 "삶이 길이고, 길이 곧 삶이 되는 그런 여행"이라고 했다. 스페인의 어학원에서 난생처음 낙제를 당하고, 지하철역에서 강도의 시퍼런 칼날에 무너지고, 3일 만에 하숙집에서 쫓겨나고, 온몸이 불덩이가 되는 열병 속에서 고통스러운 육체의 이탈을 경험하고, 마드리드 건축 대학에서 밥 먹듯 절망하며 마음의 눈을 조금씩 뜰 수 있었다. 연암 박지원이 압록강을 건너며 스스로에게 이렇게 물었다. "그대, 길을 아는가?" 그리고 "길이란 바로 저 강과 언덕 사이에 있다."라고 했다. 그러고는 여행의 마지막에서 연암의 질문은 이렇게 바뀌었다. "그대 길을 잃었는가?" 그리고 "그렇다면, 도로 눈을 감고 가라."라고 했다. 길이란 모름지기 강과 언덕 사이에서 꿈틀거리며 흘러간다. 세상의 강과 언덕 사이에서 내 인생은 방황할지라도 사랑의 불빛은 나를 비추고 있었다.

마흔넷 생일날 무작정 스페인으로 떠났다. 석양으로 붉게 물든 인생의 투우장에서 현실의 황소와 사투를 벌였다. 한줄기 빛조차도 허락하지 않은 암흑 속에서 24시간을 지새운 황소처럼 석양이 이글거리는 스페인 모래판으로 질주했다. 시간의 섬, 모래사장에서 황소나 투우사는 하나의 점에 지나지 않았다. 그러나 내 청춘의 점은 내 의지로 찍은 열정의 신호였다.

나는 앞으로 삶이 길이고, 길이 곧 삶이 되는 그런 여행을 하며 살아가고 싶다. 나 자신을 사랑해야 할 사람은 남이 아니라 바로 나 자신이었다. 뜨겁게 사랑하되 범하지 않는 그런 사랑을 지속하고 싶다. 성리학을 이해하되 성리학의 규칙과 질서를 넘어선 퇴계처럼 남은 인생을 자유롭게 살고 싶었다. 이 글을 마무리하자마자 곧바로 43일 동안 스페인 카미노 데 산티아고 800킬로미터 순례길로 나섰다. 나를 사랑하기에 나이를 넘어서고 싶었다.

1

스페인에서는 이별도 뜨겁다

내가 평생에 걸쳐 사랑한 사람은 오직 한 여인뿐이었소.

브람스의 유언 중에서

테루엘의 연인

테루엘의 연인Lovers of Teruel은 스페인판 로미오와 줄리엣으로 불리고 있다. 13세기 초 스페인 테루엘에서 일어난 청춘남녀의 사랑은 맥없이 비극의 종말을 맞았다. 두 연인의 불같은 사랑은 아무 일도 없이 헤어졌다가 모든 일이 있었던 것처럼 끝이 나고 말았다.

12세기 이슬람 기사들이 테루엘을 다시 정복하고서 이슬람 문화를 꽃피웠다. 당대의 예술사가 곤살로 보라스 구알리스Gonzalo Boras Gualiz는 "테루엘은 아라곤에게 받은 것보다 더 많은 것을 아라곤에게 돌려주었다."라고 밝히고 있다. 스페인의 위대한 학자, 마르셀리노 메넨데스 이 펠라요Marcelino Menéndez y Pelayo는 "수백 년이 흘러도 의심할 여지가 없는 사실은 이슬람 양식을 기독교 양식으로 발전시킨 무데하르 양식이 우리가 자랑스럽게 여기는 스페인의 유일한 독자적 건축 양식이라는 것이다."라고 했다.

아라곤 왕국의 수도 사라고사와 지중해 도시 발렌시아의 중간 지점에 위치해 있는 테루엘은 아라곤에서 가장 매력적인 작은 도시이자 화려한 무데하르 양식의 건축물들이 노천박물관처럼 놓여 있는 곳이다. 스페인의 어떤 도시보다 이슬람풍의 문화와 건축물이 많이 남아 있는 이곳에는 13세기 초 테루엘의 총각 후안 디에고 데 마르시야Juan Diego de Marcilla와 처녀 이사벨 데 세구라Isabel de Segura의 운명적인 사랑 이야기가 전해 내려오고 있다. 어릴 때부터 연인이었던 후안 디에고와 이사벨은 서로를 뜨겁게 사랑했다. 그러나 이들에게는 넘을 수 없는 운명의 장벽이 도사리고 있었다. 이사벨은 부유한 가문의 외동딸이었지만, 후안 디에고는 몰락한 가난뱅이 집안의 아들이었다. 후안 디에고는 자신을 달가워하지 않는 이사벨의 아버지를 설득해 딸의 결혼을 5년만 미루어달라고 간청했다. 그러고는 돈을 벌기 위해 전쟁에 참여했다. 이 당시 젊은 남자가 돈을 벌 수 있는 일은 참전뿐이었다.

"나는 이사벨을 사랑한다. 그녀 없이는 살 수가 없다."라는 일념으로 생과 사의 갈림길에서 발버둥치고 있었다. 아무 일도 없는 것처럼 헤어졌지만 모든 것이 일어난 것처럼 분명해졌다. 후안이 전쟁터에 발을 들여놓은 순간, 이사벨은 후안 인생의 전부가 됐다. 침대가 덜컹거릴 만한 열정적인 섹스를 나눈 적도 없었지만 서로가 주고받은 사랑의 속삭임은 거대한 산처럼 후안의 가슴에 우뚝 솟아올랐다. 진부하거나 뻔한 사랑의 속삭임들은 날마다 새싹처럼 성장하고 있었다.

5년의 약속 시간이 끝났다. 이사벨의 아버지는 한 치의 망설임도 없이 1207년 딸을 결혼시키고 말았다. 후안이 마침내 그리던 고향에 돌아왔지만 이사벨의 결혼식이 끝난 바로 직후였다. 그는 이사벨의 침실에 찾아가 마지막 키스를 간청했지만 신심이 가득한 이사벨은 거절했다. 비탄에 빠진 후안 디에고는 독약을 마시고 자살했다. 산 페드로 성당에서 거행된 장례미사에 이사벨이 나타났다. 죽은 연인에게 못다 한 마지막 키스를 전하고 그 자리에서 그녀 역시 숨을 거두었다. 두 연인의 어긋난 사랑의 입맞춤은 죽음으로 마침내 이루어졌다.

이들이 죽은 지 300년 뒤 16세기경 산 코스메 이 산 다미안 예배당에서 '테루엘의 연인'이 발굴됐다. 지금도 조각품 아래 유리관에 연인들의 미라가 영면을 취하고 있다. 사실과 믿음의 차이는 그리 중요하지 않다. 각자 느낌의 차이만 존재할 뿐 그 사랑은 영원히 우리 가슴에 살아 있다. 연인을 그린 그림, 음반, 시, 가사 등이 전시되어 있는 박물관보다 석관조각의 디테일이 더 시적으로 간절한 사랑을 노래하고 있다. 두 연인은 서로 팔을 뻗고 있지만 서로 손을 잡지 않았다. 후안의 손이 부드럽게 이사벨의 손을 받치고 있지만 이사벨의 손가락은 살짝 옆으로 흐르고 있다. 이사벨이 정숙한 유부녀이기 때문이다. 이슬람 문화권의 여인에게 정조는 무엇보다 중요했다. 유부녀의 정조와 죽은 연인의 사랑이 교묘하게 합일점을 찾았다. 잡은 듯 잡지 않는 두 연인의 손에 간절한 사랑이 매달려 있었다.

터키 이스탄불 시내 전경을 한눈에 굽어볼 수 있는 피에르 로티Pierre Loti 언덕에 사랑의 로맨스가 깃들어 있다. 프랑스 해군 장교인 피에르 로티는 터키에서 군 복무하면서 유부녀 아지야데와 사랑에 빠졌다. 사람들의 눈을 피해 공동묘지가 있던 이 언덕에서 금단의 사랑을 나누었다. 속절없는 이별이 두 연인을 갈아놓았다. 피에르 로티가 프랑스로 잠시 돌아갔다가 다시 터키로 돌아왔을 때, 아지야데는 이 세상 사람이 아니었다. 이슬람 관습에 따라 외간남자를 사랑했다는 이유로 명예살인을 당하고 말았다. 사랑은 한 여인에게는 참혹한 형벌을, 한 남자에게는 씻을 수 없는 아픔을 지우고 말았다. 아지야데의 사랑을 가슴에 품고 피에르 로티는 평생 이 언덕에서 연인을 추억하며 한 많은 여생을 마쳤다. 피에르 로티 언덕의 전설이 세계인의 사랑을 받고 있다. 아픈 사랑을 추억하며 그가 자주 찾았던 찻집은 사랑에 목마른 세계인들의 사랑방이 됐다.

사랑한다는 말을 너무 쉽게 하는 시대, 스마트폰을 조작하듯이 인스턴트 사랑에 익숙해져가는 우리에게 테루엘의 연인과 피에르 로티 언덕은 사랑의 비극이 생이별이 아니라, 무관심이라고 말하고 있다. 그러나 오늘날 테루엘에서는 두 연인의 사랑은 낭만적인 로맨스의 신화 그 이상으로 '가슴에 타고 있는 영원한 심장'이라고 말하고 있다.

사실과 믿음의 차이는 그리 중요하지 않다.

각자 느낌의 차이만 존재할 뿐 그 사랑은 영원히 우리 가슴에 살아 있다.

두 연인은 서로 팔을 뻗고 있지만 서로 손을 잡지 않았다.

잡은 듯 잡지 않은 두 연인의 손에 간절한 사랑이 매달려 있다.

테루엘의 연인처럼 아내를 사랑한 적이 있었다. 아지야데를 사랑한 피에르 로티처럼 아내를 사랑한 적이 있었다. 아무 거리낌 없이 목숨을 걸겠다고 생각한 적이 있었다. 아내의 집 앞에서 죽는 한이 있어도 함께하겠다고 맹세하고서 반대하는 결혼을 감행했다. 그 사랑이 세월에 빛바래지면서 의리밖에 남지 않았을 때 나는 스페인으로 떠났다. 남의 아내가 되어버린 이사벨을 안타까워하며 후안처럼 죽을 수 있을까? 후안의 시체 위에 사랑의 맹세를 지키지 못한 이사벨처럼 죽을 수 있는 사랑을 할 수 있을까?

사랑은 불타는 욕망의 결합이 아니라 불같은 욕망이 나눠질 때 그 본질이 드러나는 것이다. 누군가를 온 마음으로 사랑하는 것은 누군가를 온 마음으로 기다리는 것이라는 평범한 진리를 테루엘의 연인들이 속삭이고 있었다.

저 멀리 달아나고 싶을 때

인생의 모퉁이가 갑자기 날을 세우고 모질게 몰아붙이는 순간이 있었다. 삶의 절벽에서 시간을 구걸하듯 뒷걸음질 치며 불안하게 버티던 순간이 있었다. 남자의 가슴을 단단히 조였던 현실의 관습과 가장의 계급장을 벗어던지고 저 멀리 달아나고 싶을 때가 있었다. 여행은 닫힌 마음의 지붕을 뚫고 하늘로 날아오르는 감정의 탈출이다.

대륙의 길이 끝나는 지점, 피니스테레Finisterre에서 콜럼버스는 신대륙을 꿈꾸었다. 그 절벽 아래의 급한 파도가 몸서리치는 대서양의 끝에서 새로운 해로를 발견했다. 모험은 항상 막다른 길목에서 시작됐다. 스페인은 그렇게 내 의식 속에 돌처럼 굳어버린 영혼을 깨웠다. 돌부리에 차이고 급류에 소용돌이치며 상처 난 자유의 고개를 세우는 것이 여행이다. 벽돌로 집을 쌓는 건축처럼 시간은 나의 지난 삶을 쌓아올렸다. 매일 쌓고 무너지고 다시 쌓는 그런 일에 몸서리가 쳐질 때 내 마음은 세상의 끝 피니스테레에 있었다. 더는 그 시간의 집 속에 살고 싶지 않았다. 나의 의지대로 쌓을 수 없었던 그 시간의 벽돌은 무의미했다.

바다 저 너머에 낭떠러지가 있다고 굳게 세뇌당하고 있었던 고대 인류처럼, 마음은 곡마단의 코끼리처럼 작은 줄에 매여 쇠고랑을 차고 있었다. 구속이 커질수록 자유의 압력이 높아졌다. 영혼의 활시위를 당길 수 있는 열정의 화살이 아직 남아 있었다. 그 화살에 간절한 희망을 싣고 싶었다. 스페인어가 재갈을 물릴지라도 헤라클레스의 용기로 피레네 산맥을 넘고 싶었다. 여행은 언제나 향수를 불러일으키고 다시 돌아옴을 전제로 하고 있지만 떠날 수 있는 용기는 언제나 현실의 대칭면에 버겁게 서 있었다.

스페인어라는 장애가 감정의 목을 조였지만 마음의 자유까지 막을 순 없었다. 여행은 오늘이 가장 좋은 순간임을 체감하는 탈출이다. 영혼이 지칠 때 돌아올 수 있는 항구는 여행자의 고향이다. 터질 것 같은 자유로 폭발하는 것이 여행이다. 두려움의 창문을 닫고 설렘의 창문을 열고 스페인으로 달렸다. 텅 빈 가슴으로 세상을 호흡하는 것이 여행의 시작이었다. 한 뼘 늘어난 행복의 프리즘으로 세상을 다르게 보고 느끼고 호흡하는 것이 여행이다. 빨갛게 물든 마음의 단풍을 즐기는 것이 여행이다. 자유의 믿음보다 더 완벽한 출발 티켓은 없다.

수많은 사건, 사고가 뉴스를 도배해도
나의 피부로 파고들어오는 칼바람보다
하찮은 사건이었다.

등을 돌리고 자던
아내의 체온은 이별의 아픔을 토로하고 있었다.
당신이 두려운 만큼 나도 두렵다고 말하지 않을 뿐이다.
간절한 사랑이 그리울 때까지 세상과 싸워보리라.

오늘밤이 기울고 나면
이 몸은 기약 없이 스페인으로 떠날 것이다.
테루엘의 연인처럼 간절한 사랑을 품고서
봄바람처럼 날아갈 것이다.

모험과 미친 짓 사이

입대 영장을 손에 쥐고 가슴 졸이며 기다리던 시절이 있었다. 용기가 불안한 현실에 떠밀려 뒷걸음질 칠 때마다 가끔 그 시절이 꿈틀거린다. 마흔네 번째 생일에 나는 잘 당겨진 화살처럼 스페인으로 떠났다. 두려움 반 미안함 반으로 스페인으로 향하는 비행기에 몸을 실었다. 어린 딸과 아들의 웃음 뒤로 변화가 두려워 떨고 있는 내 모습과 마주쳤다.

지금까지 여행은 길어야 열흘을 넘기지 않았다. 다시 돌아올 수 있다는 것보다 더 좋은 여행의 위로는 없다. 짐을 챙기는 순간부터 가슴이 터질듯이 부풀어 올라도 위로가 되지 않았다. 아내의 표정에 약간의 섭섭함과 걱정과 사랑이 비빔밥처럼 섞여 있었다. 약골인 몸으로 군기가 세기로 유명한 기갑장교 훈련을 받으러 갈 때도 이만큼 떨리지는 않았다. 생명은 누구나 하나밖에 없다. 사랑은 둘이지만 고독과 죽음은 철저히 셀프다. 무리로부터 이탈은 독립을 의미하지만 그곳에서 기다리는 고독은 형벌이다.

아내가 무심코 한마디 툭! 뱉었다. “떠나니까 어때!” 순간 머릿속이 하얗게 변했다. 선택받은 모험과 미친 짓 사이에 내가 있었다. 철 지난 나이에 먼 스페인 땅에서 공부하겠다는 생각은 현실성이 없었다. 상상 속 여인 둘시네아가 살고 있는 엘 토보소El Toboso에서 무릎을 꿇고, 캄포 데 크립타나Camp de Criptana의 거대한 풍차를 거인으로 착각하고 돌진하는 돈키호테 같았다. 평생 이상을 좇았던 돈키호테는 세르반테스의 쓰라린 젊은 날의 고통 속에서 태어났다. 위대함과 영원함과 덧없음을 뛰어넘은 여행자, 돈키호테는 자신의 꿈이었다.

트렁크 속을 헤집던 아내의 손이 물건과 옷가지들을 세심하게 고를 때도 스페인의 삶은 하늘의 구름처럼 멀었다. 출국 시간이 다가올수록 소심한 마음이 변덕을 부렸지만 찻잔 속의 폭풍이었다. 까막눈의 스페인어 실력과 대책 없는 맷집이 전부였다.

결혼 전 3년 주기로 부모님이 하늘로 떠나가셨다. 죽음보다 정작 슬픈 것은 당신의 소중한 물건들이 버려지고 태워지는 것이었다. 이별은 책임을 벗어던지고 헐거운 추억으로 옷을 갈아입었다. 흔적을 남기고 사라지는 사람보다 흔적을 안고 살아가는 사람으로 나뉘었다.

남남이 만나 살을 비비기 무섭게 어머니와 아버지가 되고 서로를 위태롭게 의지하며 바람 앞에 등불처럼 살았다. 아내는 언제나 나의 바다였다. 아내의 깊은 눈에 아쉬움의 파도가 일렁이고 있었다. 허허로운 웃음이 목에 걸린 가시처럼 얼굴에 걸려 있었다. 섭섭함의 꼬리는 애써 자르지도 않았다. 아내의 깊은 눈 속에 자꾸만 스페인 마드리드가 달처럼 어른거렸다.

출국 시간이 가까워질수록 몸과 마음은 물먹은 스펀지처럼 무거워지더니 딱딱하게 굳어졌다. 흔적을 남기고 사라지는 사람보다 흔적을 안고 살아가는 사람이 더 힘들다. 부모가 죽으면 산에 묻고 자식이 죽으면 가슴에 묻는다고 하지만 아직 나는 그런 감정을 알지 못한다. 그러나 지금도 가슴 밑바닥까지 새까맣게 타들어갔던 어린 시절의 기억이 흉터처럼 남아 있다. 여름방학이면 서울에 사는 아랫집 사촌들이 우리 마을에 놀러왔다. 뽀얀 얼굴과 낯간지러운 서울말을 놀리면서도 아이들이 얼마나 부러웠는지 모른다. 버스와 기차도 제대로 타본 경험이 없는 나에게 서울은 부러움의 대상이자 영원한 엘도라도였다. 어느 날 섬돌 위에 작은 신발이 사라지는 것으로 나의 여름방학은 끝이 났다. 가슴 한구석이 뻥 뚫리는 가슴앓이가 남은 자의 몫이었다.

떠나는 자와 남는 자, 나는 오늘 떠나는 사람이다. 아내는 자꾸만 나를 쳐다본다. 그동안 보지 못할 것을 생각해서 그러는 줄 알았건만 사실은 마흔 중반에 공부해보겠다고 떠나는 남편이 짠해서 쳐다보는 것이었다. 나는 자꾸 실없이 웃었다. 그 웃음으로 불안한 내 마음을 감춰보려 했건만 애절한 마음의 꼬리는 감출 수 없었다.

그러나 나는 떠났다

만남보다 이별이 어렵고 결혼보다 이혼이 어렵다지만 나는 때때로 이별과 이혼을 생각했다. 태어나는 것보다 죽는 것이 백배는 힘들다지만 나는 매일 죽고 싶다는 말을 달고 살았다. 더 열심히 살고 싶다는 말의 다른 표현이라고 믿었다.

친구들은 부러운 말투로 객쩍게 놀렸다. "야! 누구는 빚쟁이 때문에 공항 출국장조차 빠져나갈 수 없는데, 누구는 스페인으로 유학 가는 호사를 누린단 말이냐!" 지구 반 바퀴나 돌고 있는 그 순간에도 누구는 희망을 안고 사무실 문을 열고, 누구는 힘들어 사무실 문을 닫고, 어디선가 아기는 태어나고 누군가는 죽어가고 있었다. 매 순간 내 마음은 이상을 쫓는 돈키호테와 돈과 권력을 쫓는 산초 사이를 버겁게 오가며 방황하고 있었다. 위대한 이상으로 무장하고 돌진하지만 결국은 수많은 상처를 안고 허탈하게 돌아오는 돈키호테였다.

그러나 나는 떠났다. 콜럼버스가 목숨을 걸고 신대륙을 발견하고 돌아왔을 때, 에스파냐 왕실 귀족들은 누구나 할 수 있는 일을 한 것 아니냐며 무시했다. 이때 콜럼버스는 계란을 깨어서 책상 위에 세웠다.

당신들이 계란을 세우려고 궁리만 하고 있을 때 나는 계란을 세웠다고 소리쳤다. 알렉산더 대왕이 고르디아스의 매듭을 단칼에 잘라버리고 신탁의 주인이 됐듯이 나는 나이의 사슬을 잘라버리고 팜플로나Pamplona 산 페르민 축제Fiesta San Ferrmin의 황소처럼 달렸다.

떠난다고, 자른다고 낯선 두려움이 사라지는 것은 아니다. 떠나지 않을 수 없는 간절함에는 두려움을 이길 수 있는 희망이 있기 때문이다. 그러나 나는 미래에 대한 확실한 비전을 가지고 떠난 것이 아니다. 서울을 벗어나서 맞이하는 낯설음과 외로움과 두려움은 그다음의 일이었다. 1532년 가을 피사로가 이끄는 168명의 무장군인과 12명의 부속요원으로 이루어진 180여 명의 스페인 정복군대는 잉카 황제와 만나기 위해 안데스 고원에 발을 디뎠다. 8만여 명의 군대를 거느린 잉카 황제와 담판을 벌이기 위해 무작정 페루 북부 안데스의 고원도시 카하마르카로 향했다. 푸른 언덕으로 둘러싸인 카하마르카는 아늑한 분지처럼 쿠스코(잉카제국의 수도)를 닮았다. 범선 두 척에 황금을 가득 실을 욕망을 나눠 싣고 잉카제국의 푸른 바다 위에 배를 정박시켜놓은 피사로 군대는 기마병 62명과 보병 106명으로 이루어진 초라한 군대에 불과했다. 조금의 망설임도 없이 해발 2,400미터 안데스 고원을 지나 잉카제국의 황제 아타우알파의 8만여 명이 넘는 전사들이 진을 치고 있는 적진으로 곧장 쳐들어갔다.

쉰넷의 피사로는 파나마에서 꽤 넓은 영토를 가진 영주였다. 아메리카 원주민들을 상대로 지난 30여 년간 싸우며 전쟁에 이골이 난 백전노장이었다. 다부진 체격에 키가 크고 볼이 홀쭉한 그는 가느다란 턱수염을 기르고 있어서 마치 돈키호테를 연상시켰다. 불꽃같은 야망과 간교한 외교적 수완으로 자신의 목적을 위해서는 언제든지 잔인하게 변할 수 있는 정복자였다. 스페인의 가난한 산골 엑스트레마두라Extremadura 출신인 그는 자신이 성장한 불모의 땅처럼 성격이 거칠고 무정했다.

스페인 군대는 모두 겁을 먹고 있었다. 저마다 앞으로 어떻게 해야 할지에 대해 구구절절 이야기는 많았지만 뾰족한 해결책은 없었다. 적진 깊숙이 들어온 스페인 군대의 숫자는 턱없이 적었고 지원군을 받을 수도 없었다. 길이와 넓이가 180미터에 이르는 직사각형의 잉카 광장에 잉카 황제를 유인한 피사로는 수사를 시켜 이 땅이 스페인 국왕의 땅임을 알리고 복종하고 기독교를 받아들이라고 성경을 건넸지만 책을 본 적이 없는 잉카 황제는 성경을 던져버렸다. 수사는 공격을 하라고 소리쳤다. 피사로에게 운명의 주사위를 던질 시간이 다가오고 있었다.

피사로는 아주 잠깐 머뭇거린 뒤, 광장 끝 건물 안에 숨어 기다리던 칸디아에게 신호를 보냈다. 칸디아 장군은 대포의 심지에 불을 붙였다. 포탄이 뿌연 포연과 유탄을 내뿜으며 잉카 전사들을 향해 곧바로 날아

갔다. 동시에 9명이 삼각대에 고정해놓은 화승총을 쏘기 시작했다.

168명의 스페인 정복군대가 한두 시간 만에 7,000명이나 되는 원주민들을 모조리 죽였다는 것은 슬픈 기적이었다. 스페인 군대는 단 한 명의 사상자도 없었다. 선제공격과 막강한 대포, 긴 칼날의 위력을 이용한 카하마르카 전투는 무참한 살상과 잉카인들의 완벽한 패주로 끝났다. 핏빛 원혼을 잠재우려는 듯 어둠이 짙게 깔리기 시작했다.

낯선 세계로 떠나는 것이 두렵지 않은 사람은 없다. 스페인은 나에게 황금의 욕망을 채워주는 땅도, 새로운 기회를 제공하는 곳도 아니었다. 다만 내 안에 잠자는 안일함을 깨워 도전하고 싶었던 곳일 뿐이었다. 그 설렘은 철저히 나의 기득권을 앗아가버렸다. 그리고 빈손으로 나를 다시 세웠다. 마치 내 손으로 집을 다시 짓듯이 기초를 만들고 기둥을 세우고 보를 얹고 지붕을 앉히는 과정이었다. 그 속에 나만의 삶을 담는 것이다. 이 과정에서 나는 다시 원시의 자유인이 됐다. 다시 시작할 수 있다는 자신감이 들었다.

마드리드의 붉은 노을

비행기가 암스테르담으로 향했다. 내일의 불안이 오늘의 낭만을 가로막았지만 자유로워지고 싶었다. 세르반테스는 1571년 10월 7일, 오스만튀르크와 기독교연합군이 지중해의 패권을 놓고 벌인 레판토 해전에 참여했다. 세르반테스는 전투 중에 가슴과 왼손에 총상을 입고 평생 왼손을 쓰지 못했다. '레판토의 외팔이'라는 별명을 얻고서 고향으로 돌아오는 길에 해적선의 습격을 받고서 졸지에 해적의 포로가 되어 알제리로 끌려갔다. 몸값을 지불할 수 없었던 세르반테스는 네 번이나 탈출을 시도했지만 번번이 수포로 돌아갔다. 그때마다 그는 혹독한 고문을 당했다. 알제리의 스페인 기독교도들의 도움으로 5년간의 포로 생활을 마치고 마침내 스페인으로 돌아왔지만 삶은 곤궁했다. 돈키호테는 우리에게 희망하는 것만이 살아 있는 현실이라고 주장했지만 산초는 우리가 보고 만지는 것만이 살아 있는 현실이라고 소리쳤다. 그러나 현실은 언제나 자유와·통제가 평행선을 그리고 있었다.

여행의 자유는 현실의 대칭점에 팽팽하게 서 있다. 현실에서 일탈한다고 긴장이 사라지는 것은 아니다. 머리끝부터 발끝까지 산초의 현실과 돈키호테의 이상이 교차하고 있었다. 불안한 꿈을 안고 무모하게 적진으로 뛰어들고 있었지만 산초의 현실을 놓을 수 없었다. 철저하게 혼자라는 사실이 호기심의 싹을 잘라버렸지만 고독한 심장 속에 뛰고 있는 열정만은 놓을 수 없었다.

암스테르담 탑승구에서 검수원이 다가와 짐이 많다고 제재했다. 서울에서 암스테르담으로 날아오는 비행기는 대형비행기였지만 암스테르담에서 마드리드로 향하는 비행기는 경비행기라서 일인당 화물의 무게를 제한했다. 얼굴도 모르는 옆 사람에게 가방 하나를 넘기고 못하는 영어로 설득하자니 입안이 얼얼했다. 구름 아래 펼쳐진 피레네 산맥을 내려다보았다. 깃털처럼 가벼운 뭉게구름 사이로 보이는 피레네 산맥은 마치 구겨놓은 종이 위에 하얀 페인트를 뿌려놓은 모형 같았다. 순간 마드리드가 내 몸속으로 들어오고 있었다. 피레네 산맥을 넘어가던 나폴레옹은 지치고 긴장한 병사들에게 이렇게 말했다. "이 산맥만 넘으면 제군들이 그렇게도 기다리던 아름다운 여인과 포도주가 지천에 깔려 있다." 그렇게 갈구했던 그 희망이 구름 아래서 손짓하고 있었다. 피레네의 울창한 산림 속에 게르니카의 슬픔이 숨어 있었다. 프랑코의 사주를 받은 히틀러가 바스코의 작은 마을 게르니카를 무참히 폭격했다. 영문도 모른 채 죽어간 시민들의 넋을 위로하기 위해 피카소는 게르니카를 그렸다.

스튜어디스가 전해준 음료수를 받아들고 추억의 한 장면을 떠올렸다. 수년 전이었다. 스위스로 향하는 비행기 안에서 아내가 스튜어디스에게 유창한 영어로 레몬 주스를 주문하고선 나를 쳐다보았다. 나는 즉시 삐걱거리는 혀를 굴려가며 토마토 주스를 주문했다. 순간 스튜어디스의 표정이 일그러졌다. 아내의 우아한 영어가 난감한 사태를 수습하고 나서야 머리로는 '토마토'를 생각했는데 입으로는 '포테이토 주스'를 외친 사실을 알게 됐다. 앞으로 얼마나 더 황당한 실수를 저지를지 모른다. 광기와 몽상으로 가득 찬 돈키호테처럼 가는 곳마다 현실세계와 충돌하며 어떤 패배를 맛볼지 부실한 나의 용기만이 알고 있을 것이다.

노을이 타들어갈 즈음 여객기는 마드리드 바라하스 활주로에 미끄러지고 있었다. 바라하스 공항의 아름다운 실내 공간이 두려움을 호기심으로 갈아치웠다. 리처드 로저스와 안토니오 라멜라의 설계로 영국 왕립 건축가 협회의 스털링 상을 수상했다. 조각 같은 콘크리트 받침 위에 'Y' 자 모양의 강철 빔이 날개 모양으로 날아오르며 곡선 지붕을 부드럽게 받치고 있다. 1킬로미터에 도열한 아름다운 빔들은 색동저고리처럼 펼쳐졌다. 대나무 그릴로 마감된 천장은 아름다운 여체의 속살처럼 시적인 운율로 부유하고 있었다. 부드러운 천장의 리듬에 안긴 타원의 천장은 바라하스 공항에 내려앉은 태양의 눈물 같았다. 빛은 무심한 공간을 깨우고 탑승구를 찾아가는 여행자의 발걸음에 희망을 선물하고 있었다. 그 빛에 탑승구의 번호, 도착 지점, 탑승 수속의 위치는 물론, 여권 관리, 보안 심사 구역, 출발 라운지를 인식시키는 기호들이 살아났다. 유리와 강철로 된 다리를 걸어갈 때 마치 빛의 바다 위를 거니는 것 같은 착각이 일었다.

마드리드의 황혼은 붉은 빛의 물감들을 뿌려놓은 것 같았다. 멍한 가슴이 열정의 노을로 샤워를 하는 것 같은 마드리드의 포옹은 첫 키스처럼 짜릿했다. 마드리드 태양의 열기는 밤 10시가 넘도록 그 꼬리를 감추지 못하고 아쉬워했다. 숙소로 향하는 차 창가는 온통 황금물결로 넘실거렸다. 스페인 오지기와들이 붉은 열정을 뚝뚝 흘리고 있었다.

"스페인 여자를 사귀어 봐!"

니코스 카잔차키스는 "스페인 사람들은 용기 속에 최고의 교훈이 있다는 것을 잘 알고 있다."고 했다. 도시의 이미지는 넓이와 높이와 빛과 색깔과 사람들의 느낌으로 판가름이 난다. 마드리드의 수평선은 분명 서울의 어지러운 수평선과는 많이 달랐다. 황혼의 꼬리를 따라 돌고 돌아 어느 벽돌 담장 앞에 멈추었다. 초인종을 누르고 쉰 목소리가 마중하더니 철커덕 대문이 입을 벌렸다. 미로처럼 꼬인 계단을 오르고 어두운 복도를 지나 마침내 검은 현관문이 나타났다. 초인종을 눌렀다. 하마처럼 뚱뚱한 할머니가 수문장처럼 대문을 막았다. 어색한 인사를 나누고 어두컴컴한 방 안에 봇짐을 던지고는 급하게 마드리드 중심가로 향했다. 학원 위치와 교통편을 확인하고 따뜻한 차 한잔을 나누고 마드리드 김 사장과 헤어졌다. 그란 비아 거리를 이교도처럼 걷고 있었다.

'세상의 끝에서 그의 여행이 시작된다!'는 영화 '캐스트 어웨이Cast Away'의 영상이 눈에 밟혔다. 전 세계를 돌아다니며 시곗바늘처럼 바쁘게 살아가는 남자 척 놀랜드(톰 행크스)는 '페덱스'의 직원으로 여자 친구 켈리 프레어스(헬렌 헌트)와 크리스마스이브를 즐기고 있을 때 갑자기 회사의 호출을 받고 바람처럼 자리를 털고 일어났다. 켈리가 선물해준 시계를 손에 꼭 쥐고 비행기에 올랐지만 갑작스런 기류 변화로 태평양 상공에서 추락했다. 의식의 파도가 그의 생명을 깨웠지만 시간의 개념이 사라진 무인도에 홀로 남았다. 몸을 때리는 파도가 그의 의식을 깨우는 순간 그렇게도 간절히 원하던 아름다운 해변과 무성한 나무, 암벽으로 펼쳐진 이상 세계가 눈앞에 펼쳐져 있었다. 그러나 행복할 수 없었다.

하루 만에 별천지, 마드리드에 떨어졌다. 붉은 노을만이 내 마음을 아는 것 같았다. 마드리드 귀퉁이 작은 방에 웅크리고 짐을 정리했다. 당황스러운 마음은 노을처럼 사라지지 않았다. 무심코 가족사진을 바라보았다. 그 평범한 사진이 전율을 일으켰다. 순간 갑자기 방 안에 희망의 온기가 피어올랐다. 침대에 몸을 던졌다. 스프링 침대가 활처럼 내 몸을 감았다. 지난 시간들의 압력이 내 몸을 파고들었다. 고독이 유성처럼 내 가슴으로 떨어졌다. 무장해제된 침묵이 지친 스프링 침대처럼 늘어지고 있었다. 침대 선반에 눈을 던졌다. 일본 학생용 스페인어 소사전들이 전리품처럼 뒹굴고 있었다.

스페인 마드리드의 작은 방에는 하늘을 물고 있는 중정中庭이 딸려 있었다. 가로세로 4미터의 작은 중정에 이웃집 남자의 어색한 눈길만이 이방인을 감시하듯 어슬렁거리고 있었다. 갑자기 둔탁한 노크 소리가 들렸다. 방문이 열렸다. 허스키한 할머니의 목소리가 내 귀를 쓸모없게 만들었다. 얼굴만 멍하니 쳐다보고 있었다. 그녀의 급한 손이 나의 손을 가로채더니 거실 귀퉁이의 작은 식탁으로 이끌었다. 포크와 나이프를 흔드는 순간 세나Sena(저녁)라는 단어를 문신처럼 새겼다.

마드리드의 저녁은 오후 10시경에 시작됐다. 언어는 머리로 배우는 것이 아니라 위장으로 느끼는 신호였다. "스페인어를 빨리 배우려면 스페인 여자를 사귀어 봐!"라며 미소 지었던 스승의 웃음이 노을 속에서 아른거렸다. 찰기 없는 밥알이 꼬들꼬들한 술밥처럼 당황한 내 위장을 놀리고 있었다. 비릿한 음식에 위장이 꼬였다. 아내가 챙겨준 볶음 고추장을 소스처럼 바르고서 겨우 위장을 달랬다.

저녁식사를 마치자마자 신입사원 오리엔테이션이 시작됐다. 화장실이며 식당이며 거실 사용에 관한 규칙을 설명했다. "시Si(예)."라는 말로 모든 답변을 마무리했다. 생각 없이 TV를 켰다. 온통 알아들을 수 없는 스페인어가 다른 공간임을 각인시켰다. 몸은 자꾸만 침대로 무너지고 있었다. 내일은 스승의 말처럼 스페인 여자를 좀 사귀어봐야겠다. 사랑의 무지개로 바라보는 스페인어의 모습이 궁금해졌다.

새것은 헌것이 될 숙명을 타고났다

매년 봄, 산호세 축제날(3월 19일)에 시작해서 10월에 막을 내리는 스페인 투우는 투우사를 소개하는 화려한 장내 행진으로부터 시작한다. 붉은 석양은 소멸과 죽음을 상징한다. 인생을 압축한 놀이가 투우다. 그 짧은 시간에 생성과 소멸을 공연한다.

투우 경기장의 모래판은 투우사와 황소가 공연하는 그리스 비극이다. 한쪽은 사나운 뿔과 원시적인 생명의 힘으로 다른 한쪽은 화려한 갑옷에 문명의 상징인 칼을 붉은 망토 속에 숨기고서 자신의 용기를 시험한다. 칼은 칼집에서 함부로 뽑는 것이 아니다. 날카로운 투우의 뿔이 자신의 심장을 스치며 지나가도록 연기하는 투우사가 관중의 환호를 받는다. 풍요를 상징하는 황소와 사악한 영혼이 펼치는 군무가 위험이라는 긴장 속에 빛과 그림자의 영혼으로 춤을 춘다. 고대 그리스 원형극장을 닮은 아레나는 지구와 태양의 축소판이며 대지와 하늘을 상징한다. 그 절정의 순간을 진실의 순간이라 부른다.

진실의 순간을 영어로 'MOT[Moment of Truth]'라고 부른다. 투우사와 황소가 일대일로 대결하는 최후의 순간, 그 누구의 도움도 받을 수 없는 그 순간의 절정을 의미한다. 단 1초의 방심도 허용할 수 없는 긴장의 연속에서 투우사는 황소의 뿔이 가장 근접한 곳, 심장 가까이 통과하도록 유인하는 게임을 벌인다. 스페인 마드리드는 마흔 중반 내 인생의 투우장이었다. 내 청춘의 마지막 혈투가 벌어졌던 투우장이었다. 투우사가 황소의 급소를 찌르는 마지막 절체절명의 순간, 피하려 해도 피할 수 없는 순간, 실패가 허용되지 않는 그 순간이 진실의 순간이다.

천국에 가고 싶어 하는 사람은 있어도 죽고 싶어 하는 사람은 없다. 영웅이 되고 싶은 사람은 있어도 치열한 전장에 홀로 서고 싶어 하는 사람은 없다. 생과 사의 갈림길에서 마침내 천국의 문이 열리는 순간, 노을은 핏빛으로 물든다. 그 순간 죽음은 삶의 마지막이 아니라 천국의 시작이다. 스페인에서는 최신 신제품을 '울티모Ultimo(제일 마지막 생산품)'라고 부른다. 제일 마지막 생산품은 끝과 시작을 동시에 잉태하고 있다. 세상의 모든 새것은 헌것이 되는 숙명을 타고 태어났다. 가장 마지막으로 태어난 것이 가장 새것이라는 의미를 다시 통찰하는 공연장이 투우장이다.

스페인의 투우는 전기 구석기시대 어둠 속 벽화, 알타미라 동굴에서 그 기원을 찾을 수 있다. 1879년 다섯 살짜리 여자 아이의 눈에 알타미라 천장이 비쳤다. 그 그림의 주인공은 황소였다. 켈트족의 수호신

온갖 위험에도 불구하고 끝까지 모래판 위에서

인간과 싸우는 황소의 모습은 스페인에서 홀로 버티는 나의 삶이었다.

빛나는 태양의 아들인 그림자를 친구 삼아

생명의 마지막 불꽃을 태우는 황소는 노을의 그림자였다.

으로 남아 있기도 한 황소석상은 지금 스페인 전역의 언덕 위에 검은 황소간판(처음에는 오스보르네 브랜디를 선전하는 간판이었다)으로 부활했다. 그 황소가 오늘날 스페인의 상징이 됐다.

파블로 피카소의 그림 '게르니카'에도 등장하고 있는 황소는 스페인의 혈관 속에 면면히 흐르고 있는 그들 역사의 증인이다. 성스러운 황소의 제의적 죽음을 통한 인류의 통합을 기원하는 원시적인 미사가 투우로 발전했다. 황소의 질주를 의미하는 '코리다 데 토로스 corrida de toros'가 투우의 정식 명칭이다. 투우는 일요일 오후 정확하게 해가 뜨는 시간과 반대되는 해질 무렵에 열린다.

석양을 아쉬워하는 트럼펫 소리에 맞춰 대회장이 흰 손수건을 흔드는 것으로 투우 경기가 시작된다. 먼저 경쾌한 파소 도블레 paso doble의 가락에 맞춰 서열 순으로 참석자들이 입장하는 파세이요 paseillo, 즉 퍼레이드가 화려하게 펼쳐진다. 곧바로 첫 번째 투우 게임이 흰 손수건을 펄럭이는 신호에 맞춰 시작됐다. 투우는 그룹을 의미하는 쿠아드리야 cuadrilla로 이루어져 있다. 마지막 피날레는 마타도르 matador(투우사) 1명과 그의 조수들이 장식한다. 각 쿠아드리야마다 황소 2마리, 하루 세 차례 도합 6마리의 투우가 원형경기장에서 최후를 맞이한다.

황소가 투우장으로 들어오면 마타도르와 조수 3명으로 구성된 부를라데로 burladero가 자홍색과 황금색의 망토, 카포테 capote로 황소를 유인하며 황소의 성질과 특색을 살핀다. 때로는 이 단계에서 마타도르가 등장해 망토를 깃털처럼 흔들며 용맹스러움을 과시하는 베로니카verónica를 선보이기도 한다. 이때 마타도르의 심장 가까이 황소의 뿔이 지나갈수록 '올레!'라는 환호를 받는다. 반대로 소극적이거나 만족스럽지 못하면 휘파람이 섞인 야유를 받는다. 방심하면 투우사가 중상을 당할 수도 있다.

두 번째로 2명의 피카도르picador가 말을 타고 나타나 서로 번갈아가며 긴 창으로 황소의 등짝을 찌른다. 황소를 지치게 해 마타도르가 싸울 때 한껏 용맹함을 떨칠 수 있도록 하는 것이다. 세 번째로 3명의 반데리예로banderillero가 각각 2개의 화려한 장식이 달린 나무 작살인 반데리야banderilla를 무심하게 황소의 뒷목에 꽂으며 황소가 사납게 날뛰게 만든다. 동시에 화려한 몸동작을 펼치며 관중들의 환호를 유도한다. 마지막으로 투우의 하이라이트를 장식하는 마타도르가 등장해 약 15분간의 군무를 펼친다. 카포테보다 조금 작은 붉은색 망토, 물레타muleta 속에 칼을 숨기고 지친 황소의 뿔을 요리조리 피해가며 자신의 끼를 펼친다. 이때 칼은 마지막 황소의 심장을 멈추기 전까지 물레타 속에 감춰둔다. 엄숙하고 장엄한 제 의식의 재물인 황소는 삶과 죽음의 경계선을 넘나들며 사력을 다하다 죽음을 맞는다.

온갖 위험에도 불구하고 끝까지 모래판 위에서 인간과 싸우는 황소의 모습이 스페인에서 홀로 버티는 나의 삶이었다. 빛나는 태양의 아들인 그림자를 친구 삼아 생명의 마지막 불꽃을 태우는 황소는 노을의 그림자였다. 운명처럼 마지막 가쁜 숨을 멈추어줄 투우사를 바라보는 황소. "어디 이놈! 네가 나의 숨통을 끊어줄 놈이냐?" 이 순간 투우사와 황소는 노을 속에서 삶과 죽음의 고리처럼 하나가 됐다.

만신창이 육체의 끈을 잡고서 가쁜 숨을 내쉬는 황소는 죽음의 순간조차 결코 쉽게 무너지지 않았다. 핏빛으로 얼룩진 육신을 붉은 노을로 물들이며 마지막 사력을 다해 투우사의 칼날 속으로 돌진했다. 이 순간 칼은 빛이요 투우는 그림자였다. 풍요를 상징하는 황소, 평생 자유롭게 한평생을 살아온 초원의 지존은 빛의 폭풍 속으로 달려갔다.

마흔 중반 아무런 준비도 없이 투우경기장에 뛰어들었다. 냉혹한 현실을 감지하지 못한 황소처럼 있는 힘을 다해 이리저리 마구 뛰어다녔다. 시간과의 싸움은 처절했다. 나를 조롱하던 물레타의 나부낌도, 심장으로 내리꽂히는 칼날의 고통조차도 결국엔 어제의 시간을 자르고 영혼을 빛으로 향하게 하는 탄생의 모험이었다. 꿈과 희망은 빛과 어둠 사이에서 몸서리치고 있었다.

그란 비아 거리의 이방인

아침에 눈뜨면 가족이 옆에 있는 그 평범한 일상이 얼마나 감사한 일인지. 내가 먹고 싶은 음식을 먹을 수 있는 고향의 삶이 얼마나 행복한 일인지. 떠나보지 않으면 알 수 없는 감정이다. 갑자기 변해버린 환경 앞에서 웅크린 맹수처럼 그리움을 입술로 깨물고 있었다.

마드리드 시내에 도둑이 많다는 소리에 불안한 마음이 더욱 쪼그라들었다. 얼마나 더 고독할 수 있을까? "피할 수 없으면 즐겨라."라는 말은 낭만적인 수사에 불과했다. 고독한 시간이 분기와 혼란으로 가득 찬 가슴을 타고 시퍼런 칼날을 휘두르고 있었다. 불과 며칠 전, 서울의 삶은 복잡하게 얽힌 사람과 일 사이를 바쁘게 헤집고 다니는 시간의 물고기 모습 그대로였다. 그렇게 기원하던 자유를 맞이했건만 마음은 무장해제를 못하고 긴장의 날을 세우고 있었다. 그렇게도 갈망하던 마드리드에 도착했지만 마음은 허망하기 그지없었다. 중독되어버린 서울의 습관들이 찰거머리처럼 들러붙어 자유를 비웃었다.

산티아고 데 콤포스텔라로 향하는 순례자들의 가슴에는 성 야곱의 유해가 빛나고 있었다. 순례길을 이어주는 길과 다리는 작은 성당과 수도원을 생명수처럼 물고 있었다. 성당과 수도원은 순례자들에게 항구의 등대였다. 하늘 높이 솟아 있는 종탑과 십자가는 등대의 불빛이었다. 종탑은 순례길의 방향을 알려주는 가장 원시적인 조가비였다. 종탑의 종소리는 고독한 순례자들을 위로하고 이끌어주는 하느님의 영성이었다. 중세의 순례길은 목숨을 건 모험이었다. 그들에게는 목숨보다 더 소중한 영성의 빛을 가슴에 품지 않으면 결코 나설 수 없는 순례길이었다.

스페인 건축을 배우러 왔지만 건축을 감싸고 있는 언어와 문자들이 나를 위협했다. 가슴속에 빛나는 영성의 불빛을 간직하지 못했다. 순례길을 호시탐탐 노리는 산적들과 이교도들에게 나의 의지가 무참히 짓밟혔다. 무모한 도전이 때로는 이론보다 파괴력이 있지만 마흔 중반의 나이는 끊어진 다리처럼 용기를 잘라먹었다.

서울의 명동에 해당하는 마드리드 번화가인 그란 비아 거리에 어학원이 있었다. 스페인어로 큰길이라는 뜻의 그란 비아 거리는 마드리드의 중심, 번화한 상업 지역의 상징이다. 돈키호테 동상이 서 있는 스페인 광장에서 오르막길을 따라 동쪽으로 올라가는 마드리드의 중심 상업 지역이 끝없이 펼쳐진다. 그러나 그 화려함이 고독한 이방인의 주린 가슴을 밝혀주진 못했다. 화려한 그란 비아 거리를 탯줄처럼 끈끈

산티아고 데 콤포스텔라로 향하는 순례자들의 가슴에는

성 야곱의 유해가 빛나고 있었다.

순례 길을 이어주는 길과 다리는 작은 성당과 수도원을

생명수처럼 물고 있었다.

성당과 수도원은 순례자들에게 항구의 등대였다.

하게 물고 있는 대지의 여신 시벨레스 광장도 마드리드 왕궁, 마요르 광장, 솔 광장, 엘 코르테 잉글레스 백화점 쇼핑 거리도 나의 고독을 씻어줄 수 없었다. 그 고독은 외부의 빛이 아니라 오직 내 마음속 깊은 곳에서 빛나는 영성의 빛만이 밝혀줄 수 있었다. 좌절과 소멸과 죽음을 관통하는 꿈만이 무모한 순례자의 빛이 되어주었다.

중세 유럽에서는 해골을 책상에 올려놓고 그것을 지켜보면서 명상하는 일을 권장했다. 해골 이름을 '메멘토 모리 Memento mori(죽음이 온다는 것을 기억하라)'라고 불렀다. 메멘토 모리는 라틴어에 기원을 두고 있다. 중세 스페인의 수도승들은 "메멘토 모리."라고 인사했다. "너도 언젠가 죽는다는 것을 잊지 마라." 이 말은 "후회 없이 삶을 살아라."는 뜻이다. 로마에서는 개선장군이 행진할 때 행렬 뒤에서 노예들이 "메멘토 모리!"를 크게 외쳤다. 전쟁에서 이겼다고 우쭐대지 마라. 오늘은 개선장군이지만 내일은 죽을 수 있다는 겸손의 뜻을 담고 있었다. 잘 죽는다는 것은 잘 산다는 말의 반대말이 아니다. 잘 살려고 노력하는 것이다. 고독과 아픔과 죽음은 영원히 '셀프 self'이기 때문이다. 모든 기적은 오늘 이 순간의 삶에 있었다.

마드리드의 규칙

할머니가 작은 쟁반을 문틈으로 살짝 밀어놓았다. 코코아에 딱딱한 빵 몇 조각에 딸기잼이 전부인 조촐한 아침식사였다. 로마에 가면 로마법을 따르라고 그랬듯이 마드리드의 규칙에 따랐다.

전철역으로 가면서 수없이 뒤를 돌아보았다. 낯선 지형지물을 머릿속에 새기며 전철 표를 손에 넣었다. 지하철을 타고서도 노선표에서 눈을 떼지 못했다. 소음 같은 안내방송을 곱씹으며 날선 마음은 그란비아 역으로 달렸다. 어깨 위에 둘러 멘 빨간 배낭만이 홀로 들썩거리고 있었다. 매일 아침 방랑기사처럼 길을 나섰지만 갈 곳은 한 곳뿐이었다. 자유로운 영혼으로 어학원에 들어섰지만 말을 알아듣지 못해 쩔쩔매는 이방인에 불과했다.

6명의 이교도들이 쳐다보는 작은 강의실에 던져졌다. 어색한 눈인사로 말을 대신했다. 모로코, 일본, 스웨덴, 파키스탄, 프랑스, 오스트리아, 독일 등에서 온 다양한 인종들이 원형 테이블의 곡선을 따라 지구본을 그리고 있었다. 어색한 웃음 뒤로 익숙한 얼굴. 아, 한국 아가씨! 고향의 정감이 물씬 풍겼다. "안녕하세요!" 그 한마디가 "올라Hola!"

보다 천배는 더 가슴 뭉클했다. 순간 10년 묵은 체증이 내려갔다.

한마디도 알아들을 수 없었다. 눈치껏 한국 아가씨에게 모국어로 물어보고 있었다. 어디선가 앙칼진 목소리가 번쩍거렸다. 말라깽이 여선생님의 푸른 눈동자가 심장을 뚫을 기세였다. 독기에 찬 올드미스의 눈길보다 더 날카로운 화살을 보지 못했다. "지금 이 순간부터 한국말은 금지입니다."라고 경고했다. 고양이 앞에 쥐가 됐다.

초급반이라고 해서 스페인어를 처음 배우는 사람들이 듣는 코스라고 믿었다. 한 달 전 처음 스페인어 책을 손에 잡아보았다. 한글이 더 많은 스페인어 초급 책이었다. 사용법을 모르는 전자제품을 들고 있는 것처럼 알파벳이 빼곡한 스페인어 교본을 허망하게 노려보고 있었다. 새벽 경매시장의 호창(중간 도매상인들의 농산물 구매를 재촉하는 소리) 같은 선생의 독기 찬 목소리는 거의 고문 수준이었다. 무심한 소음은 이내 날카로운 화살이 되어 내 영혼을 무심하게 찔렀다. 낭만적인 스페인어 공부는 하루 만에 물거품이 됐다.

아파트 대문 인터폰을 누르고 "요 소이 Yo soy (저는)"라고 하자마자 삑! 하고 철 대문이 하마처럼 입을 벌렸다. 어두침침한 계단을 오르고 복도를 지나서 4층 현관문 앞에 섰을 때 칼날 같은 빛이 어두운 복도를 가르고 있었다. 무표정한 할머니의 배려가 손에 잡혔다. 멍든 가슴이 다시 뜨거워졌다.

사랑은 잔인한 여행

발렌시아와 사라고사 중간 지점 지중해와 인접한 산악지대에 요새 모레야 성 Castillo de Morella 이 있다. 모레야 성은 마치 거대한 기념비처럼 하늘 높이 솟아 있는 바벨탑이다. 산마루부터 정상까지 달팽이관처럼 꼬아 가며 하늘로 솟아 있는 모레야 성은 난공불락의 요새다. 이 성은 11세기 말 스페인의 불세출 영웅 엘 시드 El Cid 에 의해서 함락됐다. 그 여세를 몰아 엘 시드는 곧바로 무어인의 지배를 받던 발렌시아를 함락하고 실질적인 지배자가 됐다. 찰턴 헤스턴(엘 시드)과 소피아 로렌(히메나)이 주연한 영화 '엘 시드'의 마지막 장면에 엘 시드가 출격하는 모습이 나온다. 찰턴 헤스턴은 자신의 시신을 기마 위에 철심으로 고정하고 마치 살아 있는 장군처럼 총탄이 빗발치는 적진을 향해 달렸다.

'사막의 폭풍' 작전을 지휘한 노먼 슈워츠코프 장군은 월남전에서 대대장 시절을 보냈다. 그는 최전방 대대장으로 연전연승을 한 탁월한 지휘관이었다. 그런 그에게는 평생을 두고 기억에서 지워지지 않는 사연이 있었다. 어느 날 전투 중에 지뢰가 터져서 병사 한 명이 부상을 입고 고통과 공포를 이기지 못하여 나뒹굴고 있었다. 곧장 노먼은 10미터 전방의 병사를 진정시키기 위해 조심스럽게 지뢰를 탐지하며 한발 한발 병사 앞으로 이동했다. 죽음의 사선으로 건너가는 노먼 대대장도 생명은 하나밖에 없었다. 마침내 병사를 구출하고 막사로 돌아왔을 때 자신이 얼마나 긴장했는지를 알았다. 그 10미터 전방을 가는 시간이 백년의 세월처럼 무겁게 느껴졌다. 한참 뒤에 흑인 병사 한 명이 대대장실로 찾아왔다. 그리고 그는 말했다. "방금 대대장님이 목숨을 걸고 살린 부하가 누구인지 아십니까?" 바로 그 흑인 병사였다. 사실 노먼은 그 병사가 흑인인지 백인인지 구분을 할 시간이 없었다. 너무나 긴장해서 지뢰를 제거하는 일에만 몰두하고 있었기 때문이다.

스페인은 나에게 영원한 지뢰밭, 난공불락의 모레야 성처럼 보였다. 긴장한 나머지 스페인의 문화를 볼 여유가 없었다. 여행의 참맛은 어쩌면 잔인한 시간을 감내한 자만이 마침내 발견하는 감정의 오아시스인지 모른다. 스페인어를 가르쳐주는 알리시아와 차를 마셨다. 그녀는 금발의 아가씨로 날씬한 몸매에 패션 감각이 모델 수준이었다. 그녀가 떨리는 손으로 시가 적힌 종이 한 장을 내밀었다. '눈물 없이 빵을 먹을 수 없다'는 글귀가 적혀 있었다. 그리고 전화번호가 적힌 메모지를 건네주었다. 마흔 중반의 건축가와 서른한 살의 스페인어 여선생이 레스토랑에서 차를 마시며 서로의 눈을 맞추었다. 잠시 엘 시드와 히메나의 모습이 떠올랐다.

스페인은 나에게 영원한 지뢰밭, 난공불락의 모래야 성처럼 보였다.

긴장한 나머지 스페인의 문화를 볼 여유가 없었다.

여행의 참맛은 어쩌면 잔인한 시간을 감내한 자만이

마침내 발견하는 감정의 오아시스인지 모른다.

살아간다는 것은 두려워하지 않는 것이 아니라 주어진 일에 몰입하며 두려운 시간의 비탈길을 걸어가는 것이다. 지금 이 순간을 비틀거리면서 걸어갈지라도 작은 낭만에 흔들리는 것이 진정한 용기라고 스페인의 바람이 웅변하고 있었다.

콜럼버스의 모험

9월 초순이지만 마드리드의 날씨는 반팔 티를 입고 다녀야 할 정도로 더웠다. 근사한 거리를 따라 빛과 바람에 이끌려 걸었다. 작은 침대에서 떨어진 자처럼 하루를 마감하는 것이 싫었다. 점심만이라도 좋아하는 음식을 사냥하고 싶었다. 스페인 사람들의 삶과 문화를 들여다보고 싶었다.

선박 왕 오나시스는 부자들이 다니는 식당에서 주급을 한 끼의 식사비로 날려버렸다. 부두의 노동자들은 평생 깃털이 같은 사람들끼리 모여서 세상을 한탄하며 자신들의 삶을 구속하는 철조망을 스스로 치고 있었다. 그는 과감히 자신의 삶의 굴레를 벗어나 부자들의 세계로 걸어갔다.

스페인 안달루시아의 주도 세비야에 가면 세비야 대성당이 도시 중심에 우뚝 솟아 있다. 1248년 기독교도에게 함락된 이후 이슬람 사원을 성당으로 개조해 사용하다가 1401년 허물고 당시 세계에서 가장 큰 세비야 대성당을 지었다. 높이 126미터, 폭 83미터에 이르는 대성당은 1507년 완공됐지만 1511년 중앙부의 돔이 무너진 이후 르네상스 양식으로 다시 재건축했다. 오늘날 세비야 대성당에서 가장 유명한 것이 두 가지 있다. 하나는 히랄다 종탑이고 다른 하나는 콜럼버스의 무덤이다. 기독교도들은 화려한 이슬람 모스크의 미나렛을 허물지 않고 상부에 종탑을 올리고 맨 꼭대기에 풍향계를 올려 히랄다 탑이라고 불렀다. 히랄다는 이슬람어로 풍향계를 의미한다. 램프 경사로를 따라 종탑 꼭대기까지 말을 타고 올라갈 수 있도록 이루어져 있는 유일한 종탑이다.

세비야 대성당의 다른 명물은 콜럼버스의 무덤이다. 이곳이 유명한 것은 콜럼버스의 관이 공중에 떠 있기 때문이다. 이탈리아 제노바 출신의 콜럼버스는 모험의 대가였다. 지구가 둥글기 때문에 서쪽으로 가면 향신료로 가득한 인도를 탐험할 수 있다고 믿었다. 그는 후원자를 찾아 포르투갈을 거쳐 스페인에 당도한 뒤 이사벨 여왕을 알현할 수 있었다. 때마침 그라나다 이슬람의 마지막 왕국, 알람브라Alhambra 궁전을 손에 넣은 여왕은 콜럼버스의 모험을 지원하기에 이르렀다. 그러나 이사벨 여왕 사후 콜럼버스는 찬밥 신세가 되었다. 그는 모든 명예를 박탈당한 뒤 쓸쓸하게 죽어가면서도 "나의 유해를 스페인 땅이 아닌 신대륙에 묻어 달라."며 "관에서조차 스페인 땅을 밟고 싶지 않다."는 유언을 남겼다. 1902년 서인도 제도에 묻혀 있던 그의 유해는 스페인의 영웅으로 부활해 세비야 성당으로 돌아올 수 있었다. 세비야 대성당의 남쪽 문 앞에 콜럼버스의 무덤이 공중에 떠 있는 이유는 그의 마지막 유언에 따라서다. 4명의 스페인 왕들이 그의 관을 어깨에 메고 있다. 콜럼버스의 관은 그의 위상을 높이 사는 스페인인들의 사랑을 상징적으로 보여주고 있다. 그의 관을 들고 있는 4명은 스페인의 옛 왕국 레온, 카스티야, 나바라, 아라곤의 왕이다. 앞의 두 왕은 콜럼버스를 지원했기에 당당하게 고개를 들고 있고 뒤의 두 왕은 도움을 주지 않았기 때문에 고개를 숙이고 있다는 이야기가 전설처럼 내려오고 있다. 그의 주검조차 스페인과 신대륙의 사이에 떠 있는 것이다.

스페인 마드리드 중심에는 2개의 광장이 동서에 자리 잡고 있다. 마드리드 서쪽을 지배하고 있는 스페인 광장의 주인은 돈키호테이며 마드리드 동쪽을 지배하는 것은 콜럼버스 광장이다. 두 사람이 스페인의 정신이다. 콜럼버스의 관이 공중에 떠 있는 것은 죽어서도 스페인에 묻히지 않으려는 그를 품겠다는 스페인 사람들의 상징적인 메시지가 담겨 있다. 콜럼버스를 냉대했던 당시의 미안함이 시적으로 표현되어 있다. 시시각각 조여오는 현실의 질곡에 함몰되지 않고 신대륙을 탐험한 콜럼버스의 모험정신을 인정하는 속죄의 마음을 상징적으로 표현한 것이다. 이러한 복잡한 마음들이 공중에 떠 있는 그의 관에 담겨 있다.

세종로를 지키고 서 있는 세종대왕과 이순신 동상이 대한민국 역사의 정신을 상징하는 것이라면 오늘날 스페인의 정신은 돈키호테와 콜럼버스다. 돈키호테의 저자 세르반테스는 '레판토의 외팔이'로 불릴 만큼 해전에서 돌아오다 해적에게 잡혀 고생하다 구사일생으로 돌아온 떠돌이였다. 콜럼버스 역시 이탈리아 제노바 출신의 평민으로서 포르투갈을 거쳐 스페인 이사벨 여왕에게 후원자금을 요구하다 포기하고 프랑스로 건너가려는 찰나에 지원을 약속받았다. 그 역시 신대륙을 4번이나 탐험할 정도로 떠돌이 팔자를 타고 났다.

현실을 벗어나야 할 만큼 간절한 이상을 품지 않고 성취되는 것은 아무것도 없지만 그 방랑에 목숨을 걸 만큼 좋아하지 않으면 불가능하다. 세르반테스는 생전에 부귀와 영화를 누리지 못했지만 콜럼버스는 귀족 칭호와 제독과 총독이 되는 영예를 누렸다. 오늘날 역사의 상징으로 서 있는 세르반테스와 콜럼버스 동상은 부와 영예가 아니라 새로운 세상을 열어준 도전의 결과다.

우연이지만 스페인 마드리드에서 전반기는 콜럼버스 동상 아래에서 후반기는 돈키호테 동상 아래에서 살았다. 콜럼버스 동상이 서 있는 살라망카Salamanca 지역은 서울의 강남처럼 부촌에서 낡은 6층 다락방에서 고독했었지만, 돈키호테 동상이 서 있는 그란 비아에서는 전 세계 다국적 젊은이들과 행복했다.

이베리코 하몽의 향기처럼

스스로 정한 규칙을 과감하게 허물어뜨릴 때 가슴은 새로운 감동으로 일렁거렸다. 낡은 정체성을 허물 벗듯이 벗어던지고 맑은 아침의 정신으로 다시 태어나고 싶었다. 딱딱한 바게트 속에 이베리코 하몽Ibérico Jamón을 종이처럼 얇게 썰어넣은 보카디요Bocadillo(스페인식 샌드위치)를 먹으면서 와인과 코카콜라를 마시고 있었다. 하몽Jamón은 돼지 뒷다리의 넓적다리 부분을 통째로 소금에 절여 신선한 바람에 말린 스페인의 전통 햄으로 스페인 대표 음식이자 가장 대중적인 식품이다. 중세로부터 내려오는 독특한 저장 방법에 따라 장기간의 숙성과 자연 건조를 통해 만들어진다. 특히 콜레스테롤 수치를 낮춰줘 건강에 좋을 뿐만 아니라, 얇은 고기 살을 입에 넣는 순간 사르르 녹아내리며 입안 가득 향이 퍼지는 그 맛 또한 일품이다. 하몽 중에서도 최고급인 이베리코 하몽은 떡갈나무 숲의 농장에서 천연의 도토리만 먹여 키운 특 1급 흑돼지 뒷다리로 만든 것이다. 2년 이상 보통 4년 정도 천연염으로 비가열 숙성시킨 최상품으로 생산량이 많지 않으며 발톱이 검은 게 특징이다.

노릇노릇하게 구워진 바게트 빵 속에 종이처럼 얇은 하몽을 펼쳐놓고, 잘게 썬 토마토와 구운 마늘을 곁들이고 소금, 올리브유, 발사믹 식초를 몇 방울 뿌리면 기막힌 보카디요가 완성됐다. 2년 이상이나 숙성시킨 하몽은 질긴 탄성 속에 고소한 향기가 혀를 자극했다. 성급하게 물고 씹지 않고 조용히 입안에서 녹이는 과정에 단물처럼 깊은 향이 우러나왔다. 그 깊은 맛이 당기는 것이 적포도주vino tinto다. 보카디요와 와인의 궁합을 도와주는 것이 다양한 타파스tapas(가벼운 안주거리)다.

카마레로camarero(남자 종업원)에게 타파스의 맛과 레시피를 물어보면 하나같이 맛있다고 하지만 내 혀끝으로 확인하는 맛은 하나같이 달랐다. 혀끝의 낭만은 하루가 다르게 깊어졌지만 스페인어는 혀끝에서 중세 이슬람의 골목길처럼 꼬여갔다. 보카디요 안에도 서로 다른 역사가 숨어 있다. 바게트는 원래 1789년 프랑스 대혁명의 산물이다. 프랑스 중세를 지배한 봉건 영주의 압제를 무너뜨리고 모든 시민이 평등하다는 민주주의를 실천하기 위해 시민들이 일으킨 피의 혁명이었다. 그 당시 평등을 상징하는 빵이 바게트다. 바게트는 프랑스어로 지팡이를 상징하며 동시에 평등한 사상을 의미한다. 당시 거의 1미터에 해당하는 단순한 막대기 형상의 빵을 만들어 모두 다 골고루 나눠 먹었다. 스페인에서 바게트는 중세 산티아고 카미노의 지팡이를 상징한다.

스페인의 레스타우란테restaurante(레스토랑)는 식당이나 커피숍이 아니라 시민들이 만나고 헤어지는 공동체의 마당이다. 스페인 사람들의 사랑방이다. 우리나라 사람들의 마당이었던 사랑방은 아파트 문화에 자취를 감추고 말았다. 그 순간 사람들은 거실에서 TV 리모컨을 가지고 노는 아이가 됐다. 우리나라는 근대화 이후 사랑방이 사라지면서 사람들이 갈 곳이 없어졌다. 스페인에는 사람들이 함께 모여서 즐기는 공동체의 축제문화가 레스토랑에 있다. 스페인 공동체의 심장이 레스타우란테다. 스페인 레스타우란테는 누구나 쉽게 들러서 함께 타파스와 와인을 즐기며 담소하는 공동체의 쉼터다. 주로 스탠딩 바에 서서 접시 위에 타파스와 술잔을 올려놓고 대낮부터 한밤까지 즐긴다. 스페인의 바는 대중문화의 성소다.

점심을 마치고 동전과 지폐를 다 끄집어 내놓고 환율과 액면 가치를 다시 배웠지만 돌아서는 발걸음은 깃털처럼 가벼웠다. 저만치 공중전화기가 눈에 들어왔다. 당시에는 휴대폰 요금이 비싸 주로 공중전화로 전화를 걸고 휴대폰으로 전화를 받았다. 무거운 스페인 동전을 세로로 세워서 집어넣었다. 동전 떨어지는 소리가 마치 태평양을 가로질러 서울까지 달려가는 신호음처럼 들렸다. 번호를 누르고 수화기를 귀에 가져갔다. 잠시 정적이 차가운 가을비처럼 흘렀다. 그러나 "메시지를 남기세요! 지금은 전화를 받을 수 없습니다."라는 뜻밖의 기계음이 아내의 목소리를 가로막았다. 마음이 잠시 얼어붙었다. 수화기에다 대고 "나 잘 있다. 사랑한다."라고 울듯이 몇 번을 외쳤다. 가슴 밑바닥이 끓고 있었다.

나에게 여행은 새로운 공간을 찾아 떠나는 모험이다. 그곳에서 잠시 그동안 숨겨놓은 야성을 만나는 것이다. 여행자가 뜻밖의 공간에서 뜻밖의 만남에 흥분하는 이유다. 스페인이 나에게 고통스러웠지만 환상적인 공간으로 남아 있는 이유는 스페인어도 모르고 스페인에 대해서 아는 것도 전무하고 난생처음 간 곳에서 살았기 때문이다. 이 세상에서 가장 솔직한 나 자신을 만난 곳이 스페인 마드리드였다. 돌아갈 곳이 있는 여행자는 행복한 사람이다. 아내와 통화한 지 한 주가 흐른 뒤 아내의 향기가 담긴 메시지가 날아왔다. 나는 혼자가 아니었다. 나는 행복한 이방인이었다.

보고 싶은 당신에게.

며칠 전 당신이 전화기에 대고 소리친 말.

"나 잘 있다. 사랑한다!"

비명 지르듯 녹음되어진 당신의 음성을 듣고 또 듣고….

아이들과 함께 듣다가 그만 울어버렸어.

서울에서 아내가

2

위험한 짝사랑

사랑은 악마이며, 불이며, 천국이며 지옥이다.

쾌락과 고통, 슬픔과 후회가 그이기에 함께 살고 있다.

반 필드

스페인 스타일

마드리드 하숙방은 이슬람 해적에게 포로로 잡힌 세르반테스의 감옥 같았다. 생존의 밑바닥에서 먹고, 자고, 씻는 본능에 충실했다. 탱크 같은 주인 할머니는 경상도 아저씨 저리 가라 할 정도로 무뚝뚝했다. 탁하고 허스키한 목소리에 묘한 카리스마가 풍겼다. 움직일 때마다 물개 울음소리 같은 주문을 중얼거렸다. 할머니의 존재를 과시하기에는 작은 아파트 공간이 좁았다.

할머니는 날씬한 딸을 품고 있었다. 20대 후반으로 보이는 딸은 투명인간처럼 흔적을 노출하지 않았다. 어쩌다 거실에서 TV를 보거나 담배를 피우다 내가 나타나면 갯바닥의 게처럼 쏜살같이 방으로 사라졌다. 딸의 정체가 궁금했다. 이혼한 것일까? 잠시 실직한 것일까? 불현듯 호기심이 풍선처럼 일었다.

길 따라 성벽처럼 단단하게 둘러친 담장 사이로 난 철 아파트 대문은 항상 비밀스럽게 닫혀 있었다. 아파트 수위가 없어서 직접 열쇠로 열고 들어가든지 인터폰으로 확인 절차를 거쳐야 했다. 스페인 문화는 성악설에 기반을 두고서 인간의 자유를 구속했다. 스페인 마드리드의 건물들은 길을 따라 건물들이 어깨를 마주하며 성벽처럼 서 있다. 정원은 건물 내부에 공동 정원을 두던지 아니면 중정을 공유했다. 우리처럼 건물과 건물 사이에 이동 간격을 두지 않았다. 자연히 건물의 모든 창은 도로를 향하든지 중정을 향할 수밖에 없다. 한정된 공간에서 햇빛을 나누다보니 우물처럼 깊게 파인 중정으로 이웃집 창문들이 고개를 내밀고 있었다.

현관에 들어서면 어두침침한 복도를 따라서 우측에 침대 2개가 나란히 놓여 있는 큰방이 있고, 그다음 작은방이 나의 방, 그다음이 부엌, 화장실과 욕실, 마지막 복도 끝에 거실과 안방이 있는 25평 내외의 아파트였다. 내 방의 매력 포인트는 단연 중정으로 난 창이었다. 손바닥만 한 하늘을 물고 있지만 중정 가득 지중해의 태양이 넘실거렸다. 그 빛을 향해 해바라기가 고개를 세우듯이 다닥다닥 창문이 반짝이고 있었다. 중정의 빛은 깊고 진한 하늘의 우물이었다.

아침 햇살이 내 입술을 두드릴 때 그 따사로움은 밤새 먼 길을 돌아온 여인의 입술처럼 달콤했다. 밤새 구겨진 마음을 반듯하게 다려주었다. 여기저기 낡은 옷장의 벗겨진 칠들이 햇빛 아래 지난 역사를 전시하고 있었다. 내 가벼운 육체를 품기에도 지쳐 있는 스프링 2층 침대가 부엌 쪽 벽을 따라 군용 간이침대처럼 놓여 있었다. 올이 다 벗겨지고 색이 바랜 낡은 커튼이 창문가에서 바람에 흔들리며 방바닥의 그림자를 쫓고 있었다. 그 앞으로 작은 원형 테이블이 빨간 나무 의자와 조금 어긋난 상태로 놓여 있었다. 스타벅스 커피숍은 원형 테이블처럼 다정하지는 않았다. 심리적으로 사각형 테이블보다 원형 테이블에서 혼자 온 사람들이 더 안정감을 느끼듯이 작은 원형 테이블이 조금 더 편안했다.

커튼을 걷고 시원하게 빛과 바람을 품고 싶었지만 불과 4미터 거리의 이웃집 창문에서 침입하는 투박한 시선이 부담스러웠다. 세 뼘 정도 커튼을 열어두고 시원한 바람만 받아들였다. 이리저리 긁혀 상처투성이인 나무 바닥 위로 조심스럽게 걸어 다니며 발바닥으로 빛과 그림자의 감촉을 느끼고 있었다. 출입문 앞에 신문지 한 장을 펼쳐놓고 마음으로 현관 선을 그었다. 방 안까지 신발을 신고 들어오는 것이 왠지 꺼림칙했다. 신문지 위에 가지런히 신발을 올려놓으니 좀 더 청결해진 것 같았다. 맨발의 감촉을 느끼는 것만으로 오랜만에 방에 들어온 것 같았다.

엿가락처럼 온몸을 휘감으며 불쾌하게 나를 끌어안는 철제 2층 스프링 침대는 그리 낭만적이지 않았다. 2층 침대이니 좋은 곳을 골라서 사용하라는 할머니의 입에 발린 말은 무심한 가슴에 생채기를 남겼다. 역부족인 스페인어 실력 때문에 성난 마음을 억지로 달랬다. 산뜻한 목재 침대가 호텔방처럼 가지런히 놓여 있는 옆방을 쳐다볼 때마다 가슴만 자꾸 끓어올랐다.

창문을 두드리는 투명한 햇살은 바람을 초대하는 자유의 상징이었다. 커튼을 적당히 흔들며 이웃집 시선을 교묘하게 벗어났다. 중정을 가로지르는 빨랫줄에 오색 만국기처럼 빨래들이 바람에 흔들리고 있었다. 주인 할머니가 열쇠 꾸러미를 들고 왔다. 중세의 이름 모를 성문 열쇠처럼 시간이 녹슬어 있었다. 아파트 대문 열쇠와 현관 열쇠, 방 열쇠가 각각 엄지손가락만 해서 열쇠 꾸러미 전체는 손바닥만 했다. 술 취한 돈키호테에게 기사 작위를 내려주는 여관 주인처럼 나를 정식 가족으로 인정하는 서품식 같았다.

배고프고, 춥고, 아프고, 황당하고, 간절함을 동반하는 스페인어가 제일 먼저 피부에 닿았다. 언어는 내게 말초적인 생존수단이자 도구였다. 운전은 이론이 아닌 감각이듯이 언어는 이론이 아니라 생존수단의 본능이었다. 새벽녘 갈증에 못 이겨 부엌문을 열었다. 그러나 부엌문은 꿈쩍하지 않았다. 손잡이를 몇 번 돌려보고는 화장실 세면기에서 목을 축였다. 가슴이 먹먹해졌다. 아침 식사로 코코아 우유와 잼을 바른 케이크를 위장에 밀어 넣었다. 일어서려는데 위장이 난도질을 쳤다. 아직 스페인 스타일을 받아들이기에는 좀 이른 모양이었다.

불한당으로 내쫓기다

젊고 아리따운 프랑스 처녀 미셸이 옆방에 자리를 틀었다. 그녀의 존재만으로 칙칙했던 집이 환하게 빛났다. 비즈니스로 마드리드에 잠시 들린 미셸과는 말이 통했다. 예쁜 아가씨와 함께 있다는 것만으로 삶은 축복이자 희열이었다. 사람에게서 상처받지만 동시에 사람에게 위로를 받는 것이 인생이다.

프랑스 아가씨에게 다정스럽게 구는 할머니가 눈꼴사나웠지만 세계 어디서나 미인은 행복의 활력소인 법이다. 어학원에서 돌아오자마자 아름다운 아가씨를 마주볼 수 있다는 것만으로 천국이었다. 좋은 사람과 함께하는 것보다 황홀한 것은 없다. 그녀와 마주하는 그 눈길만으로 감정은 천국을 날아다녔다. 소통보다 더 중요한 공감은 없었다. 유창한 스페인어와 영어보다 친절한 마음씨가 더 아름다웠다.

상냥한 그녀가 학원 숙제를 도와줄 때마다 스페인어가 친구처럼 다정하게 굴었다. 그녀를 생각하는 것만으로 마음은 벌써 춤을 추고 있었다. 급한 마음에 스페인어 문법책을 들고 그녀의 창문을 두드렸다. 기척이 없었다. 계속 두드렸다. 얼굴만 빼꼼히 내밀던 그녀가 갑자기

소스라치게 놀라며 비명을 질렀다. 놀란 내 마음도 뒷걸음질 치며 무너져 내렸다. 천사 같은 미셸이 아니었다. 하숙집 딸이었다. 사랑스러운 미셸은 프랑스로 돌아가고 그 자리를 하숙집 딸이 지키고 있었다. 그렇다고 놀라 자빠질 일은 아니지 않는가.

아! 사랑스러운 미셸이었다면 이렇게 박절하게 굴지 않았을 것이다. 그녀의 예쁜 얼굴이 자꾸 눈에 아른거렸다. 세상을 손에 쥐었다 하루 만에 놓아버린 느낌이었다. 울적한 마음에 마드리드 김 사장을 불러냈다. 그동안 쌓인 스페인 생활의 불만을 토로하고 있었다. 그때 김 사장의 휴대폰이 울렸다. 어색한 웃음을 뒤로하고서 그는 나를 앞세우더니 급히 하숙집으로 향했다.

그날 밤 늦게 나는 하숙집에서 추방당했다. 변명이 비집고 들어갈 틈이 없었다. 당장 짐을 주섬주섬 챙겼다. 하숙집에서 쫓겨난 나는 까만 밤거리를 걸어가고 있었다. 노크 한 번 잘못해서…. 쫓겨났지만 아름다운 미셸은 영원히 잊을 수 없는 추억으로 남았다.

바람에 흔들리며

옛날 어느 왕국의 임금이 사랑하는 공주의 신랑감을 찾기 위해 한 가지 꾀를 부렸다. 사나운 악어가 득실거리는 연못을 만들어놓고 맨몸으로 가로지르는 청년에게 공주와의 결혼을 승낙하겠다고 공포했다. 결전의 순간이 도래했다. 그러나 아무도 연못에 뛰어들지 않았다. 모두가 숨을 죽이고 있는 사이 갑자기 한 남자가 연못에 뛰어들었다. 쏜살같이 악어를 피해서 연못을 가로질렀다. 너무나 흡족한 임금은 그 남자에게 소원을 물었다. 그러자 그 청년은 "전하! 소인은 누가 제 등을 밀었는지 그 범인을 찾고 싶을 뿐입니다."라고 했다. 여행은 가끔 악어가 득실거리는 연못에 뜬금없이 뛰어드는 것인지 모른다.

나에게 사랑은 어느 날 갑자기 찾아오는 봄바람이 아니었다. 아내와 결혼하기 전에 결혼하자고 얘기한 여자만 셋이었다. 스승의 사모님이 소개한 아가씨를 세 번 만나고 한 달 용돈이 다 떨어지는 참혹한 사태가 벌어지자 연애를 포기하고 말았다. 당시 설계사무소 봉급은 겨우 한 달 숙식을 해결해줄 정도였다. '건축이나 즐기며 혼자 살지'라는 배짱으로 혼자 살기로 했다. 그러다 아내를 만났지만 진지하게 사귀려고 생각한 적은 없었다. 내 주머니 사정에 맞는 곳만 열심히 돌아다녔다. 다행히 아내에게 차가 있어서 참 많이 돌아다녔다.

그러나 결혼은 고난의 연속이었다. 가진 것이라곤 불알 두 쪽에, 부모님마저 돌아가시고 없는 촌놈이라는 것이 걸림돌이 되었다. 고향의 형수님은 부잣집 할머니의 막내딸을 소개시켜주었다. 돈과 사랑 앞에서 한참을 헤매다 결국 사랑을 택했다. 수없이 바람에 흔들리며 지금까지 살아온 것이 기적이다. 어쩌면 결혼이란 연못에 등 떠밀려 들어간 것 같았다. 악어가 득실거리는 세상의 연못에서 이 한 몸 살아남기 위해서 죽을힘을 다해서 뭍으로 나왔을 뿐이다.

스페인은 나에게 두 번째 연못인지 모른다. 중학교 때부터 시작된 타향살이가 싫어서 결혼했지만 핏속에 잠자는 모험의 세포는 다시 스페인으로 나를 몰아붙였다. 낫 놓고 기역 자도 모르는 스페인어 실력으로 스페인으로 날아갈 수 있었던 것은 아마 여행에 대한 바람 때문이었을 것이다. 스페인 연못의 악어는 좀 달랐다. 겉으론 친절한데 속으론 냉정한 양 같았다. 언제든지 서울에 다시 돌아올 수 있기 때문에 떠날 수 있었다. 스페인에서 평생 살라고 했다면 금방 돌아왔을 것이다.

한겨울 마드리드 건축 대학 도서관에서 동면하듯이 스페인어와 씨름하고 있었다. 틈만 나면 창문으로 고개를 돌리고 넋 잃은 사람처럼 앙상한 가지의 느티나무를 바라보고 있었다. 시도 때도 없이 청춘남녀들이 끌어안고 포옹하고 입 맞추는 장면을 보는 것도 한 번 두 번이지 시도 때도 없이 내 앞에서 키스하는 모습이 싫어서 항상 창문을 끌어안고 앉았다. 앙상한 나뭇가지가 삭풍을 안고 있는 모습이 나를 보는 것 같았다. 새털구름이 봄바람을 타고 풍경을 갈아치웠다. 어제와 똑같은 날들이 무심하게 흐르는 것 같았지만 널뛰는 내 마음처럼 같은 날이 하루도 없었다. 어느 날인가 앙상한 가지에 연보랏빛 새싹이 작은 점처럼 번지기 시작했다. 눈바람에 지치고 어두운 밤 그림자에 새우잠을 자던 그 고독한 가지에 마침내 새싹이 피어나고 있었다. 그 혹독한 겨울 속에서 앙상한 가지는 소리 없이 봄을 노래하고 있었던 것이다.

그 순간 서울로 돌아갈 수 있다는 확신이 들었다. 견딜 만하다는 배짱이 스멀스멀 기어 나왔다. 여행지에서 돌아가고 싶다는 말은 두 가지다. 정말 힘들어서 그런 경우와 상인이 만날 적자라고 죽는소리하는 경우다. 봄이 사랑의 계절인 이유는 겨울의 고독과 아픔이 있기 때문이다. 봄이 겨울이 있기에 아름답듯이 여행은 돌아갈 곳이 있기에 행복한 것이다. 인생이란 어쩌면 다투다 정들고 정들다 늙어가는 것인지 모른다. 고여 있는 우물 속의 미꾸라지처럼 평생을 한곳에 웅크리고 살고 싶지 않다. 오늘도 봄바람에 살랑거리는 개나리처럼 어디로 또 흔들리고 싶다.

예술가로 부활하다

하숙집에서 추방당한 그날 밤 마드리드의 달그림자는 유난히 아프게 흔들리고 있었다. 마드리드 왕궁으로부터 더 남쪽으로 달아났다. 델리시아스Delicias에서 두 블록 더 남쪽에 있는 에우헤니오 셀레스Eugenio Celes로 이동했다. 시가의 풍경은 산뜻했다. 거리를 메운 아파트들은 모두 신축건물이었다. 아파트 대문을 열고 들어가니 널찍한 라운지가 현대식으로 마련되어 있었다.

현관을 들어서자 신발장 위에 놓인 가족사진이 다정하게 반겼다. 행복한 가정의 심벌 같았다. 파란 페인트 자국을 따라 왼쪽으로 살짝 굽어진 복도를 물고 모던한 욕실 2개가 나타나더니 작은 방을 끼고 마지막 막다른 복도 끝에 작은 방으로 이어졌다. 오각형으로 이루어진 방은 난생처음이었다. 사각형의 공간에서 오각형의 공간으로 각이 하나 더 있다는 것만으로 원에 더 가까워지고 있었다. 더욱 여성적이고 부드러웠다. 그날 밤 나는 공간을 분석하는 건축가에서 공간을 느끼는 관객이 됐다.

붙박이 가구로 정돈된 방 안 분위기와 산뜻한 색감의 인테리어만으로도 몇 시간 전의 혼돈을 지워버릴 수 있었다. 하루 만에 서울 생활을 떨쳐버리고 스페인 마드리드로 날아왔듯이 하루 만에 하숙집에서 쫓겨나 새로운 하숙집에 도착했다. 뜻하지 않게 새옹지마의 주인공이 됐다. 창문이 거리를 향해 입을 벌리고 있었다. 작은 유리문을 열고 발코니로 나갔다. 아늑한 발코니가 도시 풍경을 넉넉하게 품고 있었다. 빛과 바람이 어우러진 발코니는 자유의 상징이었다. 거리를 오가는 사람들의 모습이 영화의 한 장면처럼 지나가고 있었다. 사랑방과 마루처럼 방과 발코니가 서로 의지하며 낭만을 실어 나르고 있었다. 간절히 그리워해본 자만이 느낄 수 있는 그런 낭만이었다.

한 평이라도 더 실내공간을 키우려는 이기심에는 낭만이 설 자리가 없다. 발코니를 방으로, 거실로 개조해 자연과 인간의 경계를 지워버리는 서울의 삶은 삭막하다. 그리움과 낭만을 상실한 도시는 이기심으로 가득찬 우리의 또 다른 모습이다. 스페인 마드리드에서 발코니는 하늘마당이자 공중정원이다. 발코니에 꽃과 의자를 갖추고 원색의 어닝을 설치해 감정의 여백을 담아두었다. 하얀색 플라스틱 의자가 발코니 가장자리에서 깜찍하게 나를 쳐다보고 있었다. 사색은 자유의 선물이다. 이리저리 옮겨가며 자세를 취하다가 잘생긴 가로수를 향해 엉덩이를 내려놓았다. 그리움은 눈보다 먼저 날아가고 있었다. 생각의 활주로가 펼쳐지더니 그리움의 나비가 날아올랐다. 상상력의 무지개는 자유로운 마음만이 품을 수 있다. 마드리드의 자연과 빛과 바람을 처음으로 한껏 품었다. 갈망해본 사람만이 느끼는 황홀감이었다.

할머니와 이혼한 딸과 외손자가 함께 살고 있었다. 나와 동갑인 아들은 어쩌다 가끔 얼굴만 비추고 훌쩍 떠나버렸다. 음악가 특유의 자유로운 영혼의 방랑자였다. 곰처럼 무뚝뚝한 할머니의 품에서 벗어나 여우처럼 상냥한 할머니 품에 안겼다. 지친 몸을 뜨거운 욕조에 밀어 넣었다. 지난 상처를 말끔히 지웠다. 인간은 간사한 감정의 동물이다.

곧이어 환영 만찬이 벌어졌다. 부드러운 버섯 수프에 후추를 넉넉하게 뿌리고 한 스푼 살짝 떠서 혀 속에 밀어 넣었다. 마드리드 향기가 진하게 뭉클거렸다. 이어서 손바닥만 한 양고기 스테이크가 나왔다. 노릇노릇한 스테이크 위로 나이프가 올려 나왔다. 엉성한 나의 본새를 지켜보던 할머니가 한마디 거들었다. "건축가면 스페인에선 예술가인데 스테이크 자르는 예법도 모르냐!" 할머니의 시범이 절도 있게 이어졌다. 포크와 나이프를 날렵하게 양손에 잡고 능숙하게 스테이크를 잘랐다. 의자에 반듯하게 앉아서 오른손에 나이프를 가볍게 잡고, 왼손에 포크를 우아하게 잡고서 부드러운 눈빛으로 스테이크를 응시했다. 양팔은 겨드랑이에 가볍게 붙이고 황제처럼 품위 있게 잘라서 한입 물고 교양 있게 씹었다. 먹는 것이 예술이었다. 정열적인 레드와인으로 부드럽게 혀를 적시며 식사의 멋을 더했다. 마드리드의 문화가 내 입

속에 안겼다.

우아한 할머니의 카리스마가 조용히 식탁을 지배했다. 그날 밤 만찬은 잘 연출된 스페인 입국인사였다. 스페인 황제가 부럽지 않은 만찬은 어느새 2시간을 훌쩍 넘겼다. 과일과 타파스로 이어지는 파티는 와인 잔을 비우며 한여름 오후의 햇살처럼 느긋하게 지나갔다. 대화는 식사의 안주이자 소화를 촉진하는 영양제였다. 와인을 음미하다보니 3시간이 바람처럼 흘렀다. 만삭의 배를 겨우 지탱하며 식당에서 빠져나왔다.

지금도 스테이크를 먹을 때면 저만치 페피타 할머니의 야릇한 미소가 떠오른다. 스페인 사람들의 만찬은 평균 2시간이다. 인생은 성난 파도의 허리를 타고 흐르는 윈드서핑이 아니다. 우리는 즐김과 사유의 문화로 일하는 호모사피엔스다. 스테이크를 자를 때마다 페피타 할머니와의 추억이 떠오른다. 입가에 여린 웃음을 물고 우아하게 스테이크를 자르며 마드리드의 추억을 마신다. 추억은 피보다 더 진하게 내 삶을 낭만적으로 물들였다.

인생은 미지의 시간 위로 걸어가는 여행이다. 집은 여행자의 안식처이자 활력을 불어넣어주는 주유소다. 사랑과 믿음과 즐거움이 없는 인생은 사막처럼 건조하다. 집은 목적의 공간이 아니다. 어머니 자궁에서 탯줄을 자르고 세상으로 나올 때부터 피투성이가 된 인간은 여행자의 숙명을 띠고 태어났다. 집은 인간에게 영원한 자궁이지만 동시에 매일 벗어나야 하는 곳이다. 집은 세상의 중력으로부터 자유로워지는 공간이다. 집은 가족을 품어주는 가장 작은 세상의 자궁이다.

마드리드의 두 가정은 내 인생의 두 얼굴, 낮과 밤처럼 극적인 대비를 보여주었다. 하루 만에 불한당에서 예술가로 옷을 갈아입고 다시 무대에 올랐다. 그날 밤의 악몽은 내 삶의 깊이를 한 뼘 더 키워주었다. "아름다운 표면은 무서운 깊이 없이 만들어지지 않는다."는 니체의 말처럼 문화는 무서운 깊이를 가지고 있다. 상큼한 냄새를 풍기는 침대 시트에 몸을 묻었다. 만족스러운 안락한 침실보다 더 행복한 것은 없다. 집은 머리로 이해하는 공간이 아니라 가슴으로 만끽하며 즐기는 공간임을 페피타 할머니가 가르쳐주었다.

인생은 자로 그은 직선처럼 반듯하게 그어지지 않았다.
마음의 길을 따라 종종걸음을 치던
곡선, 사선, 점선이 모두 모여
인생의 그림을 완성했다.

인생은 예정 없이 떠나는 뜻밖의 여행이었다.
외로움도 쌓이면 친구처럼 따뜻한 이웃이 됐다.
바람이 불면 옷깃을 여미고

비가 오면 종종걸음으로 뛰고

눈이 오면 신발을 고쳐 매었다.

인생은 뜻밖의 만남이었다.

기대한 사람에게 상처를 받고

생각지도 않았던 사람에게 호의를 받고

상처와 호의가 서로 부둥켜안고서

인생의 추억을 쌓았다.

현실의 강을 건너다

여행은 뼈를 발라낸 생선회의 신선함을 혀끝으로 만나는 짜릿함이다. 일상을 지탱하는 딱딱한 구속의 뼈들을 제거한 그런 자유로움이 여행자의 낭만이다. 상상의 비행을 시작하기 위한 첫 번째 조건은 무조건 현실의 강을 건너는 것이다. 그 순간 현실과 이상은 살과 뼈처럼 분리된다. 지상의 모든 짐을 벗어던지고 천국으로 날아가는 착각에 빠져든다. 골치 아픈 현실을 팽개치고 상상력의 물감에 젖어든다. 여행은 천진난만한 어린아이의 발걸음이다.

호기심의 유혹을 참지 못하고 망아지처럼 기웃거리며 돌아다닌 적이 있었다. 바람을 타고 솟아오르는 연처럼 현실의 절벽을 가파르게 타고 날아오르고 싶었다. 무리에서 몰래 빠져나와 나이트클럽을 전전하며 북경의 밤이슬을 맞을 때도, 야시장을 들락거리며 식도락가가 됐던 이스탄불의 느린 밤도 모두 일상의 탈출이었다.

인생이 여행이었으면 하는 생각을 한 적이 있다. 건축사 자격시험에 합격하고 나서 건축사사무소를 차렸다. 다행히 그때는 일거리가 지금보다는 많았다. '건축은 보는 것'이라는 말을 성서처럼 믿을 때였다.

여행은 바람이다.

일상의 단조로움에서 벗어나 바람을 피우는 것이다.

호기심을 조율하고 고독을 책임지며 그 질긴 바람에 흔들리는 것이다.

작은 돈이라도 모이면 지식의 갈증을 채우기 위해 여행을 떠났다. 답답한 현실에 숨통을 열어주는 것이 여행이었다. 하루가 즐거우려면 목욕탕에 가고, 일주일이 즐거우려면 머리를 단장하고, 한 달이 즐거우려면 여행을 떠나고, 1년이 즐거우려면 연애를 하라는 말이 있다. 나에게 여행은 버거운 현실의 탈출이었다. 한번 다녀오면 1년은 거뜬히 버틸 수 있었다.

서울에서 중용은 통하지 않는다. 에른스트 슈마허의 《작은 것이 아름답다》는 논리도 통하지 않는다. 근대 올림픽 정신이 부르짖었던 '보다 빠르게Citius, 보다 높게Altius, 보다 강하게Fortius'라는 구호는 어느새 근대 산업사회의 모델이 되어 빠르고, 높고, 강한 '경쟁력'의 척도가 됐다. 이 정신으로 남보다 빠르게 '행복'에 도달할 수 있다고 믿었다. 서울에서 내 발걸음은 종종걸음이다. 뛰어가면서 전화를 걸고 받는다. '빠르게, 높게, 강하게'라는 구호는 미래에 초점을 둔다. 빠르게 달리는 승용차 안에서 주변 풍경을 구경하기는 힘들다.

이런 의미에서 여행은 일상의 탈출이자 태업이라 할 수 있다. 중세 프랑스 농민들이 영주의 부당한 처사에 항의해 수확물을 사보sabot(나막신)로 짓밟은 데에서 연유하는 사보타주sabotage가 일상에서 여행으로 발전한 것이다. 이는 인간이 동물과 다른 감정의 동물임을 의미한다. 서울에서는 남을 이기지 않으면 안 된다. 모든 것이 경쟁이다. 가족이 해체되는 첫 번째 이유도 경쟁하기 위해서는 가벼워야 하기 때문이다. 자연히 대가족이 해체되고 소가족만이 남았다.

여행은 일종의 중독이다. 여행이 결코 편안하거나 쉬운 것은 아니다. 여행이 그렇게 행복하고 재미있고 편안하다면 다시 돌아오고 싶지 않아야 한다. 여행이 아름다운 것은 다시 돌아올 수 있는 집이 있기 때문이다.

여행은 또한 바람이다. 일상의 단조로움에서 벗어나 바람을 피우는 것이다. 여행은 호기심을 조율하고 고독을 책임지며 그 질긴 바람에 흔들리는 것이다. 진정한 자유는 외로움이다. 자유는 혼자서 모르는 세상과 마주서는 것이다. 철저하게 혼자라는 사실만으로 여행은 자신의 내면과 마주설 수 있게 한다. 꽃이 밤새 서리와 바람에 흔들리며 잉태되었듯이 생존의 본능은 고독 속에서 잉태되기 마련이다. 한순간도 긴장의 끈을 놓지 못하고 포식자의 눈을 피하려 했던 그라나다의 어느 골목길에서 마주친 날강도의 고독한 눈동자에도 여행의 진실이 숨어 있었다.

이런 의미에서 스페인은 나의 피난처이자 애인이자 고독한 사랑의 애무였다. 남자에게 자기만의 피난처와 애인과 사랑의 애무가 필요하다. 피가 거꾸로 흐르는 충동을 느끼는 것은 살아 있다는 증거다. 현실에서 벗어나는 사보타주 한 번 하지 않는 사람은 인간이 아니라 인조인간 로봇이다.

혀끝의 기억

스페인의 수도 마드리드에는 300만이 넘는 사람들이 살아가고 있다. 그러나 군중 속에서 나는 투명인간이었다. 소통과 불통이 고독과 환희의 시소를 오르내리며 마드리드의 삶을 조각하고 있었다. 마드리드의 깊은 밤이 영원히 벗어날 수 없는 지하 터널처럼 무섭게 흘렀다. 갈 수 없고, 가질 수 없고, 먹을 수 없을수록 그리움이 빈 가슴에 불을 질렀다. 위장의 향수는 정신마저 완벽하게 지배했다.

서울 생활이 눈물 나게 서러울 때마다 상처 난 가슴으로 우면산에 올랐다. 방배동을 훤히 내려다보며 현실의 발바닥에 힘을 실었다. 저 많은 아파트의 불빛 속에 의지할 방 한 칸 없다는 절망이 가슴을 누를 때도, 목까지 치밀어 오르는 향수가 육신을 유린할 때도 밤하늘의 별을 따서 희망으로 가득 채웠다.

스페인 음식은 변덕스러운 스페인 북부 날씨처럼 감정의 롤러코스트를 타게 했다. 한 입의 맛에 오늘은 웃었지만 내일은 울게 될 것이었다. 심장이 멈출 듯한 위장의 그리움은 고향의 맛만이 달래줄 수 있었다. 감정 없이 하루를 날려버리는 것보다 더 생기 없는 삶이 어디 있을까.

"죽기 전에 나의 인생이 가능한 한 많이 움직이는 것을 보고 싶다. 인생이 나를 버리고 떠나려 하고, 더 이상 나를 돌봐주지 않으며, 젊은 사람을 향해 도약하고, 어리석은 사람에게 매혹되는 것을 느낀다는 것은 형언할 수 없는 기쁨이다."라고 니코스 카잔차키스는 《스페인 기행》에서 이야기했다.

마흔넷 나의 위장은 한국식 문화가 고스란히 축적된 화석이었다. 스페인 마드리드에서 고추장의 이미지만 떠올려도 입에 침이 고였다. 쓴맛의 포도를 떠올릴 때의 침과는 성격이 달랐다. 위장은 단순 명료하다. 거짓말을 할 줄 모른다. 스페인의 국기보다, 플라멩코 무희의 드레스 자락보다 더 붉은 색으로 타오르는 고추장은 그리움의 상징이었다.

감기와 사랑을 숨길 수 없듯이 위장의 본능은 감출 수 없는 그리움이다. 고독이 홍수처럼 범람하는 날은 고향의 맛이 제격이다. 입맛보다 더 빠른 감정의 전환은 없다. 스페인 음식에 미식미식 위장이 꼬일 때마다 아내표 양념 고추장 한 순갈이면 만사형통이었다. 치즈와 올리브유에 길들어가던 혀를 한순간 고향의 맛으로 돌려놓았다. 나이가 들수록 문화의 중독은 심했다. 피부색을 지울 수 없듯이 고추장의 화끈한 맛을 떨쳐버릴 수 없었다. 시무룩해진 나의 얼굴을 볼 때마다 할머니는 냉장고에 모셔져 있던 고추장을 살며시 대령했다. 순간 나의 위장이 살며시 웃었다.

기다림의 시간이 선물한 맛보다 더 깊은 맛은 없다. 스페인 하몽, 안초비anchovy, 케소queso처럼 인생 또한 시간의 숙성으로 깊어졌다. 세월의 바람을 기다림의 낭만으로 물들이는 것이 인생이다.

세상이 고단하고 힘들 때마다 부모님 산소로 달려갔다. 덩그러니 산속에서 파릇한 잔디의 융단을 입고 있는 봉분은 철없는 가슴을 다독여 주는 젖무덤이었다. 고향 맛은 모양으로 알 수 있는 것이 아니라 혀로 음미하는 것이다. 레스토랑에서 안초비를 젓갈 정도로 생각하고 먹었다가 뱉지도 삼키지도 못하고 잠시 망설인 적이 있었다. 안초비는 스페인 피레네 산맥 줄기에 자리 잡은 바스크어로 건어물을 뜻하는 안초바anchova에서 파생한 말이다. 생선을 묽은 소금물로 씻어서 포화식염수에 7~8시간 담근 후, 머리와 내장을 제거하고 소금을 뿌려서 무거운 것으로 누르고 뚜껑을 덮어 수개월 동안 빛과 열이 차단된 시원한 곳에 저장한다. 이때 월계수나 후추·정향 등의 향신료를 넣어 맛을 내기도 한다. 다 익은 후에 꺼내어 배를 갈라 뼈를 제거하고 둘둘 말아서 작은 일회용 그릇에 꼭꼭 채운 후 올리브유를 부어 꼭 싸매 보관한다. 음식은 그 민족만의 문화이자 시간의 추억을 담고 있다. 그리움이 깊어질수록 혀끝의 추억은 화석처럼 굳어지는 법이다. 젓갈을 추억하며 입에 넣은 안초비에서 고향의 맛은 느낄 수 없었다. 오늘 혀끝에 그 놀라운 충격을 주었던 안초비가 다시 그리워진다.

축제의 무대, 광장

마드리드는 장구한 역사와 전통을 간직한, 깊이와 행복, 경이로움이 넘치는 도시다. 그 역사의 중심에 솔 광장과 마요르 광장이 자리하고 있다. 스페인 어학원에서 그란 비아 거리를 따라 조금만 올라가면 칼야오 Callao 전철역 작은 광장이 나오고 그곳에서 곧바로 프레시아도스 쇼핑몰을 따라 내려가면 솔 광장으로 이어진다. 솔 광장은 스페인 마드리드가 세계의 중심이라는 자신감으로 만든 '태양의 문'이 있었으나 지금은 사라지고 흔적만 남아 있다. 솔 광장은 그곳을 중심으로 10개의 방사형 도로가 뻗어 있으며 세상의 중심으로 나아가는 스페인의 열린 마당이다. 스페인의 모든 도시는 중심에 광장을 만들고 광장을 중심으로 도로와 광장과 성당이 거미줄처럼 엮여 있다. 성당과 광장과 길이 스페인 중세 도시 구조의 핵심이다.

16세기 대항해의 시대의 화려했던 스페인을 상징하는 태양의 문은 솔 광장에서 사라지고 없지만 마드리드의 상징인 곰 조각상이 산딸기나무에 코를 박고 있다. 시계탑과 카를로스 3세 기마상도 솔 광장의 상징성을 조각하고 있지만 나에겐 산딸기나무에 코를 대고 있는 곰 조각상이 더 친근했다. 솔 광장에서 서북 방향으로 좁을 골목길을 거슬러 오르면 분위기가 전혀 다른 마요르 광장이 숨어 있다. 마드리드의 배꼽이 솔 광장이라면 심장은 마요르 광장이다. 마드리드 행정 중심 광장답게 직사각형 건물이 광장을 둘러싸고 있다. 이곳에서 벌어진 최초의 공식 행사는 1620년에 산 이시드로 라브라도르San Isidro Labrador를 마드리드의 수호성인으로 인정하는 의식이었다. 그 이후 19세기까지 매일 시장이 열리고 투우, 종교재판, 공연, 축제가 쉬지 않고 벌어지던 정치의 중심이었다. 직사각형 광장을 에워싸고 각종 기념품 상점들과 노천카페 등이 들어서 있다. 화려한 색상의 아파트 사이로 17세기 파나데리아Panaderia 벽화가 아름답게 빛나고 있다.

축제 기간이면 어김없이 마리엘라에게 불려나갔다. 솔 광장에서 만나 타파스를 즐기고 마요르 광장에서 축제를 즐기다 밤이 이슥하면 방사형으로 뻗어 있는 9개의 골목에 굴비처럼 엮여 있는 선술집에서 밤새 술을 마시며 춤을 추었다. 가장행렬 뒤에 굴비처럼 엮여서 고삐 풀린 망아지처럼 춤을 추며 발을 구르며 소리를 질렀다. 축제가 끝나기가 무섭게 삼삼오오 짝을 지어 골목길에 딸린 선술집으로 모여들었다. 축제 2막이 자발적인 참여자들만으로 펼쳐졌다. 맥주와 와인과 코카콜라를 섞어서 만든 가벼운 음료수로 상그리아sangria와 비슷한 칼리모초calimocho를 마시며 모르는 사람들의 어깨를 마주잡고 원시 부족처럼 원을 그리고 음악과 박자에 맞춰 발을 구르며 소리를 질렀다.

그런데 저만치서 여인의 시선이 느껴졌다. 취해서 착각했나 생각하고 다시 고개를 돌렸다. 아! 여기가 서울이 아니라 마드리드 마요르 광장의 샛길인데. 그러다 갑자기 용기가 솟았다. 라파엘에게 슬쩍 귀띔했더니 선뜻 따라나섰다. 가까이 다가갈수록 그녀의 눈동자가 웃고 있었다. 한밤중에 내가 홀린 것일까? 술기운에 달아오른 나의 눈을 다시 비볐다. 그래도 그녀의 눈은 여전히 웃고 있었다. 그런데 그녀는 아! 지난달까지 나에게 스페인어를 가르쳐준 알리시아가 아닌가? 달려가 그녀에게 포옹하고 좌측 우측 볼에 입을 맞추고 눈을 쳐다보는데 그녀의 눈이 옆으로 향했다. 약혼자라는 남자가 마치 근위병처럼 그녀의 어깨를 감싸고 근엄한 눈으로 나를 쳐다보았다. 아! 나의 로맨스는 새벽 동이 트기 전에 끝이 나고 말았다.

광장이란 문명의 탈 속에 감추어두었던 원시성을 불러내는 축제 의식이 벌어지는 마당이다. 축제를 의미하는 스페인어 피에스타fiesta는 일상에서 잠시 벗어나 종교적인 의식에 진입한다는 뜻을 내포하고 있는 라틴어 '페스투스festus'라는 말에서 유래했다. 일상으로의 탈피, 인간과 신의 경계를 허무는 난장을 통해 그동안 잃어버린 인간성을 회복하는 것이다. 그 축제의 무대가 광장과 길에 연이어 있는 것은 누구나 참여할 수 있음을 의미한다.

인간 사슬

석 달이 지나기 전에 비자를 교환해야만 했다. 단순한 일이지만 어눌한 스페인어로 관청을 들락거리며 서류를 떼는 일이 귀찮았다. 어학원에서 학생증을 발급받는 것처럼 손쉬운 일도 있지만 동사무소에서 거주확인증을 받아오는 일, 은행에서 통장을 발급받는 일, 지정 경찰서에서 체류허가증을 받는 일은 따분했다. 준비한 비자 신청 서류를 경찰서에 제출하는 날이었다. 새벽 6시에 일어나 서둘렀지만 경찰서 담벼락엔 이미 인간 띠가 꼬리에 꼬리를 물고 있었다. 인종 전시장에 매달린 다양한 피부색들이 울긋불긋 인종 굴비를 엮고 있었다.

기다리는 시간 동안 지배자와 피지배자의 경계선을 선명하게 느낄 수 있었다. 종로 미 대사관의 좁은 인도 위에서 비자를 받기 위해 긴 줄을 부여잡고 하염없이 시간을 마중한 적이 있었다. 미국으로 가는 길이 마치 천국으로 향하는 면죄부를 받으러 가는 길 같았다. 로마 바티칸 박물관의 높은 담벼락에 기대 인간 사슬을 꼬고 있을 때는 그나마 낭만적인 호기심이라도 있었다.

3시간의 혈투 끝에 겨우 경찰서 철문 안으로 들어갈 수 있었다. 그러나 아뿔싸! 줄을 잘못 섰다. 비자 신청 줄이 아니라 비자 문의 줄이었다. 경찰서 안에서 쇠창살이 삼팔선처럼 줄을 분리하고 있었다. 머리끝에서 용암 덩어리가 분출할 것만 같았다. 그러나 여기는 스페인 마드리드다. 지옥 끝으로 곤두박질치는 냉가슴을 끌어안고 발길을 돌렸다.

이튿날 새벽 5시, 집을 나섰다. 그러나 꼭두새벽부터 전 세계 인종들이 갖가지 표정으로 담벼락에 기대 있었다. 비자 연장 신청 줄은 벌써 길게 꼬리를 물고 있었다. 거북이처럼 점퍼 속으로 고개를 밀어 넣고 체념하듯 시간의 등짝에 기댔다. 시뻘건 광채가 아침을 가를 때 희미한 가로등불이 그 빛을 숨기고 있었다. 깊게 파인 골목으로 붉은 물감이 쓰나미처럼 밀려왔다. 빌딩들이 황금물결로 달아오를 즈음 새벽 공기는 이방인처럼 파리했다.

마침내 전 세계 인종들의 원산지를 읽을 수 있었다. 아프리카인, 이슬람인, 중국인, 일본인, 동유럽인들의 색인표가 황금물결에 펄럭거렸다. 순간 가슴이 멎을 것 같은 전율이 한 아가씨에게 꽂혔다. 바로 내 앞에, 점퍼 깃으로 고개를 파묻고 모자로 얼굴을 숨긴 그 아가씨가 나와 같은 피부색을 가지고 있었다. 나와 등을 지고 벽안의 소녀와 유창한 영어로 재잘거리던 그 아가씨는 영락없이 한국 사람이었다.

피난길에서 고향 사람을 만난 것처럼 반가웠다. "한국 사람 맞죠?" 잠시 정적이 흘렀다. 갑자기 내 목소리가 허공으로 증발해버린 것처럼 공허했다. 머뭇거리던 그녀의 입술이 조심스럽게 떨렸다. 날이 선 영국식 영어 발음이 한 낱말씩 날아왔다. "나는 한국 사람이지만 한국말을 모릅니다." 순간 정적이 수평선처럼 길게 흘렀다. 순진한 내 가슴이 아팠다. 이어서 들려온 "나는 노르웨이 국적의 한국 입양아입니다."라는 말이 칼날처럼 내 심장을 잘랐다. 그녀가 나의 손을 덥석 잡아끌었다. 그리고 나의 손바닥 위로 그녀의 손가락이 무언가를 그리고 있었다. 난 또 멍하니 서 있었다. 그녀가 부처님처럼 환하게 미소 지었다.

나는 수첩을 겸연쩍게 그녀 앞으로 내밀었다. 그녀의 손가락 사이로 작은 볼펜 자국이 바쁘게 'JIN IN BUN'이라는 글자를 새기고 있었다. 글자마다 힘이 잔뜩 실린 알파벳이 한국 이름으로 꿈틀거리고 있었다. 진인분이라는 이름 석 자를 뚫어지게 쳐다보았다. 정감이 흐르는 예쁜 이름, 진인분이란 이름은 살짝 시골스러웠지만 따뜻한 감정이 느껴졌다. 나는 그 알파벳 글자 아래에 한글로 선명하게 '진인분'이라는 글자를 새겼다. 그녀는 마치 놓쳐버린 자신의 영혼을 다시 찾은 듯 환하게 웃으며 글자를 마중했다.

아침 9시 정각, 굳게 닫힌 경찰서 철문이 하마처럼 길게 하품을 하듯 입을 벌렸다. 사람들이 웅성거렸고 줄이 요동을 치며 흔들리기 시작했다. 한바탕 소용돌이를 치고 나서 줄은 다시 제자리를 찾은 듯 조용해졌다. 잠시 후 경찰이 줄을 당기듯 천천히 사람 수를 세면서 다가오고 있었다. 그녀가 급히 "내 등 뒤에 붙어."라고 짧게 말했다. 12시까지만 업무를 보기 때문에 외부 대기자 10명을 순번대로 호명하기 시작했다. 10명 안에 들어가지 못하면 내일 다시 줄을 서야 했다. 번호를 세며 다가오는 경찰이 저승사자처럼 무서웠다. 그녀가 급히 앞으로 달려가 줄을 세며 돌아오더니 내가 열 번째인지 열한 번째인지 모르겠다며 고개를 갸우뚱거렸다. 혹시 내가 열한 번째이면 자기와 가족이라고 우겨보자고 했다. 경찰이 마지막으로 순번을 세며 다가올 때까지 꼼짝하지 않았다. 그날 아침 햇살은 나의 편이었다.

인생은 거대한 줄이다. 할아버지의 할아버지에서 아버지의 아버지에게로 이어지던 혈족의 줄이 나의 존재를 각인시켰다. 그날처럼 지루함과 환희가 교차되는 줄은 선 적이 없다. 한없이 느려터진 스페인 문화는 불편하기 짝이 없었다. 인생의 줄은 부지불식간에 갑자기 휘어지고 끊어지며 종종 나의 인내심을 시험했다. 그러나 항상 새로운 줄은 뜻밖에 다른 곳에 있었다. 익숙함이 길들여놓은 줄이 끊어지는 순간 아쉬움과 절망감으로 또 다른 여행이 시작됨을 그날 새벽 줄이 가르쳐주었다.

스페인에서 줄서기는 일상의 의식이다. 경찰서에서도, 은행에서도, 공항 검색대처럼 안전선 앞에서도 줄을 서서 기다렸다. 동네 시장에서도 계산하기에 앞서 제일 먼저 하는 말은 "누가 줄의 마지막이냐?(퀴엔 에스 엘 울티모quien es el ultimo)"라는 질문이었다. 공중전화기 앞에서도 상대방의 말소리가 들리지 않게 몇 발 떨어져서 조용히 기다렸다.

줄은 공동체 의식의 상징이다. 왕족과 귀족과 권력층이 줄을 서지 않는 나라는 후진국이다. 모든 사람들이 공평하게 줄을 서는 나라가 민주국가다. 줄의 순서와 길이와 시간은 문제가 되지 않는다. 누구에게나 공평하게 적용되는 가장 민주적인 질서가 줄서기다. 시간을 버리는 것이 아니라 누구에게나 공평하게 나누는 것이다.

신의 한 수, 카페

새치기로 스페인어를 배울 수 있는 왕도는 없다. 스페인어를 배우기 위한 신의 한 수는 자발적인 입양이었다. 의지만으로 외국어를 배울 수 없는 나 같은 사람이 선택할 수밖에 없는 마지막 외나무다리는 외국인과 함께 사는 것이다. 몸의 오감만으로 스페인어를 가슴에 새기는 것은 노동이다. 결코 낭만적인 모습이 아니다. 실수로 얼굴이 화끈거릴 때마다 훈장처럼 스페인어가 내 가슴에 문신을 새겼다. 생존 수단은 거창한 것이 아니다. 먹고, 자고, 배설하고, 씻고, 일하고, 사랑하고, 노는 것이 언어를 배우는 과정이다. 살기 위해 몸부림치는 그 순간순간마다 언어가 그림자처럼 따라다녔다. 행동이 날갯짓을 하면 생각의 물감이 언어의 그림을 그렸다.

어느 날 갑자기 입이 열리는 기적의 순간을 겪어보지 못하고 귀국했다. 용기는 시도 때도 없이 꼬리를 내리고 줄행랑을 쳤지만 결코 담장을 벗어날 수 없었다. 아는 것과 행동하는 것 사이의 거리는 지구와 별의 거리처럼 아득했다.

서울을 떠날 때 스승이 한 말씀 던졌다. "김 선생, 공부는 무슨… 스페인 가서 수양 좀 하고 오는 거지 뭐!" 수양이라. 하필이면 수양이라고 한 이유를 알 것 같았다. 수양은 상상력의 편련이 아니라 익숙함과의 결별이다. 아무도 구속하지 않는 마드리드에서, 바닥이 훤히 내려다보이는 시간의 어장에서 보이지 않는 스페인어를 낚고 있었다. 잃어버린 나의 존재와 마주앉아 샛길로 빠지려는 마음을 조용히 쳐다보는 일이었다. 아인슈타인은 "우리가 살아가는 일상에 기적은 결코 일어나지 않지만 매일 그 일상을 기적으로 만들어야 하는 것이 인생이다."라고 했다. 꿈과 현실 사이를 비틀거리며 걸어갈지라도 매일 꿈을 꾸며 살아가는 것이 인생이다.

궁합이 잘 맞아떨어질 것 같은 카페를 하나 골랐다. 매일 점심시간마다 한 손에 사전을, 다른 손엔 수첩을 들고 기자처럼 인터뷰를 시작했다. 남자 카마레로와 음식을 고르고 맛을 보며 사전을 뒤지고 종이 위에 맛과 느낌을 적었다. 이 모습이 우스꽝스러웠던지 여기저기에서 구경꾼들이 모여들었다. 여기는 1초가 급한 서울의 레스토랑이 아니었다. 조선시대 어느 주막보다 더 한가로웠다. 오후 2시부터 2~3시간 정도 점심시간을 느긋하게 즐겼다.

서로 자기주장을 하는 훈수꾼들이 종이 위에 이 글자, 저 글자를 쓰고 발음을 하는 바람에 레스토랑은 공연장으로 변했다. 웃고 떠들다보니 시간이 바람처럼 날아가버렸다. 나를 슬프게 하는 것은 공허함이나 창피함이 아니었다. 아무리 몸부림쳐도 제자리인 스페인어가 매일 나를 시험하고 있었다.

구멍 난 성취감이 바닥을 드러내고, 인내력이 허리를 굽힐 때마다 조용히 꼬리를 내리며 "내일 봐요! Hasta mañana!"라고 소리치며 카페를 빠져나왔다. 펑크 난 타이어처럼 육체는 허탈감으로 무너져 내렸지만 마음은 상쾌했다. 집으로 돌아오는 길은 조금 외로웠다. 구겨진 자존심을 펴줄 친구가 없었다. 언어의 밭을 가는 쟁기질은 날마다 조급해지거나 위선에 무너져 내렸다. 하루해가 짧을 정도로 정신없이 훈련받던 사관후보생 시절 배가 너무 고파서 화장실에서 전우들과 빵을 먹은 적이 있었다. 그때 그 젊음이 그렇게 아름다울 수가 없었다. 사막의 밤처럼 고독할 때마다 전사처럼 카페 문을 열고 들어가서 타파스를 시켜놓고 와인을 마셨다. 취기에 카페 손님들과 서툰 스페인어로 떠들며 놀았다. 서울을 떠나지 않았다면, 밤 기차를 타지 않았다면, 홀로 모르는 거리를 어슬렁거리지 않았다면 잡을 수 없는 감정이다. 세상이 지겨워질 때 마추픽추에 오르라는 말은 삶이 지겨워질 때 경이로운 곳으로 떠나라는 말이다. 그곳에서 잠시 현실을 지워버리고 새로운 그림을 채울 때 잠자던 가슴이 다시 뛰는 것이다.

3

태양이 빚은 열정

우리의 연민은

정오의 그림자처럼 짧고

우리의 수치심은

자정의 그림자처럼 길다.

진은영

거꾸로 스페인을 보다

어느 날 사타구니 사이에 머리를 끼우고 마드리드의 풍경을 거꾸로 바라보았다. 내 인생 처음 맞이하는 날처럼 세상이 하얀 이를 드러내고 싱그럽게 웃었다. 마드리드는 내 인생의 물구나무서기였다. 현실이 고독하게 굴을 파고들수록 어제는 낭만적으로 어른거렸다. 마드리드가 미워질 때 사타구니에 머리를 끼우고 거꾸로 바라보았다. 마드리드가 웃었다. 세상을 거꾸로 보아도 하늘은 무너지지 않았다. 물구나무서기를 할 때마다 세상이 웃으며 손을 내밀었다.

어느 이민자의 글처럼 내 인생의 물구나무서기를 하고 있었다. "이민을 가는 순간 물구나무서기를 하는 것처럼 세상이 곤두박질쳤다. 어른은 아이가 되고 아이는 어른이 됐다. 어린 자식들은 하루가 다르게 새로운 언어와 문화를 스펀지처럼 빨아들였지만 아버지는 말을 배우지 못해 친구도 사귀지 못하고 어린이처럼 눈치만 보고 있었다. 시장에 가서도 물건 값을 흥정하고 계산하는 사람은 어린 자식들이었다. 학교에 가서도 관공서에 가서도 통역을 도맡아서 하는 사람은 어른이 아니라 어린 자식들이었다."

뿌리 없는 나무처럼 스페인 가정에 던져졌지만 생존의 뿌리가 돋아나고 있었다. 앵무새처럼 낯선 언어를 노래했지만 작은 변화의 싹이 돋아났다. 조금씩 박자를 맞추며 감정이 걸음마를 시작했다. 낭만은 짧고 현실은 지루할 것 같았지만 생각이 언제부턴가 물구나무서기를 하고 있었다. 유통기한이 지난 추억에 스페인의 향수를 뿌렸더니 신선한 만찬이 됐다.

침실에 구두를 신고 들어가는 어색함이, 욕조 안에서 방수 커튼을 치는 조심성이 어느새 익숙해지고 있었다. 나이의 숫자는 낭만의 향기로 지워지고 있었다. 시간과 세월보다 더 강한 생존의 향기는 없을 것이다. 길 건너 중국 잡화점의 젊은 색시가 서툰 스페인어로 애교를 부릴 때마다 마음이 따뜻하게 물들었다. 모포를 사고 나면 수건을 덤으로 주고, 액자를 사고 나면 유리로 만든 예쁜 물고기 모형을 선물로 주었다. 지금도 내 책상 위에는 그녀가 준 유리 물고기 조각상이 놓여 있다. 중국산 싸구려지만 그녀의 체취만으로 스페인의 삶이 박제되어 있다. 추억의 마드리드 강물에 물고기 모형이 살아서 꿈틀거렸다. 스페인어가 많이 늘었다는 그녀의 칭찬에 속아 서투른 그녀의 발음을 흉내내며 발음하던 나는 영락없이 어린아이였다. 다른 상점을 옆에 두고도 그녀에게로 향하는 나의 마음은 이미 그녀의 상술에 포로가 되어 있었다. 누구나 실수를 한다며 던지는 그녀의 가벼운 위로 한마디에 입은 용기를 내어 주절주절 스페인어를 떠듬거리고 있었다. 친절과 웃음은 가난한 내 영혼의 물구나무서기였다. 하루에도 수없이 가슴이 철렁 내려앉았다. 아차! 이게 아니네… 바람 앞에 촛불처럼 일렁이다 다시 제자리를 잡았다. 나는 그녀의 빛을 따라 고개를 돌리는 해바라기가 됐다. 스페인 음식에 혀가 길들여지고 있듯이 스페인의 낭만에 익숙해져 가고 있었다. 어린아이처럼 마드리드의 리듬에 올라타고 천진하게 즐기는 순간 마흔 중반의 나이는 거품처럼 사그라졌다.

도보 여행은 혼자 가야 한다

세련된 용모를 갖추고 나서면 일본 사람으로, 지저분하게 하고 나서면 중국 사람으로 취급했다. 마드리드에서 나의 정체성은 일본과 중국 사이에서 흔들리고 있었다. 술병과 술잔에 따라 와인의 품격이 달라진다. 격이 다른 술잔에 담긴 술은 그 정체성을 담보할 수 없다. 와인마다 고유한 격식과 문화가 숨어 있다. 와인은 스페인 문화의 첨병이다. 스페인 음식의 낯설음을 잠재워주는 것으로 와인보다 더 좋은 친구는 없었다. 부글부글 끓고 있는 속을 다스릴 때도, 어색한 분위기를 지워버릴 때도, 용기를 선물할 때도 신의 물방울보다 더 상큼한 친구는 없었다.

스페인 와인 하면 라 리오하La Rioja를 떠올린다. 산티아고 카미노 순례길은 프랑스 생장피에드포르Saint-Jean-Pied-de-Port에서 시작한다. 피레네 산맥 국경을 넘어서면 론세스바예스Roncesvalles가 나온다. 여기서부터 스페인이다. 팜플로냐를 지나 푸엔테 라 레이나Puente La Reina를 지나 로그로뇨Logrono에 도착하면 북쪽 아로Haro를 중심으로 라 리오하의 포도밭이 끝없이 펼쳐진다. 스페인 최고의 와인 산지로 손꼽히는 라 리오하에서는 황토

색 대지가 푸른 하늘을 안고서 포도를 살찌우고 있다. 포도밭은 아로 주변의 에브로Ebro 강줄기를 따라 나바라Navarra 지역과 알라바Alava 지역까지 펼쳐진다. 로마시대부터 포도가 재배됐던 전통적인 포도밭이 라 리오하 알라베사Alavesa다. 아로에는 자하 하디드Zaha Hadid의 와인 저장고가, 엘시에고Elciego에는 프랭크 게리Frank Gehry의 빌바오 구겐하임미술관을 닮은 작은 와인 저장고와 호텔이 들어서 있다. 좀 더 북쪽 평원으로 올라가면 산티아고 칼라트라바Santiago Calatrava의 파동 치는 와인 저장고가 나온다. 세계 3대 건축가의 작품이 라 리오하의 향기를 더해주고 있다.

18세기 프랑스 르네상스 계몽주의 철학 거장인 프랑수아 라블레Francois Rabelais의 계승자들은 와인을 사랑했다. 라블레 소설의 주인공인 거인 팡타그뤼엘Pantagruel이 '술병의 신Dive Bouteille'에게 신탁神託을 듣고자 찾아갔다. 신탁은 "마셔라Trinch!"라고 했다. 그들은 절대 권력과 기독교가 숨기고자 했던 '자유로운 인간의 행복'을 찾고자 했다. 라블레는 "와인은 모든 진리와 지식과 철학으로 영혼을 가득 채울 권능을 지니고 있나니."라고 말했다.

카사노바와 사드 후작은 18세기의 욕망을 상징하는 인물들이다. 그들에게 와인이란, 성적인 금기와 억압의 굴레로부터의 해방을 구현하는 도구였다. 사드의 《알린과 발쿠르Aline and Valcour》에 이런 글이 나온다.

"슬픔을 달콤한 세투발Setubal의 포도 주스에 파묻어버리기로 결심한 그녀는 내가 레모네이드 한 잔을 마시는 것처럼 두 병을 마셨고 잠시 후 이성을 벗어던진 상태에서 어느 예쁜 여인도 따라오지 못할 만큼 광적이고 즐겁고 생명력이 넘치는 모습이 됐다. 그녀의 아름다운 검은 머리칼이 대리석처럼 하얀 그녀의 가슴 위로 출렁이고 그녀의 멋진 눈에는 원통함과 고통으로 불꽃이 일어 올랐다. 지울 수 없는 기억으로 흘린 눈물에 젖어, 속이 비쳐 보이는 얇은 천의 옷은 흐트러져… 한마디로 그녀는 너무도 관능적이고 너무도 아름다워 이 땅 위의 어느 남자도 그녀에게 저항할 수 없을 것이었다."

와인은 나에게 식어가는 열정을 선물했다. 마크 트웨인은 "용기란 두려움과 맞서 그것을 정복하는 것이지 두려움이 없는 상태가 아니다."라고 했다. 두려움을 이기는 가장 좋은 방법은 위로가 아니라 두려움을 넘어서는 것이다. 와인은 어느새 실수하고 위축되어가고 있던 일상의 바람막이가 되어주었다. 진실은 어쩌면 두려움의 상자에 담겨 있는 씁쓸한 와인인지 모른다. 비포장도로를 달리는 타이어의 덜컹거림처럼 어색한 낭만이 흐르는 마드리드의 삶은 평면이 아니라 입체적으로 흔들렸다. 적어도 마드리드에서 좋은 대학, 좋은 직장, 부러운 전문직이 성공한 인생의 커트콜은 아니었다.

와인이 지하 저장고에서 숙성되어가듯이 인생은 주어진 길을 묵묵히

산티아고 카미노 순례길은 프랑스 생장피에드포르에서 시작한다.

피레네 산맥 국경을 넘어서면 론세스바예스가 나온다.

여기서부터 스페인이다.

걸어가는 도보여행이다. 로버트 루이스 스티븐슨이 도보여행에 대해 이렇게 말했다. "도보여행은 홀로 가야 한다. 자유가 이 여행의 진수이기 때문이다. 멈추고 싶을 때 멈추고, 가고 싶을 때 가고, 마음 내키는 대로 이 길 저 길로 갈 수 있어야 한다. 바람이 어느 쪽에서 불어오든 소리를 내는 풍금, 당신은 바로 풍금이 되어야 한다." 와인은 흔들리는 내 마음의 풍금이었다.

오, 하느님!

스페인어 시험에서 50점을 받았다. 제일 낮은 수준의 기초과정에서 낙제점을 받았다. 총 맞은 것처럼 허전한 가슴에 차가운 강물이 흘렀다. 이제껏 학교를 들락거렸지만 낙제를 당한 적은 단 한 번도 없었다. 직장을 다니며 주간 대학원을 이수하던 시절, 서슬 퍼런 지도교수의 논문 심사조차 단번에 통과했다.

자신만만하게 생각했던 제2과정으로 진급할 수 없었다. 한줄기 회한이 넋 나간 가슴을 칭칭 옭아매고 있었다. 절망의 강물이 흐를 때마다 가슴은 아프고 시렸다. 밤새 잠을 설쳤다. 생각이 수십 번 절망의 계곡으로 곤두박질쳤다. 때려치울까 말까. 고민은 정지선을 지우며 달려갔다.

초급반에 그대로 주저 앉았다. 새 달이 시작하기가 무섭게 어제까지 한 반에서 공부하던 친구들은 상급반에서 수업을 들었다. 오기가 아프게 날을 세웠지만 벨 수 있는 것은 허망한 내 가슴뿐이었다. 마드리드의 황혼이 붉게 타올랐다. 철 지난 젊음의 뒤안길에서 마주친 낙제는 생각보다 낭만적이지 않았다. 성공과 실패의 간극에서 수없이 감정적인 추락을 경험했다. 항상 이길 수 없다는 생각이 아버지의 어깨 위에 짊어진 짐처럼 나의 일부가 됐다. 그러나 낙제는 인내심에 고삐를 뚫었다. 지치고 넘어지는 것이 우리의 일상이지만 나이가 들어도 그 아픔은 조금도 줄어들지 않았다. 나 자신을 사랑하는 일은 나이가 들수록 자꾸 더 힘에 부쳤다.

건강을 잃은 사람보다 꿈과 목표를 잃은 사람이 가장 불쌍한 사람이라는 말은 사실이었다. 늘어가는 것은 눈치와 코치, 배짱뿐인 아저씨에게 여유가 바닥을 드러내고 있었다. 그래도 일상은 어김없이 흘러갔다. 오스트리아에서 건너온 멋쟁이 패션 디자이너 보그너의 익살로 수업시간은 개그콘서트장이 됐다. 영화배우처럼 턱수염을 기른 그의 파란 눈에 담긴 스페인어가 독일 탱크를 타고 덜덜거리며 굴러갔다. 히스테리 가득한 노처녀에서 느긋한 아주머니로 선생님이 바뀌면서 수업시간은 온기로 가득 찼다. 주방장이 되려고 파키스탄에서 건너온 무함마드가 악어처럼 검은 눈동자를 껌벅거리며 어색한 스페인어를 쏟아내는 순간 한 달 전의 나의 모습이 떠올랐다. 그렇게도 어려웠던 스페인어가 조금씩 눈과 귀를 파고들며 닫힌 마음을 열어주었다. 그 순간 낙제의 아픔은 지난날의 추억이 되어버렸다.

육체적, 정신적, 경제적 장애를 딛고 일어선 유명인들은 가슴에 심장이 여러 개 달려 있는 줄 알았다. 열정이 바닥나면 죽을 줄 알았는데 그런 대로 살아갈 수 있었다. 때로는 파괴가 새로운 창조의 문을 열어준다는 사실을 알 수 있었다. 희망은 절망의 숲속에서 피어나는 한 송이 꽃이다.

낙제가 가져다준 작은 시련이 내 인생의 기초가 됐다. 지내력이 연약한 지반에는 아예 기초를 튼튼히 하는 법이다. 적당히 견딜 만한 지반이 오히려 더 위험하다. 잠시 내 인생의 대지가 흔들렸지만 그 흔들림이 남은 인생의 기초를 더 튼튼하게 다지는 시간이 됐다. 이혼을 당한 것이 아니라 이혼까지 해보았다고 너스레를 떠는 어느 가수의 뻔뻔함이 바로 나였다. 나이가 들면서 감정적으로 너무 쉽게 넘어지고 다시 일어서지 않는 안일함에 대한 예방주사를 맞은 것 같았다.

서울로 돌아가려는 생각을 벗어던졌다. 꿈과 목표는 다시 세우면 되는 것이다. 200년 동안 집을 짓다 다시 무너져서 또 100년간 지은 집들도 많다. 낙제가 연약한 가슴에 콘크리트를 깔아주었다. 인생이 아름다운 이유는 넘어지지 않는 것이 아니라 넘어지면서 땅의 지혜를 배우는 것이다. 브라보! 나는 낙제까지 해보았다. 더 이상 두려울 것이 없었다.

마드리드의 불청객

마드리드에서 나는 청바지에 노란 티를 받쳐 입고 빨간 배낭을 멘 청춘이었다. 나는 마드리드의 자유인이었다. 강의실을 나서는 순간 짓눌린 심신을 벗어던지고 20대 짝퉁 젊은이로 환생했다. 현실과 이상을 망각해도 무방한 젊은이의 특권은 자유다. 스페인 마드리드에서 나의 생체 나이는 다시 20대로 조정되어 있었다. 태양의 세례를 받으며 연어의 회귀처럼 그란 비아 거리를 거슬러 오를 때 느린 청춘은 반짝반짝 빛났다.

자신의 간을 쪼아 먹고 있는 독수리의 횡포를 보고 있을 수밖에 없는 프로메테우스의 절망이 그림자처럼 따라붙었지만 투명한 빛을 받은 순간 상처 난 가슴에 새살이 돋아났다. 조금씩 귀가 뚫리고, 지리에 익숙해지고, 친구가 생겨났다. 삶에 여유가 피어났다. 갑옷 속에 꼭꼭 숨어 있는 청춘의 낯설음은 태양의 생동감까지 물리치지 않았다. 바람 앞에 촛불처럼 무너지는 시시포스의 삶에도 여유가 깃들고 있었다.

파리한 내 얼굴에 자유의 빛이 백지장처럼 흔들리고 있었다. 하마처럼 입을 벌린 칼야오 전철역 지하계단으로 미끄러져 내려가고 있었다.

저만치 경적을 울리며 전철이 빛을 발산하며 달려오고 있었다. 마치 영혼을 삼키려고 달려오는 지하의 제왕 하데스처럼 정신을 혼미하게 마비시켰다. 바람에 날리는 나뭇잎처럼 전동차의 입속으로 들어갔다. 순간 시커먼 그림자의 압력이 강하게 달려들었다. 3명의 건장한 북아프리카 청년이 내 육신을 덮쳤다. 둔탁한 육체의 압력 사이로 알 수 없는 체취가 서서히 나의 의식을 마취시키고 있었다. 사지가 감전된 듯 꼿꼿하게 각이 잡혔다. 가이아를 짓밟는 우라노스의 횡포가 내 육체 위에서 벌어지고 있었다. 저항을 포기한 나의 육체는 재물처럼 그들 손에 던져졌다.

한 명은 열쇠 꾸러미를 발밑에 떨어뜨리더니 곧바로 나의 두발에 쇠고랑을 채우듯 단단하게 조였다. 그리고 또 한 명은 전철 안의 승객들이 보지 못하게 친구처럼 나의 어깨를 부여잡고 작은 나이프를 나의 목에다 겨누었다. 살점이 파일 것처럼 차가운 살기가 일었다. 마지막 한 명은 뒤에서부터 둔탁하게 나의 허리춤을 뒤지며 훑어 내려가고 있었다. 지금까지 단 한 번도 남자가 내 몸을 그렇게 진지하게 애무한 기억이 없었다.

외마디 비명을 삼키며 아주 가는 목소리가 목구멍으로 빠져나왔다. 거의 읊조리듯 모기 같은 소리로 "나는 학생이다. 가방 안에 책밖에 없다."고 말했다. 그러나 그것은 거의 신음소리에 지나지 않았을 것이다.

거대한 포식자의 잔치가 끝나기까지 칼날 위에 서 있었다. 일군의 무리가 쏜살같이 다음 칸으로 달아나자 풀린 다리에 힘을 싣지 못하고 그만 털썩 주저앉았다. 천국과 지옥 사이의 허공은 너무 높고 멀었다. 다음 역까지 시간은 나의 영혼에서 사라져버렸다. 식은땀이 가슴을 훔치며 흘러내렸다. 한참을 참회하듯이 그렇게 꿇어앉아 있었다. 나른한 의식이 저만치 다가올 때 전철 안의 사람들이 하나둘 눈에 들어왔다. 주위에 많은 사람들이 타고 있었지만 누구 하나 강도를 제지하지 않았다. 그날 나는 철저히 투명인간이었다. 낙제의 상처로 혼미한 정신이 번쩍 제자리를 찾았다. 불한당에게 난도질을 당하면서도 의식의 강물은 소리 없이 흘렀다. 마수의 손길이 아직도 내 육체의 구석구석을 찰거머리처럼 더듬고 있는 것 같았다. 영혼의 껍질을 겨우 달래가며 집으로 걸었다. 그날 나는 마드리드의 유령이었다.

그 몇 초 동안 천국과 지옥을 횡단했다. 내 영혼이 세상 끝에서 무참히 떨어진 것 같았다. 스페인에 남아 있었던 내 감정의 마지막 편린들이 모두 타버린 것 같았다. 검은 숯처럼 물기 마른 감정들이 떨고 있었다. 카미노 데 산티아고 순례길의 끝, 피니스테레에 도달한 것 같았다. 더 이상 갈 곳이 없는 대서양의 바닷가에 다다른 기분이었다. 옛날 로마 사람들이 세상의 끝이라고 믿었던 곳, 그 절벽 끝에서 순례자들이 신발을 태웠듯이 내 가슴에 남아 있던 마지막 동정심까지 태워버렸다.

자존심을 도둑맞고 나서야 마침내 잃어버린 시간의 의미를 깨달았다. 내 의지의 마지막 뼈대를 다시 세웠다. 알 수 없는 청량감이 허망함의 종착역에서 다시 찾아왔다. 무의식의 저편에 산산조각이 난 감정들이 바삐 제자리를 찾고 있었다. 현실의 초점이 조금씩 잡히는 순간 생동하는 감정이 고개를 세웠다. 온몸에 생기가 돌았다. 몽유병자처럼 침대에서 벌떡 일어나 체육복 속에 육체를 밀어 넣었다. 운동화 끈을 질끈 동여매고 육체의 타이어를 굴리듯이 거리를 달렸다. 저만치 달려가는 순간 시련의 상처는 아물고 있었다.

북아프리카 불법 이민자들에게 스페인은 지상낙원이다. 그들의 값싼 노동력이 스페인 농업과 어업과 제조업을 지탱하고 있다. 유럽 경제가 중국의 값싼 생필품에 수난을 당하지만 동시에 가난한 자들은 중국 제품에 의지해 살아가고 있다. 밀입국자들이 손쉽게 할 수 있는 일은 육체노동밖에 없다. 건설 현장과 농수산업 일자리의 대부분은 북아프리카 이민자들의 차지다. 헤라클레스의 기둥으로 불리는 지브롤터 해협은 모로코와 스페인을 이어주는 끊어진 다리다. 맑은 날이면 바다 건너 모로코의 탕헤르Tánger가 한눈에 잡힌다. 나폴레옹은 한때 피레네 산맥 이남을 아프리카라고 불렀다. 스페인은 유럽보다 아프리카에 더 가깝기 때문이었다. 스페인을 정복한 이슬람 세력은 서기 711년에 지브롤터 해협을 통해 북아프리카에서 넘어왔고 1492년 지브롤터 해협을 건너 다시 돌아갔다.

역사는 반복되고 있다. 북아프리카 모로코인들의 정서는 스페인 남부 안달루시아 지역 정서와 비슷하다. 코르도바, 세비야, 그라나다 이슬람 문화의 원조가 무어인들이다. 그라나다 알람브라 궁전을 이사벨 여왕에게 바치고 눈물을 흘리며 떠나갔던 이슬람 무어 왕의 후손들이 다시 스페인으로 돌아오고 있다.

밀입국자들은 좀도둑질이나 날강도짓을 도시에서 손쉽게 저지른다. 그들의 주린 배를 채워주는 일등 공신은 일본인과 한국인들이었다. 중국인들은 쉽게 건드리지 못했다. 중국인들의 폭력조직을 감당할 수 없기 때문이었다. 스페인에서 한국인은 일본인과 중국인 사이에 위태롭게 존재했다. 한 인간의 총기와 혼미함은 모두 눈에서 나온다. 그래서 눈을 마음의 창이라고 부른다. 내 마음을 받아들이고 걸어 잠궜던 헤라클레스의 기둥은 지중해를 닮은 눈이었다.

중세를 담은 표지판

나이는 떨리는 나침반의 바늘이다. “이 나이에…”라는 말은 긍정보다 부정의 단서다. 나이가 든다는 것은 현실에서 밀려남을 의미한다. 스페인은 내 젊음의 마지막 동굴이었다. 생존의 사막에서 잠시 벗어난 오아시스였다. 이곳에서 나이가 든다는 사실은 낡은 부속품을 갈아 끼우는 처지가 아니라 상상력과 추억이 풍요로워짐을 의미했다. 살아남으려고 발버둥 치는 것이 아니라 내 인생의 속살을 음미할 수 있는 행운의 시간이었다.

마흔 중반 유학 떠나는 나에게 주위의 지인들은 하나같이 부정적인 말을 던졌다. “그 나이에 유학 갔다 와서 뭐할 거냐. 잘 생각해봐라. 한창 돈 벌어야 될 시기에 무슨 유학이냐.” 스페인에서 돌아오자 이번에는 모두들 말의 색깔이 달라졌다. “부럽다. 대단하다. 너는 해낼 줄 알았다.”라며 찬사를 보냈다. 세상인심은 조석으로 춤을 추었다.

스페인 마드리드에서 건져 올린 빛의 조각이 내 인생의 나침반이 됐다. 청춘의 마지막 불꽃을 피웠던 스페인의 추억이 남은 인생의 등대가 됐다. 달리지 않으면 쓰러지는 것이 자전거다. 자전거 바퀴는 달리기 위해서 존재한다. 늦었다고 생각할 때가 가장 빠른 때이고, 행동하는 순간이 가장 빠른 때라는 교훈은 스페인의 추억이 남긴 선물이다. 사랑과 눈물과 한숨과 열정이 시소를 타듯이 반복되는 것이 인생이지만 의지는 나의 친구다.

스페인에서는 나이를 묻는 사람을 만난 적이 없었다. 나의 전직 또한 묻는 사람이 없었다. 그들은 나의 현재를 사랑하고 지금 이 순간을 존중해주었다. 그 사람의 형태와 이미지는 바로 그 순간의 삶이 결정했다. 스페인에서 나이 때문에 고독한 적은 없었다. 그 순간 몰입하고 있는 열정만이 나를 규정하는 나이였다. 매순간 분출하는 한숨과 아쉬움과 만족과 고독과 열정만이 내 인생의 나이를 결정했다.

비슷한 표정으로 열을 지어 달리고 있는 마드리드의 거리 풍경. 길을 따라서 병풍처럼 줄지어 있는 중세 흔적의 건물들은 100년 전 고전주의 얼굴이지만 그 속에는 현실과 미래가 담겨 있었다. 성벽처럼 육중한 벽면에 자로 잰 듯 반듯하게 난 사각형 창문들은 비슷한 마감 재료를 두르고 있지만 그 속에 사는 사람들은 각자 다른 꿈을 꾸고 있었다. 별반 다르지 않은 그 표정 속에 다름이 존재하고 있었다.

도시 질서와 개성은 서로 다른 방향을 보고 있지 않았다. 그렇다고 마드리드가 발 빠른 현대와 거리를 두고 있지도 않았다. 인간적이고 다정한 마드리드의 풍경이 더 미래 지향적이었다. 조심스럽게 발견되는 현대적인 디자인들이 기존 도시의 표정과 조화를 이루었다. 행인들의 여유 있는 발걸음은 시간의 횡포에 짓밟히지 않았다. 중세 성당이 도시 가로 속에 어깨를 내밀고 미래를 마중하는 마드리드에는 오래된 미소가 잠자고 있었다. 작은 표지판 하나조차 중세의 시간을 존중하며 마드리드의 미래를 조각하고 있었다.

서울은 어떠한가? 경복궁, 창덕궁, 덕수궁의 돌담이 하늘 높이 솟아오른 빌딩들의 힘과 크기와 높이에 주눅 들어가고 있다. 자본의 힘과 개성을 강조하며 오래된 시간을 지우고 있는 서울은 역사와 전통을 해체하고 오래된 시간을 파괴하고 있다. 급한 발걸음이 숨 가쁘게 인도를 때리며 속도와 경쟁의 시대를 상징하고 있다. 끊임없이 변신하며 새로운 이미지를 좇아가는 서울은 고풍스러운 마드리드와 시간의 대척점에 서서 인간미를 상실하고 있다. 사막의 폭풍처럼 몰아붙이는 서울의 변화는 마드리드처럼 전통을 품어줄 여유가 없다.

마드리드는 시간의 압력을 행사하지도 굴욕감을 느낄 만큼 몰아붙이지도 않았다. 영혼과 육체가 서로 손을 잡고 나란히 걸어갔다. 남과 비교하며 나를 코너로 몰아넣은 적도 없었다. 짝퉁 20대 젊음이었지만 어느 누구도 딴지를 걸거나 무시하지 않았다. 지금도 변화의 물결 앞에 서면 여전히 두렵다. 그래도 열정이 먼저 움직이는 것은 마드리드의 추억 때문이다. 무언가 시작하고 준비하고 있다는 현실보다 삶에서

마드리드 행인들의 여유 있는 발걸음은 시간의 횡포에 짓밟히지 않았다.

중세 성당이 도시 가로 속에 어깨를 내밀고 미래를 마중하는 마드리드에는

오래된 미소가 잠자고 있었다.

작은 표지판 하나조차 중세의 시간을 존중하며

마드리드의 미래를 조각하고 있었다.

더 값지고 보람찬 것은 없다. 마드리드의 시간이 조각한 도전의 아름다움이 내 인생의 청춘을 아름답게 꽃피웠다.

일찍 피는 꽃은 그 꽃대로 아름답다. 모든 꽃이 지고 나서 느긋하게 피는 꽃도 그 꽃대로 아름답다. 앙상한 겨울가지를 물고 있는 잎사귀에서도 생명의 교훈은 피고 있었다. 뜨거운 태양이 타들어가는 한여름에도 붉은 배롱나무의 꽃은 아름답게 피어났다. 모든 꽃은 그 꽃대로 아름답다. 진정한 아름다움은 시간의 경쟁에서 벗어날 때만이 볼 수 있다. 인생은 누구나 피었다 지고 다시 피는 꽃이다. 마드리드에서 나는 남과 다른 시간에 나만의 가치와 향기로 피는 다른 모양의 꽃이었다.

위성 지도로 바라보면 선진국의 위도가 대부분 북반구에 위치하고 있음을 알 수 있다. 따뜻한 스페인 남부보다 상대적으로 추운 북쪽 지방 사람들이 더 잘 살고 있다. 도전은 인간을 더 많이 생각하고 노력하게 하며 감사함을 기억하게 한다. 나이와 관계없이 아름다운 꽃을 피우며 살아가는 동물은 인간뿐이다. 내가 좋아하는 일을 즐기며 행복하게 걸어가는 인생보다 더 아름다운 꽃은 없다.

다시 만날 수 없는 이별

한 발짝도 벗어날 수 없는 절박한 순간 생선뼈처럼 내 삶의 기둥을 받쳐주는 것이 사랑이었다. 사랑의 그림자가 목에 걸릴 때마다 따뜻한 가족의 품이 그리웠다. 자존심의 껍질에 몸을 숨긴 그 마음이 마드리드의 군중 속에서 사랑을 그리워하고 있었다. 사랑보다 더 강한 무기를 보지 못했다. 나를 길들여준 단 한 사람의 따뜻한 가슴이 세상의 전부라는 것을 무심한 대중 속에서 몸서리치며 배웠다.

집에서나 학교에서나 여행지에서 나는 속으로만 중얼거렸다. 나를 둘러싼 스페인 사람들은 철저하게 이방인이었다. 그들과의 만남은 나의 세계를 깨우는 모험이었다. 따뜻한 사랑의 감촉은 언제나 그리운 존재였다. 친구의 따뜻한 위로가, 나를 감싸주는 부드러운 눈짓들이 그리웠다. 가끔 텔레비전을 통해 외국인의 더듬거리는 한국말을 들을 때마다 잠자던 마드리드 시간이 유령처럼 깨어났다. 마음이 급할수록 입과 몸이 마비됐다. 나를 짓누르는 압력을 달래기 위해 주말 늦은 밤마다 여행을 떠났다. 모두가 잠든 한밤중에 어둠을 가르며 지평선을 향해 달리고 싶었다. 새벽 어스름을 마중하는 심야버스는 밤의 정적을 가르는 칼이었다. 여행은 시간을 접어 추억의 집을 짓는 건축이었다.

별이 유난히 반짝이던 금요일 밤, 나는 마드리드 버스터미널에서 밤 그림자의 비단으로 시간을 말고 있었다. 가슴의 문을 너무 오랫동안 닫아 건 남자에게 밤공기는 연인의 입술처럼 달콤한 유혹이었다. 어디로 떠난다는 것은 현실을 벗어던지고 시간의 내리막길로 구르는 짜릿함과 같았다. 나는 그렇게 시간의 비탈길에 서 있었다.

거북이처럼 머리를 어깨 속으로 밀어 넣고 상상의 지팡이를 막 집고 일어설 때 누군가 내 무릎 사이로 그림자의 한 조각을 밀어 넣었다. 급히 한 발 한 발 더 앞으로 다가섰더니 하늘거리는 드레스를 입은 가는 허리가 떨고 있었다. 하얀 손이 나를 향해 반쯤 다가설 때 실눈을 뜨고 고개를 세웠다. 수줍게 웃고 있는 얼굴 사이로 애원하듯 울고 있는 눈동자가 빛나고 있었다. 나의 턱밑에 버티고 있는 작은 종이에는 그녀의 향기가 날아다니고 있었다. 날을 세운 글자는 세비야행 버스 출발 시간을 급하게 알리고 있었다. 5분밖에 남지 않았다.

중세 기사처럼 분연히 일어나 그녀의 손을 덥석 잡았다. 무작정 뛰었다. 계단을 미로처럼 헤치며 그녀의 손을 운명처럼 잡고서 플랫폼의 번호를 찾아 날았다. 그 순간 언어는 사치였다. 돌고 돌아 간신히 플랫폼에 도착했을 때 꽁무니를 빼듯 버스가 막 기지개를 펴며 미동하고 있었다. 용감하게 버스를 막아서며 그녀의 손을 사나운 버스의 입술에 건넸다. 조각처럼 서서 버스 유리창 너머로 그녀의 얼굴을 바라보고 서 있었다. 하얀 손을 흔들며 밤하늘의 별처럼 웃고 있는 그녀의 두 눈이 새하얀 비단에 둘러싸인 밤의 요정처럼 빛나고 있었다.

문득 돈키호테의 말이 떠올랐다. "미인이라고 해서 모두 사랑을 불러일으키는 것은 아니다. 눈은 즐겁지만 마음을 사로잡지 못하는 미인도 있다." 내 추억의 공주는 스페인을 여행하는 일본 아가씨였다. 손바닥이 전해준 그 감정은 채 5분이 되지 않았다. 그 5분이 내 상상력의 강물이 되어 영혼처럼 흐르고 있다. 그녀의 체취는 여전히 내 손바닥에 불멸의 향기로 스며 있었다. 5분이 영혼을 지배했다. 마음은 벌써 그녀와 함께 버스를 타고 있었다. 언어가 무슨 상관이랴! 사라지는 그녀의 등 뒤로 "굿 바이!"라고 외치고 있는 내 입술은 이미 그녀에게로 날아가고 있었다. 그녀와 나의 눈이 동아줄처럼 당겨졌다. 마음은 용광로처럼 달아올랐지만 식혀줄 호수가 없었다. 유리창을 사이에 두고 서로의 마음을 비비며 아쉬운 가슴을 쓸어내렸다. 매정하게 굴러가던 버스 바퀴는 내 마음을 무심하게 짓이기면서 서서히 플랫폼을 벗어나고 있었다.

포말처럼 부서지는 감정의 거품을 가슴에 안고서 아쉬운 손만이 아픈 향수를 뿌리고 있었다. 놓쳐버린 그녀의 향기가 내 심장을 절이고 있었다. 내 영혼을 마취시켜버렸다. 사라진 그녀의 그림자 사이로 손바닥에 남은 그녀의 촉감이 용암처럼 끓어오르고 있었다. 미련이 춤을 출수록 아쉬움은 꺾일 줄 모르고 솟아올랐다. 명함과 주소를 나눌 시간조차 주어지지 않았던 그 절박함이 망각의 시간을 뚫고 아직도 기억의 저편에서 사자처럼 노려보고 있다. 차창으로 한없이 손을 흔들며 나를 바라보던 그녀의 촉촉한 눈길이 영롱한 추억으로 굳어버렸다. 까만 밤을 수놓았던 그녀의 향기가 내 가슴에 뿌리를 내렸다. 차가운 밤공기가 내 영혼의 비석에 사랑을 새겼다. 가슴 저린 시간의 파편이 사랑을 속삭이고 있었다.

스페인에서 많은 사람들을 만나고 명함과 주소를 주고받았지만 그녀의 짧은 감촉보다 더 애틋한 추억은 간직하지 못했다. 다시 만날 수 없는 이별보다 더 감동적인 사랑은 없다. 그날 밤 심야버스를 타고 떠난 그녀가 나의 천사였다. 내 추억의 곳간에 불을 지피고 추억의 향기를 남기고 그녀는 바람처럼 사라졌다. 세비야 대성당의 콜럼버스의 관처럼 나의 마음은 지상에 발을 붙이지 못하고 아직도 공중에 떠 있다.

헤밍웨이를 닮은 곳

헤밍웨이는 그가 사랑했던 파리, 쿠바, 아프리카, 스페인을 비롯한 세계를 여행하며 이야기를 썼지만 자신의 목숨을 담보로 글을 쓴 곳은 스페인이 처음이다. 지중해의 붉은 태양이 빛나는 열정의 나라 스페인, 그곳은 헤밍웨이와 닮은 점이 많다. 극단을 추구하는 스페인의 열정이 그의 성정을 닮았다. 스페인의 많은 문화들 중에서도 죽음과 삶을 넘나드는 '투우'가 헤밍웨이를 사로잡은 것은 어쩌면 그의 본성과의 절묘한 조우였을 것이다.

그는 평생 열여덟 번에 걸쳐 스페인을 방문했다. 그중에서 아홉 번이 산 페르민 축제를 보기 위해서였다. 그는 스물넷 청춘이었을 1923년 5월, 마드리드 남쪽 전원도시 아란후에스에서 투우를 처음 보고 깊은 감동을 받았다. 그해 7월 6일 팜플로나를 방문해 산 페르민 축제에 참가했다. 그 당시 축제는 7일 동안 밤낮으로 광란의 소 몰기와 댄스와 투우와 음주가무가 이어졌다. 오늘날 팜플로나의 헤밍웨이 거리에서 그의 흉상이 광란의 무리를 내려다보고 있는 것으로 그의 발자취를 느낄 수 있다.

투우는 목축과 농사의 풍요를 기원하기 위해 신에게 황소를 바치는 고대 의식에서 시작되었다. 18세기 무렵에는 직업 투우사가 등장했지만 론다Ronda 출신의 투우사 프란시스코 로메로Francisco Romero에 의해 근대 투우가 체계화됐다. 프란시스코 로메로는 1726년 물레타라고 하는 붉은 망토를 처음으로 사용하면서 오늘날 투우의 전형을 완성했다.

헤밍웨이는 본고장인 론다에서 투우를 즐기며 글을 쓰다 7월 6일이면 팜플로나의 산 페르민 축제에 참여했다. 《누구를 위해 종을 울리나》는 헤밍웨이가 스페인 내전에 참전한 뒤 여름마다 론다의 절벽 위 하얀 집에 살면서 집필한 것이다. 20세기 초 론다에 살면서 시작을 집필한 독일의 서정시인 라이너 마리아 릴케 역시 조각가 로댕에게 보낸 편지에 "거대한 절벽이 등에 작은 마을을 지고 있고 뜨거운 열기에 마을은 더 하얘진다."라고 론다를 표현했다. 그는 "나는 꿈의 도시를 찾아 다녔다. 그리고 마침내 그곳을 론다에서 찾았다."라고 극찬했다.

과다레빈Guadalevin 강을 따라 형성된 120미터 높이의 아찔한 협곡을 가로지르는 '푸엔테 누에보Puente Nuevo' 다리는 오늘날 론다의 상징이다. 이 다리는 1735년 펠리페 5세에 의해 처음 제안됐으나 기술 부족으로 무너지고 1751년에 착공해 1793년에 완공되었다. 완공까지 42년의 기간이 소요된 이 다리는 직경 35미터 아치 위에서 구름처럼 두 마을을 이어주고 있다.

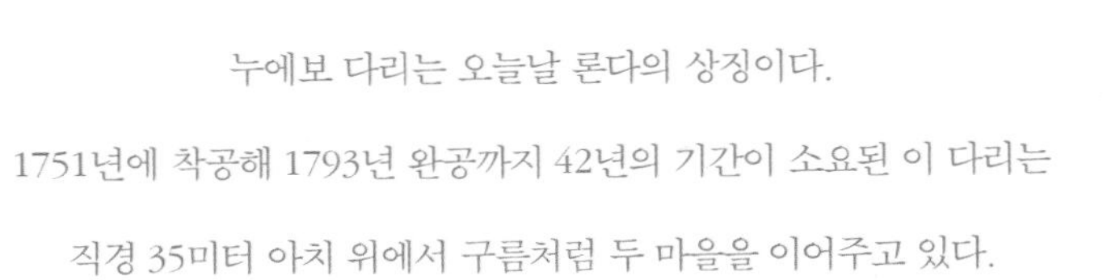

누에보 다리는 오늘날 론다의 상징이다.

1751년에 착공해 1793년 완공까지 42년의 기간이 소요된 이 다리는

직경 35미터 아치 위에서 구름처럼 두 마을을 이어주고 있다.

헤밍웨이의 스페인에 대한 사랑은 투우에 머물지 않고 스페인 내전에 참여하기에 이르렀다. 1936년 7월 17일부터 1939년 3월 28일까지 벌어졌던 스페인 내전은 헤밍웨이 작품의 일부로 편입됐다. 1936년, 선거에서 승리한 자유주의자, 사회주의자, 공산주의자 연합인 인민전선(공화파)의 개혁에 파시스트의 대표 주자인 프랑코가 대항한 것이다. 내전의 시작이었다. 프랑스, 멕시코, 구 소련이 공화파에 장비와 물자를 지원했고, 이탈리아 무솔리니와 독일 나치는 비행기, 탱크, 병사들을 프랑코에게 지원했다. 1939년 3월 28일 프랑코가 마드리드에 입성함으로써 3년간의 전쟁은 종료되었다. 공화파는 패배하고, 파시즘은 승리했다. 이 결과는 곧바로 2차 세계대전의 빌미를 제공했다.

헤밍웨이의 열정적인 꿈은 미완으로 영원히 인류의 가슴에 아쉬움의 씨앗을 심었다. 그의 파란 꿈은 세계 평화의 성수처럼 인류의 가슴에 흐르고 있다. 투우를 '죽음의 제의'라고 묘사했듯이 헤밍웨이의 삶은 무참하게 쓰러지는 투우처럼 끝나고 말았다. 그러나 그의 열정은 죽지 않고 "진정한 사랑은 그림자 속에 빛을 품는 것이다."라는 명제를 세상에 남겼다.

나의 선생님, 여섯 살 페드로

6명의 지구인이 둘러앉은 스페인 어학원의 원형 테이블은 멈추지 않고 돌아가는 시계 같았다. 다시 만난 노처녀의 파란 눈동자가 비수처럼 차가웠다. 너덜너덜한 표지판처럼 구멍 난 가슴엔 차가운 바람만이 불었다. 어제 보았던 단어가 오늘은 낯선 손님처럼 외면했다. 그놈의 시제는 카멜레온처럼 나의 정신을 홀리며 사정없이 유린했다.

연애만 하다 그만둘걸 괜히 결혼까지 해가지고 쪽박을 깨는 형상이었다. 거리에서 만난 스페인 아가씨들은 하나같이 상냥하고 아름다웠건만 선생의 히스테리는 청량고추보다도 더 매웠다. '이래서 한 살이라도 더 어릴 때 공부해야 하는데.'라는 속절없는 아쉬움이 내 젊은 날을 사정없이 비웃었다. 수치심과 부끄러움을 모르는 아이의 마음으로 돌아가고 싶었다. 호기심으로 충만한 아이가 되고 싶었다. 오만가지 생각이 머릿속을 헤집고 춤추게 하고 싶었다.

간호사인 하숙집 큰딸이 어린 아들을 친정에 맡겨두고 일을 나갔다. 낮에는 할머니랑 지내며 이곳저곳 작은 집 안을 들쑤시고 다녔다. 내 방문을 기웃거릴 때마다 씩 웃고 말았지만 그날 나는 사탕으로 그 꼬마를 유인했다. 아담한 큰딸의 체격과 다르게 여섯 살짜리 꼬마 녀석은 키가 훤칠하고 피부색이 백지장처럼 투명했다. 남편을 닮아서 그런가보다 했더니 우즈베키스탄에서 입양한 남자아이였다. 스페인 사람은 아랍인, 그리스인, 로마인, 고트족, 유대인의 피가 섞여서 그런지 약간 까무잡잡하고 키도 동양인들처럼 아담한 편이다. 입양한 지 6개월밖에 되지 않았지만 스페인 말을 모르는 게 없었다.

몇 개월이 지나도록 아직 시제조차 제대로 파악하지 못하는 나의 무지가 부끄러웠다. 여섯 살짜리 페드로를 스페인어 스승으로 영입했다. 약간의 과자가 강사료였다. 녀석은 사탕에 눈이 팔려 몇 시간이고 나의 친구가 됐다. 발코니에 서서 눈에 보이는 대로 손가락을 가리키면 녹음기처럼 스페인어로 발음했다. 마치 전자파의 신호에 따라 소리 나는 악기처럼 녀석은 자유자재로 스페인어를 구사했다. '아이는 어른의 아버지' 라는 말이 있다. 어른은 복잡한 문법과 단어를 외우고도 실력은 제자리를 맴돌고 있는데 아이는 글자와 문법을 배우지 않고도 남의 나라말을 마치 모국어처럼 쉽게 재잘거렸다.

녀석의 어머니는 여섯 살짜리 자기 아들이 6개월 만에 스페인어를 정복했다며 내 가슴에 비수를 찔러댔다. 섭섭한 내 마음을 눈치챈 할머니가 거들었다. "페드로는 글자를 모르지만 파코Paco(나의 세례명인 프란치스코를 줄여서 부르는 말)는 글자를 알고 있잖아."라고. 구박하는 시

어머니나 말리는 시누이나 밉기는 매한가지였다. 논리적으로 생각하면 어른이 아이보다 언어를 늦게 배울 이유가 없다. 나이를 먹으면서 가슴의 문은 닫아버리고 머리와 눈으로만 글자를 이해하려하기 때문일까. 끊임없이 계산하고 분석하기만 할 뿐 도무지 가슴으로 사랑을 받아들이지 못하는 냉혈인간이라서 그럴까. 여섯 살짜리 페드로의 스페인어 실력을 도저히 이해할 수 없었다. 제 풀에 지쳐가던 나의 조급한 마음이 도전 의식으로 물든 순간이었다.

시간의 섬, 시에스타

생활비를 인출하려고 은행에 들렀다. 아직 대낮인데 강화 유리문이 냉정하게 막아섰다. 차가운 정적만이 고요했다. 급한 마음에 초인종을 눌렀다. 망중한을 즐기던 한 남자가 무심한 눈길을 던지고는 곧바로 자신의 손가락을 치켜세우더니 벽시계를 가리켰다. 앗! 지금이 시에스타구나! 갑자기 불덩이가 치밀어 올랐다. 나 원 참, 이놈의 나라는. 몇 번인가 발길을 돌리고 나서야 시에스타와 친구가 됐다.

스페인 사람들은 통상 2시에서 4시 혹은 5시까지 자유롭게 시에스타를 즐긴다. 레스토랑에서 타파스와 와인을 시켜놓고 애인과 밀담을 나누기도 하고, 집에 가서 가족과 함께 식사하고 돌아올 정도로 여유롭다. 그들은 오후 6시에야 간식을 즐기고 다시 일을 시작한다. 먹고 살기 위해서 일하는 것이 아니라 즐기기 위해서 일을 한다. 로마에 가면 로마의 법을 따라야겠지만 시에스타는 외국인들에게 상당히 이질적인 문화다. 오후 2가 되면 도시는 갑자기 정적 속으로 사라졌다. 매일 민방위 훈련을 하듯이 관공서와 은행과 가게가 문을 닫아걸고 침묵으로 빠져들었다. 삶을 관조하며 즐기는 스페인 문화가 유럽 땅에 남아 있었다는 것이 신기했다.

스페인 시에스타는 여섯 번째 시간을 의미하는 라틴어 '호라 섹스타 hora sexta'라는 말에서 유래됐다. 이는 동틀 녘에서 정오 사이의 6시간 지나서 잠시 쉰다는 의미를 내포하고 있다. 베두인 Bedouin 유목민들이 열사의 사막에서 한낮의 더위를 피해 그늘에서 낮잠을 즐기고 해거름에 길을 떠나던 풍습에서 유래했다. 시에스타 문화는 711년 스페인을 침략한 이슬람 무어인들에 의해 스페인 전역과 이탈리아에 전파됐다. 오늘날 스페인, 이탈리아, 그리스 등 지중해 연안 국가와 북아프리카, 라틴 문화권에 시에스타의 풍습이 남아 있다.

스페인 정부는 시에스타를 2005년 12월 27일부로 공공기관에서부터 폐지했다. 유럽연합 편입 이후 스페인 전통문화가 자본주의 앞에 무릎을 꿇은 것이다. 돈이 종교가 된 이 시대, 스페인에서 시에스타는 생산성 앞에 무릎을 꿇고 말았다. 한편으로는 시원하고 한편으로는 안타까웠다. 마드리드에서 시에스타와 무관하게 24시간 문을 여는 가게는 중국 구멍가게였다. 시에스타에 걸릴 때마다 중국 가게에서 두부와 김치, 감자, 떡국 재료를 구입했다. 지금 마드리드엔 24시간 문을 여는 슈퍼까지 생겨났다.

마드리드에서 돌아온 후배는 주말마다 돌아가며 벌이던 파티도 이제 자취를 감추어버렸다고 했다. 대학생들의 호주머니만 가벼워진 것이 아니라 여유의 곳간마저 말라버린 것이다. 전 세계에서 무차별적인 경제 전쟁이 벌어지고 있다. 시간이 갈수록 삶의 여유와 낭만의 물기가 마르고 있다.

인생에서 삶의 여유가 얼마나 소중한가를 시에스타가 지금 우리에게 질문하고 있다. 카리브 해의 가난한 나라 쿠바 사람들은 여유와 낭만을 즐기며 살아가고 있다. 물질이 모든 것이 아님을 그들은 우리에게 말하고 있다. 가족들을 설득해 백담사에서 템플스테이를 한 적이 있다. 삼보일배를 하며 길바닥에 몸을 내려놓았다. 파편처럼 부서지는 일상의 시간에서 한발 떨어져 조용히 지냈다. 가족이 함께 즐기는 시간보다 더 가치 있는 순간은 없었다. 휴식이 낭비가 아니라 투자라고 설득하는 시대를 살아가고 있다. 음악, 연극, 스포츠에 감동하는 이유는 쉼표가 리듬에 날개를 달아주기 때문이다.

시에스타는 거대한 문화의 섬이다. 입에 욕을 달고 다니며 배운 시에스타가 지금은 그렇게 부러울 수가 없다. 지긋지긋한 시에스타와 양고기가 추억의 강물이 되어 오래된 미래처럼 흐르고 있다. 시에스타는 기억 속에 존재하는 추억이 아니라 현실의 삶에 활력을 불어넣어주는 비타민이었다.

4

플라멩코를 위하여!

사랑하는 클라라

당신은 자신을 변화시켜야 해요.

매일 아침, 나를 생각하며 조금씩 달라져보세요.

1857년 브람스가 클라라에게

나이를 숫자로 만드는 방법

가을바람이 이마를 스쳐가던 어느 날이었다. 휴대폰이 갑자기 호주머니가 찢어질 정도로 진동했다. 거의 무의식적으로 강의실을 뛰쳐나왔다. 허겁지겁 복도 바닥에 쭈그리고 앉아 반사적으로 휴대폰을 오른쪽 귀에 고정했다. "올라!" 아차! 원어민 목소리가… 천 길 낭떠러지로 가슴이 철렁 내려앉았다. 얼떨결에 받은 전화에 마치 폭탄을 손에 잡은 것처럼 소름끼쳤다.

진땀을 흘렸다. 겨우 몇 마디 더듬거렸다. 저는 김의 친구고요 Hola! Soy amigo de Kim… 혹시 필요하면 김 사장의 다른 전화번호를 알려주겠다. 더듬더듬… 전화번호는 어쩌고저쩌고하는 몇 마디가 너무 낯설었다. 원어민과의 짧은 통화에 마치 시간의 비탈길에서 외로운 투쟁을 한 것처럼 등줄기에 씩은 땀이 흘렀다. 전화기를 내리고 막 돌아서려는 찰나, 뚱보 원장이 대머리를 번쩍이며 달려왔다. 성벽처럼 앞길을 막았다. 그리고 또 무어라 한참을 떠들었다. 첫마디 '브라보!'만 알아들었다. 복도가 마치 거대한 스피커 울림통처럼 메아리쳤다. 순간 학원 선생들이 모두 복도로 고개를 내밀었다.

스페인 사람과 직접 전화를 주고받았다며 그가 호들갑을 떨었다. 까막눈으로 마드리드에 와서 전화를 받았다고 신이 나서 어린아이처럼 뛰고 있었다. 웃을 수도 울 수도 없었다. 말문을 연 것이 마치 자신의 공인 양, 언어를 배우는 데 나이는 문제가 되지 않는다며 내 앞에서 마치 개선장군처럼 소리쳤다. 위급 상황에 대비하라고 김 사장이 빌려준 휴대폰이 사고를 친 것이다. 군고구마처럼 두툼한 휴대폰이 호주머니를 꼴사납게 만들었지만 그날 한번 제대로 사고를 쳤다. 마드리드 김 사장이 가끔 존재를 확인할 정도였던 그 휴대폰 덕에 그날 천국과 지옥을 오갔다.

사관후보생 시절 유격 훈련장에서 10미터 높이의 줄에 매달려 있었다. 조교의 신호에 맞춰 줄을 놓는 순간 왼손은 얼굴을 감싸 쥐고 오른손은 낭심을 보호하며 호수 바닥으로 수직 낙하했다. 물속으로 하강하는 그 짧은 몇 초의 순간에 어머니 얼굴에서부터 그때까지 살아온 인생의 전 과정이 전광석화처럼 머릿속을 스치고 지나갔다. 익숙함에서 벗어나는 것이 모험의 시작이었다. 낙하하는 그 짧은 순간의 자세는 하나같이 다 달랐다. 조교의 시범이 원판이라면 각각의 복사판은 천차만별이었다. 옆에서 지켜볼 때는 그렇게 우스웠는데 막상 내가 뛰어내리려는 그 순간 희극은 비극으로 돌변했다. 하지만 뛰어내리고 나니 시원한 물줄기가 온몸을 감싸며 안도감이 들었다. 희극은 비극에 올라탄 기수 같았다.

서울의 줄을 놓아버리고 마드리드에 뛰어들 때까지는 희극이었고, 마드리드의 생활은 비극이었지만 끝나고 나니 다시 희극이었다. 서울로 돌아올 때는 희극이었지만 현재 서울 생활은 비극과 희극이 널뛰기하고 있다. 감정적인 추락도 마찬가지다. 추락할 때 두렵지만 추락하고 나면 아무것도 아니었다. 매순간 희망을 건져 올리는 유일한 지렛대는 약점을 바라보는 것이 아니라 장점을 바라보는 것이었다. 마흔넷의 화려한 외출에서 얻은 가장 아름다운 추억은 숨이 막혀 질식할 것 같은 순간에 참는 것보다 골프공처럼 튀고 싶은 방향으로 날아가는 것이다. 희비의 쌍곡선을 그리며 날아갈지라도 날아보니 알 수 있었다. 막힌 감정이 봇물 터지듯 시원하게 흘렀다. 삶에 동맥경화가 오지 않는 사람은 없다. 그때 추락하지 않으려고 안간힘을 쓰는 것은 당연하다. 그러나 때로는 동아줄을 놓아버리고 세월에 삶을 맡겨버리는 것도 필요하다.

청춘의 용기는 참는 것이며 중년의 용기는 저지르는 것이라는 말은 사실이었다. 골프공처럼 어디로 날지 모르지만 일단 창공을 날아보니 막힌 상상력에 새로운 물줄기가 흘렀다. 쉰아홉에 800킬로미터 산티아고 순례길을 43일 동안 걷기까지 참 많은 용기가 필요했다. 천 길 낭떠러지로 추락했던 스페인 탈출 경험이 없었다면 아마 포기하고 말았을 것이다. 나이를 숫자로 만드는 유일한 방법은 굳어가는 심장에 충격을 가하는 것이었다. 퇴계 선생은 성리학의 질서를 이해하되 그 규칙에 얽매이지 않았다. 숨 막히는 현실에서 때때로 벗어나지 못하는 인생은 멍에를 벗어던지지 못하고 쟁기만 끌고 있는 일소의 삶과 마찬가지다.

날아가는 모든 물체는 바닥에 떨어지기 마련이다. 잉카인들이 하늘의 신으로 여겼던 콘도르도 대부분의 시간을 땅 위에서 보낸다. 콘도르는 날기 위해 산등성이에서 일단 계곡으로 날개를 펴고 추락하다 다시 날아오른다. 천 길 낭떠러지로 추락했던 스페인의 계곡은 하늘과 이어져 있었다. 추락했던 그 순간이 돌아보니 내 인생에서 가장 아름다운 순간이었다.

무모한 배짱

스페인 생활이 조금 안정되어갈 무렵 교포 학생인 오윤미를 대동하고 마드리드 건축 대학을 무작정 찾았다. 커리큘럼을 들여다보다 이론과 실습 과정이 균형을 이루고 있는 복원 건축 과정에 눈길이 멈추었다. 스페인에 널려 있는 중세시대 낡은 성당을 그 당시의 기능과 모양으로 보수하는 복원 과정과 오래된 건물의 외관은 과거의 모습으로 복원하고 내부는 현대에 맞게 새로 고치는 재생 과정이 있었다. 나에겐 교과서적인 공격 전술을 펴는 폼페이우스형보다 쉴 새 없이 전투를 벌이며 약점을 파고들어 승부를 거는 카이사르형이 더 익숙했다.

나의 별명이 돈키호테라는 것 빼고는 스페인과 특별한 인연은 없었다. 그러나 운명은 나를 스페인 땅으로 데려다주었다. 지중해를 자궁 삼아 피어난 헬레니즘 문화가 현대 건축의 아버지라고 믿었을 뿐 특별히 스페인 건축에 관심을 두지 않았다. 그러다 매주 수요일마다 스페인의 유적지와 고건축물을 답사하며 세미나와 강연을 들을 수 있는 마드리드 건축 대학의 프로그램에 매료됐다. 여행과 공부를 동시에 할 수 있는 프로그램에 마음이 꽂혔다. 페루 출신의 로사 선생이 느긋하게 설명했다. 급한 마음에 통역을 제치고 손짓 발짓 포함해 내 생각을 말했다. 유대 문화, 이슬람 문화, 가톨릭 문화가 융합되어 있는 스페인 건축 문화를 공부하고 싶다는 얘기를 서툰 영어와 스페인어와 바디 랭귀지에 실어 표현했다. 놀란 오윤미가 제지하고 나섰지만 중년의 로사 선생이 넉넉하게 받아주었다.

"부족한 스페인어 실력은 어떻게 할 것인가?" 급소를 찌르는 로사의 질문에 순간 휘청거렸다. 그러나 더 이상 물러설 곳이 없었다. 스페인어를 모르는 것이지 건축을 모르는 것은 아니다. 부족한 것은 내가 책임지고 공부하겠다. 어디서 나왔는지 알 수 없는 배짱에 나 자신이 놀라고 있었다. 거북선이 그려진 지폐를 들고 선박 수주를 한 고 정주영 회장처럼 자신감으로 내 의지를 팔았다. 가져간 포트폴리오와 입학 수속 자료를 내려놓았다. "아저씨가 손짓 발짓해서 하는 말, 입학 담당 선생이 다 알아들어요."라며 오윤미가 웃었다. "아저씨 정말 대단해요." 무모한 용기와 열정은 때로 지식보다 더 강할 때가 있다. 카페테리아에서 수없이 듣고 떠들었던 실전 경험은 나를 배반하지 않았다.

45살 아저씨, 마드리드 건축 대학생이 되다

입학허가를 기다리는 심정은 20대 청춘과 조금도 다르지 않았다. 두 번의 대학 낙방, 건축사 시험도 두 번의 낙방 끝에 간신히 붙었다. 떨어지고 붙는 것에 초연할 나이가 됐건만 간절함은 조금도 녹슬지 않았다. 중용이 허락되지 않는 시험은 언제나 양날의 칼이었다. 붙으면 본전이지만 떨어지면 지옥이었다.

그 나이에 학교 다니는 것이 뭐 그리 중요하냐며 아내가 위로했다. 그러나 마음은 하릴없이 마드리드 건축 대학 정문을 들락거렸다. 15일의 기다림이 넘어서자 간절함은 조금씩 무뎌져갔다. 바쁜 하루의 삶이 애절함을 갉아먹었다. 학원 선생조차 마드리드 건축 대학에 입학서류를 넣었다는 사실을 비웃었다. 스페인어 기초과정만 마치고 여행이나 실컷 하고 싶었다. 부질없는 갈망은 단단한 현실의 벽을 넘을 수 없었다. 살아간다는 것은 끊임없이 미래로 걸어가는 순례자의 행군이다. "죽는 사람만 불쌍하지 산 사람은 어떻게든 살아간다."는 옛말은 사실이다.

화창한 늦가을, 티 하나 보이지 않는 마드리드 햇살이 이마에 걸터앉았다. 투명한 마드리드의 햇볕은 하늘과 더 가까워서 신선했다. 습기 한 방울, 먼지 한 톨 섞이지 않은 마드리드 햇빛이 살균하듯 뼛속까지 파고들었다. 집으로 향하는 버스가 스페인 광장을 지나 스페인 왕궁과 오리엔테 광장 사이를 미끄러질 때는 파란 하늘이 손에 잡힐 것 같았다. 성벽처럼 단단한 대리석 벽이 거울처럼 빛을 물고 반짝이고 있었다. 백색의 가면을 쓴 스페인 왕궁은 자존심과 명예로 똘똘 뭉친 지존처럼 고고하게 서 있었다.

투명한 마드리드의 가을 하늘과 왕궁은 경이로움을 합창하고 있었다. 작은 창문이 단단한 성벽의 총안처럼 외부와 소통하는 데 반해, 햇빛을 반짝이는 대리석 벽면은 마치 헤라클레스의 가슴처럼 창문을 품어주고 있었다. 왕궁의 창은 소통의 창이 아니라 감시의 창이다. 대개 벽은 창을 품을 수 있어도 창은 벽을 품지 못하지만, 그날 왕궁은 벽과 창이 하나의 거울로 빛나고 있었다. 외부에서 보면 왕궁이 오리엔테 광장을 품어주고 있는 것처럼 보이지만 배치상으로는 왕궁은 남쪽으로 돌아앉아 팔을 벌리고 있는 형상이다. 수없이 다가오는 침략에 맞서 왕궁은 스스로를 지키기 위해 성벽처럼 단단한 요새로 변장했다. 고독한 권력의 상징인 왕궁은 열림보다 닫힘에 익숙했다. 궁전의 창은 유사시 총과 화살을 쏘기 위한 기능이며 빛은 내부의 별도 중정에서 끌어들였다.

왕궁으로 들어가기 위해 길게 줄지어 있는 관광객들 사이로 오리엔테 공원의 여유가 교차했다. 여행의 자유란 언제나 호기심의 모험을 마중하는 것이다. 아내의 손을 잡고 관광객의 무리에 줄을 서 있는 환상에 빠졌다. 바지 주머니에서 둔탁한 전율이 몸서리쳤다. 습관처럼 휴대폰을 움켜쥐었다. 그리고 "디가메 Digame (여보세요)!"라고 외쳤다. 그러나 뜻밖에 반가운 음성이었다. "안녕하세요!" 마드리드 김 사장 부인의 청아한 목소리가 살짝 떨리고 있었다. "축하합니다." 너무 오랫동안 잊어버린 말이었다. 파란 하늘이 쪽빛으로 물들고 있었다. 놀란 가슴이 잠시 머뭇거리고 있었다.

마드리드 건축 대학에서 편지가 한 통 날아와서 영문을 몰라 뜯어보았더니 입학허가 서류가 있어서 급히 연락을 한다고 했다. 그러고는 웃으면서 "스페인어를 열심히 공부해야 한다."는 조건까지 덧붙였다. 현실이 가상 같고 가상이 현실 같은 마드리드 삶에서 마침내 비빌 언덕이 생겼다. 세르반테스가 레판토 해전에서 승리해 고국으로 돌아오는 듯한 마음이었다. 다시 해적에게 붙잡혀 5년간 지옥 같은 감옥생활(대학생활)을 할지라도 그 순간은 행복했다. 간절하게 기다리던 신대륙이 저만치서 손짓했다. 순간 버스가 떠나갈 정도로 "브라보!"를 외쳤다. 모든 승객들이 일제히 나를 쳐다보았다. 그냥 웃었다. 무슨 상관이야. 이것이 스페인에서 처음으로 외쳐본 함성이었다.

포르투갈 건축가 미겔을 만나다

늦가을 부슬비가 추적추적 내리는 스페인 광장에 가설건물 공사가 진행되고 있었다. 간이 철골 뼈대를 세우더니 코르크 합판으로 열심히 마감을 하고 있었다. 일주일 지나고 어느 날 모던한 건축 공간에 호기심이 발동했다. 무작정 입구로 걸어갔다. 마침 멋쟁이 훈남이 금발의 아가씨를 대동하고 현장을 점검하고 있었다. 노란색 안전줄을 당당하게 뛰어넘었다. "올라!"하고 인사를 던졌다. 그가 영어로 일본에서 왔느냐고 물었다. 순간 기분이 조금 상했다.

포르투갈에서 잘나가는 젊은 건축가 미겔 아루다와 그의 조수였다. 그는 내일 오픈할 전시장을 특별히 나에게 안내해주었다. 포르투갈에서 많이 생산되는 재료인 코르크 합판을 리스본에서 직접 차량으로 싣고 와서 외벽과 바닥을 완성했다. 포르투갈 문화를 담아줄 그릇조차도 자국의 이미지를 상징하는 코르크 합판으로 마감했다. 방수 기능까지 갖추었다며 자랑을 늘어놓았다.

스페인 광장의 상징은 세르반테스와 돈키호테 상을 물고 있는 기념탑이지만 관광객들이 가장 즐기는 곳은 공원 입구의 타원형 분수다.

분수의 타원형 곡선을 따라 부드럽게 진입 동선을 설치한 벽면에 포르투갈을 빛낸 유명인사 10여 명의 사진이 자랑스럽게 걸려 있었다. 노벨 문학상 수상자들과 레알 마드리드 소속 축구선수였던 루이스 피구의 사진, 안양천변 전시장을 설계한 포르투갈의 세계적인 건축가 알바루 시자의 사진이 한눈에 들어왔다. 알바루 시자의 작품을 설명하는 모델과 도면들이 전시실 한편을 가득 메우고 있었다.

작은 임시 전시실(포르투갈 문화 전시장)을 짓는 공사 과정조차 영상으로 편집해 관람객들이 볼 수 있도록 전시했다. 우리나라에서는 있을 수 없는 일이다. 건축은 문화적인 토양 위에서 성장하는 나무와 같다. 가설건물조차 작품으로 인정하는 그들의 문화가 세계적인 건축가를 배출할 수 있는 토양이었다. 그의 안내로 전시실을 돌아보며 공사 과정을 직접 들었다. 그러나 그 행운이 얼마나 대단한 것이었는지 까맣게 잊어버리고 있었다.

이튿날 저녁 무심코 저녁뉴스를 보다, 나의 눈이 휘둥그레졌다. 포르투갈 문화 전시장 개막식 날 마드리드 시장과 나란히 걸어 나오는 사람이 어제 만난 건축가 미겔이었다. 시장과 친구처럼 걸어가며 건축물을 설명하고 있는 미겔의 모습이 저녁 TV 뉴스를 장식하고 있었다. 스페인에서 건축가는 존경받는 예술가라고 한 말을 실감한 순간이었다.

식사 예절을 가르쳐주던 페피타 할머니가 "예술가가 이것도 모르느냐!"며 핀잔을 줄때도 스페인에서 건축가의 위상을 제대로 인식하지 못하고 있었다. 아직도 한국은 건물 준공식에 건축가가 뒷좌석에 배치되고 행정 관료가 마치 건축가인 양 행세하는 문화 후진국이다. 탐스러운 과일은 한여름 뜨거운 태양과 물과 수고의 대가를 먹고 자란다. 존경받지 못하는 건축가가 위대한 작품을 남길 수는 없다. 스페인 문화가 한없이 부러운 순간이었다.

스페인에는 나이가 없다

로사 선생이 나를 후안 호노카리오 학부장 연구실에 밀어 넣고 멀찍이 서서 지켜보고 있었다. 늘씬한 후안 교수의 외모에서 정치적인 감각이 물씬 풍겼다. 어깨에 힘을 잔뜩 주고 앉아 있는 내 모습이 어색했던지 그는 의자를 물리고 직접 책상 위에 걸터앉았다. 넥타이까지 풀어헤친 그는 두 팔을 끼고서 낭만적인 포즈를 취했다. 나는 각진 자세를 풀고 다리를 꼬고 앉았지만 그의 질문을 기다리는 마음은 바늘방석이었다.

포트폴리오를 보던 그가 대뜸 스페인에 와서 복원 건축을 배우려는 이유가 무엇이냐고 했다. 잠시 생각에 잠겼다. 시간이 지날수록 매너리즘에 빠져가고 있었던 나의 모습이 떠올랐다. 모험적인 스페인 여행을 통해 스페인 문화에 담긴 진실과 마주하고 싶었다. 서툰 스페인어로 나의 이상과 꿈을 살찌우고 싶었다. 나의 꿈과 열정을 믿었다.

꿈에 그리던 마드리드 건축 대학 생활이 시작됐다. 어학원이 어린이 소꿉장난 놀이였다면 대학원 강의는 총탄이 날아다니는 전쟁터였다. 유혈이 낭자한 가슴에서 피보다 더 진한 인내의 강물이 흘렀다. 세르반테스는 귀국길에 노예선에 납치당할 줄 알았다면 아마 돌아오지 않았을 것이다. 나도 미리 이 고통을 알았다면 시작하지 않았을 것이다. 무식하니까 용감할 수 있었다.

강의 주제도 제대로 파악하지 못해 매일 바뀌는 강의실을 망아지처럼 뛰어다녔다. 시시포스의 신화 속으로 끝도 없이 걸어갔다. 사라진 내 인생의 봄을 다시 만났지만 삶은 청량고추보다 더 매웠다. 젊음의 신화를 다시 쓰려니 의지의 칼날이 필요했다. 긴장의 중압감이 커질수록 낭만의 울림도 깊어졌다. 빛과 어둠이 교차하지 않는 깊은 터널이 끝도 없이 이어졌다. 시에스타가 끝나는 오후 4시에 시작된 강의는 밤 9시가 넘어서야 끝이 났다. 마드리드의 밤 9시는 해거름이다. 휴식시간이 되고 식사시간이 찾아와도 나의 머리는 작업 중이었다. 24시간 연중무휴 영업하는 중국인 슈퍼마켓의 주인이 바로 나였다.

쥐구멍에도 볕 들 날이 있다고 했던가. 매주 수요일마다 답사를 떠났다. 머리에서 불이 날 만하면 답사를 떠났다. 나를 위해 만들어놓은 시간표 같았다. 감옥 같은 일상에서 탈출하는 기분이었다. 스페인 전역을 골고루 돌아보는 답사 프로그램이 답답한 가슴에 숨통을 열어주었다. 강의실을 벗어나는 것만으로, 쥐가 나던 머리에 새살이 돋았다. 난생처음 공부와 놀이가 공처럼 하나로 굴러갔다.

버스 안에는 각 그룹들의 자리가 암묵적으로 정해져 있었다. 앞좌석은 조교 선생과 초청 건축가들의 지정석이었다. 마드리드 깍쟁이들은 중간 지점에 앉아 모든 지역을 리드했다. 그다음 중남미 친구들은 각자 나라별로 앉아서 수다를 떨었다. 마지막 버스 뒷좌석은 오로지 나를 중심으로 한 '파코 그룹'을 위해 준비된 공간이었다. 수업시간에는 기죽어 지내는 신세였지만 놀러갈 때만큼이라도 살아나고 싶었다. 음담패설과 알지 못하는 노래와 광란의 춤이 어설프게 이어졌다. 말귀는 적당히 알아듣지만 제대로 하는 말은 하나도 없는 나의 존재 자체가 개그였다.

마음을 비웠다. 못 알아들으면 감각이 알아서 반응했다. 동서양을 막론하고 음담패설이 가장 재미있는 이유는 남녀관계에서 벌어지는 치정 이야기이기 때문이다. 20대 새카만 동생들이 40대 아저씨를 놀리기 위해 스페인 은어로 골려줄 때도 바보처럼 넘겨버렸다. 느낌으로 알아차린 말귀에 대한 궁금증은 풍선처럼 금세 커졌다. 정확한 뜻은 알 수 없었지만 놀리는 표현은 정확하게 알아들을 수 있었다.

궁금증이 몸서리치더라도 순간의 답답함을 참아 넘겨야 했다. 부러워하면 지듯이 궁금해하면 할수록 지는 것이었다. 착한 라파엘이 슬쩍 귀띔해줄 때까지 참아야 했다. 아리스토텔레스가 "인간은 사회적인 동물이다."라고 했다. 연예인들이 가끔 띠동갑과 결혼한다는 소식은 들을 때마다 20년 차이의 스페인 친구들이 생각난다. 대한민국 남자는 참 피곤한 동물이다. 아내는 아이들 학부모 모임에 가면 모두 친구처럼 어울리는데 남자들은 학번에 군대 기수에 주민증을 까며 꼭 줄을 세워야 직성이 풀린다. 특히 군대는 쥐약이다. 어쩌다 잘못해서 후배가 되는 순간 갑자기 반말이다. 야! 이거 참, 죽을 맛이다.

그러나 스페인에서는 내 나이나 과거의 신분을 놓고 사적인 어떤 질문도 하지 않았다. 현재의 내 모습이 바로 가장 확실한 나이기 때문이다. 대한민국 남자들은 모두 현재에 사는 것이 아니라 과거에 매몰되어 살고 있다. 처음 만난 자리에서도 어떻게 해서라도 상대방의 과거를 벗겨야 직성이 풀린다.

과거는 흘러간 시간의 허물이다. 어제까지 내가 무엇을 했느냐보다 오늘 내가 무엇을 하고 있느냐가 더 중요하다. 마흔다섯에 맞이한 마드리드 건축 대학에서의 삶은 가슴 뛰는 전율이자 내 인생의 혁명이었다. 마지막 청춘의 마중물이었다. 아내와 사랑의 눈길을 주고받던 지난 감정은 벌써 빛바래졌지만 마드리드의 청춘은 어제 일처럼 생생하게 살아 있다. 시간이 만들어놓은 나이의 가면을 벗겨준 마드리드의 청춘이 고독한 내 인생을 파랗게 색칠해주었다.

외인구단, 파코 그룹

첫날부터 앞자리에 앉았다가 시간이 지날수록 점점 뒷자리로 물러나고 있었다. 터질 것 같은 가슴을 끌어안고 흑기사를 찾아 나섰다. 마음으로는 금발의 백인 아가씨 벨렌을 꿈꾸었지만 현실은 냉혹했다. 볼리비아 출신의 아나가 따뜻한 웃음을 보내는 순간 덥석 물었다. 처음 몇 주간은 피부 색깔의 편견에서 벗어날 수 없었다. 몸과 마음은 물과 기름처럼 따로 놀았다. 쪽지에 날려쓴 아나의 스페인어는 여전히 암호처럼 날아다녔고, 소곤거리는 작은 목소리는 나의 분별력을 어지럽혔다.

강의시간에도 눈은 자꾸만 파란 눈의 금발 아가씨 벨렌에게로 쏠리고 있었다. 그녀가 학위 수여식 사진을 몰래 찍고는 나에게 선물해주었다. 그 사진이 지금 내 책상 위에서 웃고 있다. 야속한 도둑놈 심보는 한 달이 지나지 않아서 제자리를 찾았다. 영화배우 같았던 백인 아가씨 벨렌의 얼굴에서 잡티가 보이더니 오뚝한 콧날의 비례도 흐려지기 시작했다. 그 아름답던 피부 위에 수많은 잔털이 비늘처럼 깔려 있는 것을 알아갈 즈음 아나의 검은 피부에서는 윤기가 흐르며 여신처럼 빛나고 있었다.

매일 만날 때마다 얼굴을 비비며 인사하고 포옹하며 웃고 떠들었다. 포옹할 때마다 느껴지는 부드러운 감촉 사이로 아름다운 마음이 손에 잡히는 순간 흑백의 경계선이 허물어졌다. 얄팍한 욕망의 껍질을 덮은 편견이 마음까지는 가릴 수 없었다. 이 친구 저 친구 돌아가며 적당히 옆에 앉았다. 사람의 느낌과 빛깔은 제각각 다른 법이다. 잘생긴 이탈리아 친구 니콜라가 제일 먼저 레이더망에 잡혔다. 이탈리아의 섬인 사르데냐에서 온 니콜라도 이방인이었다. 사르데냐는 카이사르 군대의 식량 보급기지 역할을 한 이탈리아 곡창지대로, 한때 스페인 아라곤 왕국의 식민지이기도 했으나 현재는 이탈리아 제일의 큰 섬이다.

그다음 친구는 수염을 멋있게 기른 우고였다. 우고는 멕시코 출신으로 스페인으로 발령받은 외교관 아내를 따라왔다. 백인과 인디언의 혼혈인 우고는 나와 생긴 모습이 제일 비슷했다. 여섯 살짜리 딸아이를 두고 있는 우고는 나보다 한 살 어렸다. 마지막 파트너는 라파엘이었다. 발렌시아 출신으로 마드리드 친구들이 볼 때 라파엘 역시 촌놈이었다. 건축사 사무소에서 실무를 하고 있는 라파엘은 매일 3시간을 자동차로 달려서 마드리드에 도착했다. 발렌시아는 스페인의 지중해 중심도시로 스페인의 대표적인 음식 파에야paella(해물 비빔밥과 비슷한 음식)의 본고장이며 토마토 축제, 불꽃 축제가 벌어지는 고장이다.

로사 선생이 다가오더니 대뜸 "파코는 누구랑 한 조가 되고 싶냐?"

고 질문했다. 나는 그냥 씩 웃었다. 먼저 나설 입장이 아니었다. 그러자 평소에 나와 친한 친구들 사이로 데리고 갔다. 로사가 사인을 보냈는지 니콜라가 불안한 발음으로 "히콘 킹"하며 달려왔다. 착한 라파엘은 반기는 눈치였지만 멕시코 친구, 우고는 조금 싫은 모양이었다. 대부분 3명으로 이루어진 팀 작업으로 연구보고서를 꾸미고 발표했다. 이를 눈치를 챈 로사가 파코를 포함해 4명이 한 조가 되면 어떻겠냐고 했다. 로사의 말은 부드러웠지만 부탁이 아니라 명령이었다. 로사가 박수를 치면서 이 팀은 외인구단이라고 치켜세웠다. 마드리드 출신이 아닌 이방인 친구들로 팀이 이루어졌다고 해 외인구단이라고 불렀다.

그날 이후로 나는 합법적으로 니콜라와 라파엘 사이에 앉아서 공부할 수 있는 특권을 누렸다. 수업시간에도 수없이 이어지는 나의 질문을 한 번도 싫은 내색하지 않고 받아주었던 라파엘은 구세주였다. 라파엘이 없었다면 나는 아마 대학원 과정을 끝내지 못했을지도 모른다. 180센티미터 정도로 시원한 키에 몸집은 날씬한 편이다. 아랍인의 피가 섞여서 그런지 곱슬머리라서 평소 머리를 아주 짧게 자르고 다녔다. 말수가 적은 얼굴에서 선한 모습이 배어 나왔다. 성공하려면 파트너를 잘 구해야 한다. 내 유학생활의 성공 비결은 라파엘을 만난 것이었다. 그날 이후로 친구들은 우리 네 사람을 파코 그룹이라고 불렀다.

주방장이 건네준 국자

5시간 강의 사이에 30분의 꿀맛 같은 데스칸소(휴식시간)가 주어졌다. 사막의 갈증을 씻어주는 오아시스처럼 반가웠다. 시간표에 따라 5시, 혹은 6시 30분에 주어졌다. 5천 명의 학생과 교수진을 거느린 마드리드 건축 대학의 식당은 햇빛이 잘 드는 중정을 끌어안고 있다. 모든 동선의 중심이라 지나가는 학생, 교수, 직원들이 참새가 방앗간을 그냥 지나치지 못하듯 기웃거렸다. 커피, 음료수, 간단한 과자 종류에서 다양한 빵과 음식까지 골고루 판매했다. 주변에 서점, 각종 인쇄 복사, 문구점까지 종합적으로 있는 서비스 공간이었다. 커피나 와인 한 잔을 들고 아늑한 중정으로 나가 햇빛을 즐기며 잡담을 주고받았다. 늘 어두운 강의실에서 슬라이드나 파워포인트를 보다 마주친 밝은 햇살은 신의 은총이었다.

스페인 음식은 가끔 가시 달린 장미꽃처럼 나를 아프게 했다. 마드리드 뺀질이 가브리엘이 정력에 좋다고 하는 농간에 속아서 푹 쪄놓은 마늘 요리를 무턱대고 삼켰다가 기절할 뻔 했다. 음식을 먹을 때도 사랑할 때처럼 천천히 서두르지 말고 조금씩 음미하는 것이 최선이다.

무턱대고 만용을 부리다 속이 뒤틀려 오후를 망친 적이 한두 번이 아니었다. 카페에 들릴 때마다 주방장과 악수하고 포옹하며 친구가 됐다. 틈틈이 주방장을 불러내어 태권도의 품새를 보여주고 나서 손가락 3개로 팔굽혀펴기를 하던지 외다리로 일어섰다 앉았다 하는 동작을 따라하도록 부추겼다. 배가 남산만 한 스페인 주방장이 흉내 내다 넘어지면 곧바로 엄지손가락을 하늘로 치켜세웠다.

음식 앞에서 망설일 때마다 주방장은 반사적으로 국자를 내 손에 쥐어주었다. 조금씩 음식 맛을 음미하다 위장의 신호에 따라 엄지손가락을 올리는 순간 주방장은 "브라보!"를 외쳤다. 루트비히 포이어바흐Ludwig Feuerbach는 "먹는 음식이 곧 자기 자신이다."라고 했다. 식사시간을 축제로 즐길 권한은 누구에게나 공평하게 주어져 있다. '보기 좋은 떡이 맛도 좋다'라는 한국 속담은 스페인에서는 통하지 않았다. 군침이 도는 음식을 앞에 놓고 우아하게 만찬을 즐기기 위해서는 약간의 노력과 믿음이 필요했다.

친구들의 까다로운 입맛은 간식시간마다 변덕이 죽 끓듯 했다. 주변의 단과 대학 식당이나 박물관 식당 등을 돌아다니며 음식 사냥을 지속했다. 그들의 모험에 종종 희생양이 되는 것이 싫어서 나는 항상 상냥하게 웃으며 주방장에게 다가갔다. 주방장은 웃으며 국자를 내밀었다. 줄 서 있는 학생들이 웃었지만 위장의 탄성을 외면할 수 없었다.

맛은 노력을 배반하지 않았다.

혀끝을 감도는 와인 향기는 스페인 만찬과 궁합이 잘 맞아떨어지는 신의 눈물이었다. 그러나 한 모금만으로 잔을 내려놓아야 하는 식사시간이 안타까웠다. 모자라는 것이 지나침보다 좋다는 미덕을 실천하기에는 버거웠다. 무표정한 스페인 음식 맛에 날개를 달아주는 신의 한 수는 와인이었다. 혀끝을 적시는 와인의 감촉은 연인의 혀처럼 달콤했다. 후추가 유럽 사람들의 미각을 깨웠다면 와인이 고단한 스페인 생활의 단비가 됐다. 저녁노을처럼 붉게 타들어가는 내 얼굴을 지적하는 교수는 한 사람도 없었다.

외국 문화를 배우는 장소로는 대학 캠퍼스만 한 곳이 없다. 지성과 인격과 문화를 갖춘 대학보다 스페인 문화를 더 잘 경험할 수 있는 곳은 없다. 수많은 기회가 인연의 물결을 따라 스치고 지나쳤다. 도시의 밀림에서 만난 사람들은 거칠었지만 캠퍼스에선 낭만적이었다. 익숙함을 벗어던지고 변화를 받아들이는 곳도 대학만 한 곳이 없다. 나이가 열정의 걸림돌은 아니었다. 열림과 도전 앞에서 한발 물러서도 부끄럽지 않았다. 나이는 생각할수록 자꾸 커지는 상상속의 괴물이지만 그들은 나에게 단 한 번도 나이를 묻지 않았다.

칭기즈칸은 정복하기에 앞서 말을 갈아탈 만한 장소에 역참을 설치했다. 적당한 거리를 달린 말은 쉬게 하고 힘이 넘치는 새로운 말을 갈아탈 수 있는 역참을 거미줄처럼 설치한 후 세상을 지배했다. 나와 피부가 다른 사람, 나와 생각이 다른 사람, 음식과 언어와 문화가 다른 사람과 친구가 되기 위해선 약간의 지혜가 필요했다. 생각과 가치를 교환하는 역참이 생겨나는 순간 친구가 늘어나고, 마드리드 생활에 활력이 넘쳤다.

살라망카의 다락방

눈치코치도 생기고 귀가 뚫리자 잠자던 욕구가 슬며시 고개를 세웠다. 어쩌다 식사시간에 늦으면 떨어지는 할머니의 호통이 싫어졌다. 시간이 지날수록 할머니 눈치 보는 일에 싫증이 나기 시작했다. 콤플루텐세 대학에서 국제정치학을 공부하는 오윤미를 만났다. 세라노 역에서 멀지 않은 살라망카 부촌에 낡은 아파트를 얻어놓고 룸메이트를 찾고 있었다. 특별히 안방을 내어주겠다는 후배의 제안이 싫지 않았다.

살라망카 지역은 마드리드의 강남으로 불리는 이른바 부촌이다. 후배가 빌린 집은 화려한 골목 구석에 자리 잡고 있었다. 100년도 더 되어 보이는 낡은 경사지붕 아래 다락방이 숨어 있었다. 박공지붕의 경사가 느리게 실내를 가로지르며 창문가에 걸터앉아 있었다. 박공의 높은 부분은 사람이 겨우 걸어 다닐 수 있을 정도지만 낮은 부분은 손바닥만 한 창문을 버겁게 누르고 있었다. 작은 창문 사이로 비집고 들어오는 마드리드 태양이 둥근 서까래에 음영을 새겼다. 다락방의 정취를 이보다 더 낭만적으로 조각하는 곳은 없을 것 같았다. 크지 않은 나의 신장을 이리저리 조절하며 작은 방 안을 돌아다녔다. 동화 속의 궁전을 거니는 거인이 된 것 같았다.

낡은 집을 보수하거나 중세 고건축물을 복원하는 것이 나의 전공이었다. 중세의 끄트머리가 내 품에 안겼다. 후배가 직접 페인트칠하고 전구까지 달아놓은 거실의 풍경은 70년대 아파트 풍경처럼 낯설었다. 계단과 문은 세월의 풍파에 오그라들고 비틀어져 제대로 이가 맞지 않았다. 오랜 시간의 깊은 추억이 꿈틀거리고 있었다. 마치 중세의 이름모를 공간에 안겨 있는 것처럼 어색한 낭만이 좁은 다락방을 채우고 있었다. 난방도 되지 않고 더운물도 나오지 않는 화장실은 중세의 시간을 품고 있었다. 천장에 부기가 달려서 볼일을 다보고 나서는 줄을 당겨야 했다. 와당탕탕! 물줄기가 굽이치며 내려가는 소리가 마치 작은 폭포수가 떨어지는 것 같았다.

스페인 마드리드 중심가에 이런 집이 아직도 있다니! 세월에 검게 뒤틀어진 서까래 나무는 갈라지고 벗겨지며 지난 세월을 전시하고 있었다. 작은 창으로 빨려 들어오는 햇빛의 열정만이 지난 세월의 비밀을 아는 것 같았다. 싱크대의 창백한 스테인리스가 파란색의 찬장을 어색하게 올려보고 있었다. 후배가 직접 들여놓은 번쩍번쩍하는 드럼 세탁기만이 홀로 21세기를 자랑하고 있었다.

손바닥 크기의 빨간 전기밥솥이 눈길을 사로잡았다. 한국에서 손수

가져온 후배의 정성이 빨간 전기밥솥에 담겨 있었다. 그 전기밥솥이 흔들리는 내 마음에 대못을 박았다. 전기밥솥의 성능이 너무 좋다고 자랑하는 후배의 마음을 잡고 싶었다. 타향에서 밥은 그리운 고향의 상징이다. 가마솥 밥의 질긴 추억이 빨간 전기밥솥에 붙어 있었다. 혀와 위장은 거짓말을 모른다. "세상에는 배가 너무 고파서 신이 빵의 모습으로만 나타날 수 있는 사람들이 있다."고 마하트마 간디가 얘기했다. 작은 찬장에 아무렇게나 널브러져 있는 그릇들이 그렇게 앙증맞을 수가 없었다.

초등학교를 졸업하면서 시작된 나의 자취생활은 결혼하기 전까지 계속됐다. 서울에서만 스무 번 넘게 하숙과 자취생활을 번갈아가며 청춘을 탈색시켰던 그 시린 추억이 밟혔다. 집에 필요한 모든 가재도구와 부품을 파는 이케아에 가서 이불과 전기난로를 비롯한 살림살이를 마련했다. 하숙집 할머니의 섭섭한 얼굴이 저녁노을처럼 등 뒤로 길게 내려앉았다. 윤기가 잘잘 흐르는 쌀밥의 유혹을 벗어던질 수 없었다. 등산용 코펠에서 끓고 있는 동태찌개는 지구 반대편에서만 느껴볼 수 있는 특별함이었다.

그러나 하나를 얻었지만 둘을 잃었다. 그날 이후로 나의 스페인어 실력은 시간의 침묵 속을 서성거렸다. 위장과 정신의 물물교환이 남긴 후유증이었다. 두 번째의 상실은 식구와 함께할 수 없는 상실감이었

살라망카 지역은 마드리드의 강남으로 불리는 이른바 부촌이다.

후배가 빌린 집은 화려한 골목 구석에 자리 잡고 있었다.

100년도 더 되어 보이는 낡은 경사지붕 아래 다락방이 숨어 있었다.

다. 한솥밥 문화는 가족, 친구의 다른 말이다. 죽는 순간까지 가져갈 걱정이 아니면 놓아버리라는 말은 성인들에게 맞는 말이다. 죽는 순간에 직장에 더 일찍 나갈 것, 더 열심히 일할 것을 생각하지는 않을 것이다. 그러나 현실에서는 가족을 제대로 부양하지 못한다는 중압감에 짓눌린다. 가족을 팽개치고 도망치듯 떠나온 스페인 마드리드에서 이 한 몸 추스르기도 힘든 마당에 따뜻한 밥 한술 먹고 나니 서울의 가족이 떠오른 것이다. 초등학교 1학년 아들, 유치원생 딸아이를 남겨두고 달아난 아버지의 모습이 떠올랐다. 봄비에 새싹 돋듯이 성장하는 아들과 딸이 눈앞에 아른거렸다. 목까지 차오르는 고독감도 견디기 힘든 마당에 앞으로 살아갈 날들이 먹구름처럼 마음을 뒤덮었다.

늦된 남자에게 인생은 진퇴양난의 갈림길에서 타이어가 펑크 난 것처럼 난감했다. 가족을 포기할 수도 없고 그렇다고 나의 앞길도 알 수 없는 불안감이 교차하는 곳에서 겨울바람처럼 떨고 있는 것이다. 그래도 훈련소의 훈련병처럼 입으로는 "할 수 있습니다."를 밤낮없이 외치고 있는 것이다. "물살이 심한 강을 건너려면 무거운 돌을 주머니 속에 밀어 넣어야 한다."는 아프리카 속담처럼 변화무쌍한 세속의 강줄기를 건너기 위해 가족의 짐을 짊어진 것인지도 모른다.

우유부단한 남자가 두 집 살림한다는 옛말처럼 서울의 가족을 팽개치고 과감하게 떠날 수 있었기 때문에 내일의 모험을 할 수 있었다. 부모상을 앞에 두고서도 밥을 먹고 힘을 내야 마무리를 할 수 있는 법이다. 누구나 황산벌 전투의 계백 장군처럼 가족을 모질게 뿌리칠 수는 없다. 그렇다손 치더라도 방황하는 것이 인생이다. 가슴은 숯덩이처럼 타고 있었지만 윤기 흐르는 밥 한 그릇에 동태찌개를 먹고 나니 혀와 위장이 웃었다. 산다는 것은 급한 불부터 끄고 다음을 생각하는 것이라는 사실을 그날 깨우쳤다.

레티로의 숲이 전하는 위로

마드리드 문화 1번지 살라망카에서의 생활은 풍요 속의 빈곤이었지만 눈은 호사를 누렸다. 집 앞 카페와 명품 부티크에는 유명 연예인이 단골로 드나들었고 쇼윈도의 화려한 상품들은 나의 지갑을 홀렸다. 정신의 집은 육체다. 정신의 고갈은 오로지 육체만이 짊어질 수 있었다. 고독이 가슴에 넘칠 때마다 바람을 가르며 거리를 달렸다. 턱밑의 콜론 광장을 몇 바퀴 돌고 집으로 돌아오는 것이 일상이지만 신이 날 때면 알칼라 거리를 가로질러 곧바로 마드리드의 허파인 레티로 공원 속으로 달렸다.

콜럼버스 동상이 굽어보고 있는 콜론 광장은 라틴아메리카 식민지에서 싣고 온 붉은 돌조각이 인상적이다. 석양이 비칠 때면 인디언들의 아픈 문화가 붉게 타는 듯 애절함이 배어 나왔다. 거대한 돌을 왜 싣고 왔을까? 역사를 바꾼 그 무모함의 원동력은 무엇일까? 콜론 광장이 기하학적으로 조각된 도심의 광장이라면 레티로 공원은 원시성이 잠들어 있는 자연의 일부다. 마드리드의 허파로서 시민들을 품어주는 어머니의 가슴이다. 16세기 펠리페 2세 때 세운 동쪽 별궁 정원이 오늘날 레티로 공원으로 발전했다. 포르투갈을 치기 위해 잠시 길을 빌려달라던 나폴레옹 군대는 이후 레티로 공원에 주저 앉아 스페인을 집어삼켰다. 연못을 굽어보며 서 있는 알폰스 12세 기마상만이 홀로 세월의 허망함을 전시하고 있을 뿐 그 당시 별궁 건물들은 프랑스와의 독립전쟁 때 모두 불타버렸다.

레티로는 호수와 숲과 정원으로 이루어져 있다. 호수를 따라 직선으로 난 길 옆 공터에서는 중남미 원주민들의 전통악기 연주와 이색 공연과 벼룩시장이 다채롭게 펼쳐졌다. 연못이 끝나는 지점부터 부드러운 마사토 흙길이 시작됐다. 흙길의 감촉, 그 작은 디테일의 차이가 마음을 구름 위로 날려주었다. 풍만한 여인의 젖가슴을 닮은 유리 궁전이 숲길의 제왕처럼 작은 연못을 내려다보고 있었다. 이마에 빛으로 화관을 두르고 연무가 만들어내는 무지개를 굽어보고 있었다. 산업시대를 상징하는 철과 유리만으로 여인의 나체 같은 부드러움을 표현해 에로티시즘을 불러일으키고 있었다.

유리 궁전을 벗어나면 낮게 깔린 장미정원이 마중했다. 갑자기 긴장이 풀어지며 어머니의 손길 같은 편안함에 안기는 것 같았다. 저만치 클래식한 벤치가 지친 마음을 안아줄 것처럼 다가왔다. 신비함이 넘치는 자리는 아니다. 그저 따뜻한 지조와 품격으로 어머니의 손길을 느끼는 그런 자리다. 이 공간에선 두뇌의 스위치를 꺼야 한다. 투정을 부리며 모성적인 연어의 귀향을 경험하는 공간이다. 눈이 아니라 가슴으

콜럼버스 동상이 굽어보고 있는 콜론 광장은

라틴아메리카 식민지에서 싣고 온 붉은 돌조각이 인상적인 곳이다.

석양이 비칠 때면 인디언들의 아픈 문화가

붉게 타는 듯 애절함이 배어 있었다.

로 느끼는 공간이다. 바람을 편린 삼아 조용히 구름으로 날아오르는 곳이다.

가슴이 시리고 아플 때마다 참새처럼 이곳에 찾아들었다. 그러고는 한없이 울었다. 숲은 말없이 나의 아픔을 품어주었다. 한낮의 반짝이는 숲이 훗날 가우디의 명작 성가족 대성당의 천장이라는 것을 알았다. 병약한 가우디도 어린 시절 숲에서 쳐다본 하늘에서 영감을 받은 것이다. 감정의 강물은 천 길 낭떠러지 폭포처럼 떨어지기도 하고 돌부리에 치이기도 하고 멍이 들었지만 마침내 평화로운 호수로 데려다 주었다. 100년도 더 된 낡은 아파트 다락방이 현실이라면 레티로의 숲은 내 마음의 호수였다.

산 파블로의 나의 방

겨울이 한창 기승을 부리던 1월 중순, 집주인이 세를 올려달라고 협박했다. 몇 개월 채 살지 않았는데 마음이 바뀐 주인은 고집을 꺾지 않았다. 지난번 하숙집에서 만난 나카타란 일본 젊은이가 헤어질 때 명함을 한 장 건네주었다. 일본인이 경영하는 게스트하우스 전화번호가 담긴 노란 명함이었다. 혹시나 하는 생각에 전화를 걸었다. 독일에서 어린 시절을 보낸 후배가 팔을 걷고 나섰다. 마드리드에서 아무 곳이나 대충 들어가서 살다가는 고생만 한다며 앞장섰다.

일전에 멋모르고 강도를 당한 곳에서 멀지 않은 곳이었다. 그란 비아 대로의 허리, 칼야오 전철역에서 100미터 북쪽, 산 파블로 거리 서쪽에 있었다. 산 마르틴 성당 앞 달의 광장Plaza de Luna에서는 매춘을 알선하는 아프리카계 여성들이 어색한 발음으로 유혹했다. 두려운 마음을 삐걱거리는 목재 계단에 싣고 4층으로 올라가 일본인 주인을 만났다. 낡은 외관과는 다르게 내부 공간은 일본인 특유의 정갈함이 배어 있었다. 낡은 사무실을 다양한 크기의 방들로 나누고, 공동 식당과 화장실, 샤워장을 설치했다. 시간의 흔적들이 다양한 주방식기들의 표정에 남아 있었다. 부엌에 딸린 중정에는 알록달록한 빨래들이 바람에 하늘거리고, 그 앞에 세탁기와 탈수기가 나란히 서서 빨래를 지키고 있었다.

살라망카 고급 주거지에서 중세의 마드리드 골목으로 진입했다. 현대적인 화장실과 욕실에 긴장한 마음이 녹았다. 중세의 요새처럼 작은 방이 따뜻한 온기로 마중했다. 북쪽으로 면한 중정에는 빛이 넘칠 듯 출렁이고 있었다. 이른 아침이면, 중정 이마에 걸터앉은 빛은 10시를 기점으로 잠수하기 시작했다. 습기 한 점 없는 햇빛은 커튼을 붉은 물감으로 물들였다. 간절하게 만져보고 싶었던 그 햇빛이 상처 난 마음을 보듬어주었다. 빛의 우물에서 금빛 가루가 뿌려지고 있었다. 고운 체로 걸러진 빛의 가루들이 내 영혼을 감싸주었다. 향기로운 빛의 입맞춤이 내 이마에 와 닿을 때 나는 태양의 아들로 다시 태어났다. 아침잠의 꼬리에 달콤한 빛의 꽃가루가 뿌려질 때 아내가 그리웠다. 햇빛의 촉수는 점점 더 아래로 미끄러지며 우라노스의 욕망이 가이아의 창문에 불을 지르는 것 같았다.

어느새 입술을 더듬는 사랑의 향기가 마음의 문을 열고 들어오는 것 같았다. 엄마의 젖을 찾아가는 아기의 본능처럼 내 육신은 빛으로 물들고 있었다. 순간 마음은 티 하나 없는 순백의 동심으로 젖었다. 영혼이 막 기지개를 켜는 순간 비둘기가 노래했다. 하얀 벽을 화폭 삼아 비둘기의 그림자들이 길게 목을 빼고서 사랑을 노래했다. 방은 사랑을 품어주는 마지막 성소였다. 게스트하우스의 분주한 일상이 끝이 보이지 않을 것 같았던 살라망카의 외로움을 지워버렸다. 쿠바, 멕시코, 페루, 콜롬비아, 브라질을 비롯해 영국, 독일, 프랑스, 루마니아, 슬로바키아, 일본, 한국인의 심장들이 뛰고 있는 작은 우주정거장이었다.

작은 공동체 안에 커플이 두 쌍 있었다. 멕시코 유학생 남자와 쿠바 유학생 여자, 프랑스 출신 선생과 스페인 안달루시아 출신 화가가 같은 방을 쓰고 나머지는 모두 독방이었다. 어느 날 휴일 아침 게스트하우스가 발칵 뒤집어지듯 웅성거리고 있었다. 가난한 쿠바 유학생 여자가 화장실에서 정액이 묻어 있는 여자 팬티를 발견한 것이다. 그녀는 생활비를 벌기 위해 게스트하우스 청소를 하고 있었다.

이 게스트하우스는 외부에서 이성을 데려와서 동침할 수 없는 것이 규칙이었다. 입주 시에 자그마한 일본인 주인장이 몇 번에 걸쳐 나에게 확인시킨 주의사항이었다. 그러나 옆방의 다나카에게 그 규정은 휴지 조각이었다. 요리사인 그는 종종 일본인 여자 친구를 데려왔다. 밤새 술을 먹다 새벽녘에야 잠에 곯아 떨어졌다. 그날 저녁 둘은 잠을 잘 수 없을 정도로 몸서리를 쳤다.

옆방의 성애 소리가 자연스럽게 들리는 것이 이곳의 정서이니 어쩔 수 없는 일이지만 아내를 그리워하는 나의 가슴에 불을 당기는 것은 다른 문제였다. 청춘남녀의 사랑은 길게 보면 한순간이다. 스페인의 속담처럼 "젊을 때 많이 하라."라고 말할 정도로 축하해줄 일이다. 그러나 남자의 고독에 욕망의 불을 지르는 것은 폭력이다. 고독해보니 알 수 있었다. 화사한 봄날 젊은 스님과 신부님에게 아리따운 아가씨의 고운 자태는 고독의 창살을 무심하게 짓이기는 아픔이라는 것을.

"아름다운 표면은 무서운 깊이를 가지고 있다."는 니체의 말을 다르게 해석하면 "그 무서운 깊이는 아름다운 표면에 흔들리고 있다."는 말임을 나는 그때 알고 말았다. 작은 게스트 안에 가득 퍼져 있는 청춘의 르네상스에는 고딕의 어두움이 공존하고 있었다. 상처받은 사람만이 전율하는 빛의 은총이 고딕 정신이라면 빛나는 자유로움에 전율하는 남자의 차디찬 고독함은 사랑과 단절된 사람이라는 것을 알 수 있었다.

산 파블로의 나의 방

칼을 문 스페인의 태양
돈키호테의 광기로 얼룩진 마드리드 빛
오전 10시
빛의 칼날이 흰색 페인트 벽을 가르며
어둠의 목을 자른다.
구구구 구슬피 우는 비둘기 소리

빛의 품에서 그림자의 영혼이

피를 토하며 통곡한다.

커튼이 황금빛으로 물들 때

고독한 사랑은

빛의 날개를 타고서

창공으로 날아올랐다.

파코, 시간을 벗어보게나

투명한 화살이 거침없이 파고드는 마드리드의 햇살은 습기 한 점 물지 않는 영원의 순수성으로 빗발치고 있었다. 태고의 원시성으로 시간을 표백시켰다. 가슴을 찌르는 빛의 화살은 뼈와 살을 도려내며 영혼까지 살균시켜주었다. 만질 수는 없지만 느낄 수 있는 시원적인 빛이었다. 시간을 해체하고 공간을 지워버렸다. 상상력의 부력만이 하늘을 날아다녔다.

가슴이 충만해지자 숨겨놓은 욕망이 고개를 들었다. 어디선가 진한 향기가 몸서리치며 고향의 맛을 부르고 있었다. 아내가 정성스럽게 부쳐준 밑반찬은 고향의 체취를 발산했다. 마드리드의 시간이 깊어질수록 고향이 그리웠다. 가족을 향한 그리움이 깊어지는 밤이면 고향의 맛이 사무치게 그리웠다. 라 리오하 레드와인에 추로스[churros], 케소 데 카브랄레스(몰리나세카 석회암 동굴에서 숙성된 거뭇거뭇 곰팡이가 서린 치즈)도 환상적이지만 고향의 맛을 몰아내기에는 역부족이었다. 마리사 산체스의 크로켓과 양고기와 감자로 만든 페페 할머니표 스튜도 미각을 자극했지만 아내의 김치찌개를 잊게 할 수는 없었다.

마드리드 김 사장 부인이 김치를 담가주려 했지만 한사코 말렸다. 신세지는 것보다 혀끝에 구속당하는 노예근성이 두려웠다. 고향의 향기가 은근하게 풍겨나는 작은 냉장고를 바라보는 것만으로 행복했다. 그러나 김치의 유혹은 지워버릴 수 없는 운명처럼 다가왔다. 스페인 광장 맞은 편 스페인 빌딩 북쪽 마에스트로 게레로Maestro Guerrero 거리에서 전라도 할머니가 맛있는 김치와 라면을 팔고 있지만 값이 만만치 않아서 자주 먹을 수 없었다. 며칠간 고향 앓이를 하다가도 김치를 먹고 나면 금방 나아버렸다. 유혹의 지배를 벗어나지 못하는 것이 중독이다. 놓쳐버린 물고기가 더 커 보이는 법이고, 헤어진 연인이 항상 더 아름다워 보이는 법이다. 인터넷 카페에서 한국 친구들과 수다를 떨고 난 다음날이면 스페인 말은 혀끝에서 자꾸 엉켰다. 미안한 마음에 스페인 아가씨와 데이트는 자제했지만 고향 맛은 포기할 수 없었다.

중년의 나이가 빡빡한 세상의 틈바구니를 조금 헐겁게 조정해주었다. 일본인 게스트하우스 주인장은 자신도 된장찌개, 김치찌개 좋아한다며 너스레까지 떨었다. 아내가 전해준 김치 레시피를 참고하여 중국가게에서 배추와 파와 마늘과 소금을 사왔다. 고추장과 조미료는 서울에서 공수해왔지만 정작 중요한 젓갈은 액체라 받을 수 없었다. 할 수 없이 참치 통조림 중에서 기름이 비교적 적은 것을 고르고 통조림 국물만 따로 그릇에 담았다.

레시피에 따라 소금 한 숟가락, 고춧가루 세 숟가락, 참치 통조림 국물 세 숟가락, 다진 마늘과 조미료를 적당히 섞어가며 부드럽게 비볐더니 걸쭉한 붉은 수프가 완성됐다. 건축 공사 과정처럼 일사불란한 작업이었다. 그러나 마늘을 잘게 썰어서 작은 절구통 속에 넣고 방망이로 내려치다 눈물을 한 바가지 흘렸다. 파는 잘게 썰어서 그릇에 담아놓았다. 배추를 소금물에 절이는 작업은 번거로워서 생략했다. 하얀 배추의 속살을 손바닥 크기로 썰어서 상추 잎처럼 차례대로 플라스틱 통 안에 펼쳐놓고 썰어놓은 파를 고르게 올리고 한 장, 한 장 정성스럽게 붉은 수프를 발랐다. 숨이 죽지 않은 배추는 조금만 쌓아도 책을 쌓아놓은 듯 빳빳하게 제 키를 키웠다. 매운 맛에 눈물 반 콧물 반이었지만 침을 삼키며 고향의 맛을 다셨다. 마음은 벌써 가을 단풍처럼 고향 맛으로 붉게 물들었다.

몇 번을 더 다지고 눌러서 끈으로 동여맨 김치통을 신줏단지 모시듯 냉장고에 모셨다. 하루에도 몇 번씩 냉장고 문을 들락거렸다. 하루 이틀 지날수록 빳빳하던 배추 속살이 가을 단풍색으로 타들어갔다. 내 마음까지 고향 맛에 물들어갔다. 스페인 참치 국물의 텃세에도 고춧가루는 위력을 떨치며 발효과학을 증명하고 있었다. 일주일마다 배추를 뒤집어주었다. 3주가 지나자 사프란 향기처럼 상큼한 냄새가 코끝을 자극했다.

김치를 손으로 쭉쭉 찢어 흰 쌀밥 위에 걸쳐놓은 순간 황제가 부럽지 않았다. 순간의 입맛이 천국을 결정했다. 하룻밤 안에 김치가 익지 않듯이, 수없이 뚜껑을 열어볼 때마다 "파코, 좀 기다리게나." 김치가 이렇게 말하는 것 같았다. 스페인 음식과 문화의 특징은 융합이다. 그리스 로마 문화의 토양 위에 기독교 문화의 기초를 세우고 그 위에 이슬람 문화를 받아들여 스페인만의 독특한 문화를 잉태했다. 특히 이슬람 시대 기독교 이슬람 유대 문화가 한솥밥처럼 뜸이 들었다. 스페인의 유명한 음식인 하몽과 타파스와 파에야도 하나같이 세월과 문화의 융합으로 탄생했다. 성급하게 스페인 문화를 받아들이려다 체한 적이 많았다. 기다림의 미학은 조급함의 비탈을 걸어가며 나 자신의 정체성을 잃지 않는 것이다.

고춧가루는 스페인 참치 국물 속에서도 꿋꿋하게 자신의 목적을 실천하며 김치를 숙성시켰다. 하몽 이베리코가 4년 동안 숙성되듯이, 타파스가 피레네 산맥의 단절 속에서 스페인만의 다양한 레시피로 발전했듯이, 파에야가 동양에서 건너온 쌀과 스페인 토종 해산물, 닭고기, 토끼고기와 융합해 스페인만의 독창적인 음식으로 태어났듯이 김치는 천천히 숙성되어갔다. 뻣뻣한 스페인 배추가 언제 그랬냐는 듯이 다소곳이 숨을 죽이며 고춧가루의 권위를 받아들일 때까지 기다림의 시간을 천천히 빚었다.

붉은 물감이 뚝뚝 떨어지는 김치를 흰 쌀밥 위에 쭉쭉 찢어 걸쳐놓고 한술 뜨고 나면 세상이 부럽지 않았다. 식욕이 차고 나면 그다음 욕구를 채우기 위해 그란 비아 거리의 레스토랑으로 달려갔다. 카페 콘 레체café con leche(부드러운 우유가 듬뿍 들어간 커피)와 달콤한 추로스를 시켜놓고 소니아와 세상 사는 이야기를 주고받는 것이다. 스물일곱의 소니아는 마드리드 대학 화학과를 나온 재원이지만 직장을 구하기 전에 잠시 카마레라(레스토랑 여종업원)을 하고 있는 아가씨였다. 사람은 누구나 감정의 허리가 착 감기는 상대가 있기 마련이다. 그녀는 한국의 이야기를 듣고 싶어 했고 나는 그녀에게 스페인 말을 배웠다. 여유 있는 스페인 레스토랑 문화가 선물한 느림의 미학이었다. 스페인 문화의 강물은 시간의 강줄기를 따라 나의 정신과 육체를 물들이며 조용히 흐르고 있었다. 시간의 진실은 소유하는 것이 아니라 함께 흐르는 것이었다.

구름다리의 즉흥연주

마드리드 국립대학 캠퍼스는 전철역이 3곳이나 통과할 정도로 넓은 구릉 위에 펼쳐져 있다. 콤플루텐세에 자리한 전철역에서 내려 농대 건물 사이로 남쪽으로 걸어 내려오면 아름다운 구름다리가 기다리고 있다. 구름다리를 타고 고속도로를 건너면 곧바로 벨라스케스 박물관이 나오고, 그다음 나오는 거대한 흰색 건물이 건축 대학이다. 벨라스케스Velazquez는 스페인 바로크를 대표하는 17세기 유럽 회화의 중심인물이다. 그는 빛과 색이라는 순수한 요소를 회화적인 기법으로 응용해 당대의 새로운 화법을 개척한 인물이다. 마드리드 왕립 미술학교에서 더 배울 것이 없었던 피카소는 하루 종일 프라도 박물관에 전시된 벨라스케스 그림 앞에서 열정을 불태웠다.

특별한 일이 없으면 전철 대신 버스를 탔다. 그란 비아 거리의 산 베르나르도 버스 정류장에서 건축 대학까지는 버스로 20분이 걸렸다. 그란 비아 거리는 서울의 명동 거리처럼 마드리드의 중심 쇼핑거리지만 그렇게 붐비지 않았다. 19세기 말 마드리드의 거미줄 같은 미로를 확장해 그란 비아 대로가 탄생했다. 19세기 중엽 나폴레옹 3세 치하 오스만 남작이 프랑스 파리 개선문을 중심으로 방사형 도로를 건설했다. 유럽 도시들이 근대적인 도시 면모를 갖춘 것은 19세기 중엽 이후였다.

오후 3시 반 등굣길의 버스에는 항상 여분의 좌석이 남아 있었다. 작열하는 마드리드 햇빛에 물든 주변 경관이 파도처럼 넘실거렸다. 버스는 항상 마드리드의 태양 세례를 받을 듯이 느긋하게 달렸다. 중세풍의 건물들로 고풍스러운 도시, 마드리드는 항상 고즈넉했다. 버스가 공군청사, 승리의 개선문, 몽클로아Moncloa 전망대를 지나면 나즈막이 대학 캠퍼스가 펼쳐졌다. 버스는 항상 구름다리 앞에서 멈추었다. 구름다리만 건너면 바로 건축 대학이었다.

버스에서 내리든, 전철에서 내리든 구름다리를 건너서 건축 대학으로 입성했다. 강력한 콘크리트 오벨리스크의 목에 걸린 현수선에 철제 상판다리가 날렵하게 매달려 있었다. 철제 상판은 원형으로 굽어지며 북쪽 인도 바닥 위로 내려앉았다. 건축 대학으로 등교하는 오후 4시경 마드리드 햇살은 그 기세가 한풀 꺾였다. 인도에 살짝 떠 있는 램프를 따라 원형으로 돌아서는 순간 적당한 떨림과 진동이 상쾌했다. 원형 램프의 자유스러움이 직선의 질서 속으로 안기는 순간 어느새 도로 위 직선주로에 안겼다. 자동차의 속도에 따라 이리저리 춤추는 상판은 현실의 삶처럼 흔들리며 떨고 있었다.

스틸 행거에 매달려 있는 다리 상판은 자동차의 압력에 자연스럽게 떨었지만 사선으로 기울어진 콘크리트 'ㄷ' 자 직선 램프는 엄격했다. 직선의 콘크리트 램프, 흔들리는 철제 상판 인도, 잠자리가 맴돌듯 둥글게 돌아치는 램프는 3박자의 조화로운 리듬이었다. 사람이 걸어가는 속도와 무게에 따라, 차량의 속도와 진동에 따라 흔들리는 강도와 소리가 달랐다. 시적인 리듬에 따라 흔들림의 소리와 옷을 갈아입었다. 발바닥으로 전해지는 감각은 상황의 선물이었다.

구름다리 아래 바삐 달려오고 빠져나가는 자동차들이 전하는 마찰음과 보행자의 움직임에 따라 진동과 소리가 다르게 울렸다. 돈키호테 소설에 등장하는 콘수에그라Consuegra의 풍차가 바람의 압력을 운동에너지로 바꾸듯이 구름다리는 자동차와 사람의 파장에 따라 각각 연주했다. 마치 크로아티아 자다르 바닷가에 설치된 '바다 오르간' 같았다. 오르간은 건축가 니콜라 바시츠Nikola Bašić가 설계한 길이 75미터에 이르는 계단식 보도 아래 총 35개의 파이프 구멍을 통해 파도의 크기, 속도, 바람의 세기에 따라 즉흥 연주를 했다.

구름다리에서 고속도로를 따라 조금 더 서쪽으로 내려가면 왼쪽에 수상 관저가 나오고 좀 더 내려가면 오른쪽 산기슭에 스페인 왕궁이 나온다. 스페인 수상과 국왕이 연어처럼 구름다리 아래로 굽이치듯 지나다녔다. 가끔 다리 위에서 자동차를 바라보고 있으면 폭포 위에서 연어의 회귀를 기다리는 곰이 된 것 같았다. 학문의 숲으로 들어갈 때는 침묵하고 세속의 문으로 나올 때는 흔들리는 구름다리가 우리 삶의 일상을 시적으로 옮겨놓은 무대 같았다.

파르테논 신전이나 영주 부석사에 오르는 진입 공간은 유난히 길고 가파른 계단들로 이루어져 있다. 속세의 마음을 경건하게 정화해주는 의식의 길이다. 파르테논 신전의 진입 계단은 곧장 직선으로 언덕을 통과하지만 영주 부석사 진입로는 자연에 순응하며 뱀처럼 굽이치며 능선을 타고 올랐다.

삶과 죽음의 길목에도 시간의 문이 놓여 있다. 대문을 통과하듯 도시와 국가를 통과할 때마다 절차의 문을 통과했다. 열고 닫힘은 인생의 여정에서 피할 수 없는 과정이다. 건축 대학으로 들어가는 구름다리는 마치 중세의 해자를 가로지르는 다리처럼 정신의 옷매무새를 가다듬게 했다.

사람의 숫자와 무게와 속도와 차량의 질주 속도에 따라 기타 선율처럼 울리는 구름다리는 그 자체로 거대한 악기였다. 구름다리의 연주는 숯불과 찬물을 오가는 무쇠처럼 매일 조금씩 나의 정신을 단련시켰다. 구름다리에 발을 올려놓는 순간 나의 육체는 봄바람에 흔들리는 개나리가 됐다.

짜릿한 일탈

마드리레뇨(마드리드 출신)들은 절대 분위기를 선도하지 않았다. 마드리레뇨들의 인간미는 라티노(중남미 출신)들에 비해 항상 2퍼센트 부족했다. 분위기를 주도하는 쪽은 언제나 라티노들이었다. 흑인과 백인과 인디언의 피를 골고루 물려받은 라티노들은 열정의 끼로 똘똘 뭉쳐져 있었다. 우수에 찬 깊은 눈으로 세상을 빨아들일 것 같은 아르헨티나 출신의 마리엘라는 라티노들의 꽃이었다. 춤과 노래로 무장한 관능미에 카리스마까지 에바 페론의 그림자가 드리워져 있었다. 호수같이 푸른 눈동자는 남자의 시선을 일시에 무력화시킬 정도로 강렬했다. 범접할 수 없는 아우라가 출렁이고 있었다. 그녀의 푸른 눈에 잉카인의 열정이 불타고 있었다.

이탈리아 출신 니콜라가 은근히 마음에 두고 있는 눈치였지만 마리엘라의 카리스마에 기를 펴지 못했다. 이탈리아 남자의 매력은 각이 선 얼굴 윤곽과 우수에 찬 눈과 검은 턱수염이다. 훤칠한 키에 우윳빛 피부로 감싼 근육질의 니콜라는 훈남이었다. 조금 서툰 스페인어 발음은 되레 이국적인 낭만을 뿌렸다. 마리엘라와 나 사이를 오가며 킹카를 소개시켜주겠다며 큰소리쳤지만 자기 애인 챙기기도 버거웠다. 매일 5시간을 강의와 씨름하는 나와 그는 가끔 하인과 귀족처럼 신분이 다른 것 같았다.

2월 중순 강의실 게시판에 대자보가 붙었다. 삼삼오오 모여 웅성거리고 있었다. "금요일 밤 9시 파티, 페루 아가씨 발레리 집에서 개최함"이라고 쓰여 있었다. 마리엘라가 니콜라에게 신호를 보냈다. 어깨를 살짝 올리는가 싶더니 니콜라가 나를 향해 윙크했다. 순간 꽁무니를 빼고 뒤로 한발 달아나자 옆에서 마리엘라가 내 허리를 낚아챘다. 술과 춤이 두려운 것이 아니라 철 지난 젊음이 부담스러웠다. 허리를 감싼 그녀의 손이 반 바퀴 돌아서더니 당황한 나의 눈길을 잡으며 애교 섞인 자태로 웃고 있었다. 스물다섯 살의 멋쟁이 아가씨의 유혹에 넘어가지 않을 남자가 세상 어디에 있겠는가. 그날 밤 나의 마음은 팽이였고 그녀의 눈은 팽이채였다. 나의 마음은 끝없이 축제의 물결로 일렁이고 있었다.

금요일 밤마다 와인 잔으로 심장을 마취시키고 향수로 얼룩진 여행가방을 둘러매고 무작정 어디론가 떠났다. 언제부턴가 서울의 시간과 나이는 까맣게 잊어버렸다. 항상 대충 알아듣고 눈치로 살아가는 반푼수이지만 낭만마저 외면할 수 없었다. 공부하는 장소에는 끼지 못하더라도 노는 장소에는 꼭 참석해야 한다는 것이 그간의 연륜에서 깨달은 개똥철학이었다. 그날 밤 나의 청춘은 마리엘라의 향기를 쫓는 나비였다. 약도가 그려진 니콜라의 메모지를 가슴에 품었다.

발레리 집에 들어서자마자 탱고 음악이 귀청을 찢을 듯이 파고들었다. 화려한 드레스로 변장한 발레리의 관능미는 가녀린 육체의 굴곡 위로 도드라졌다. 화장으로 멋을 부린 발레리는 스페인 멜로물의 여주인공처럼 에로틱했다. 친구를 하나씩 달고 나타나서 그런지 모르는 얼굴들이 태반이었다. 좁은 거실은 온통 라틴 리듬으로 귀청이 떨어질 것 같았다. 주방 앞 거실 모퉁이에는 음료수와 와인 병과 타파스들이 산처럼 쌓여 있었다. 주방에서 타파스를 준비하던 발레리가 싱글벙글 웃으며 젖은 손을 들어 올리더니 나의 몸을 덥석 끌어안았다. 파티에 온 사람들은 각자 와인이나 음료수와 간단한 타파스를 하나씩 들고 나타났다.

경쾌한 라틴 음악이 산탄처럼 좁은 스피커를 빠져나와 거실 곳곳에 박혔다. 작은 거실은 사람과 음악을 끓여주는 가마솥 같았다. 좁은 거실을 미끄러지듯이 발을 끌며 마치 뱀처럼 몸을 꼬아가며 리듬을 타는 라티노들은 축제의 동물 같았다. 축제의 생명은 자발적인 몰입이라고 했다. 살사에서 재즈까지 알 수 없는 리듬에 맞춰 엉덩이와 허리와 손과 다리와 얼굴이 서로의 위치를 변화시키며 허공에 이미지를 그리고 있었다. 몽환적인 춤사위에 빠져 있는 젊은 친구들의 몸은 그리스 신화의 주인공 같았다. 하나같이 자연스럽고 당당하고 자기만족에 취해 있었다. 잉카의 주술사처럼 환상적인 동작에 스스로 몰입하고 있었다.

취하지 않고는 죽었다 깨어나도 흉내 낼 수 없는 그런 동작을 그들은 너무나 자연스럽게 쏟아내고 있었다. 그렇다고 미국 영화에서처럼 난잡하게 취하지도 않았다. 이탈리아 바람둥이 니콜라는 어느새 나비처럼 날아서 마리엘라 품에 안겨 있었다. 마치 자신만의 욕망의 공간을 파고들듯이 둘은 뱀처럼 꼬이고 비틀어지며 좁은 거실을 날아다녔다. 창공을 나르며 서로 교미를 하는 나비처럼 허리와 허리가 아슬아슬하게 서로 교접하듯 미끄러지며 촉촉한 눈빛으로 서로를 애무했다.

20여 명의 청춘남녀가 서로의 몸을 꼬아가며 살과 살을 마주치며 청춘의 열기를 불사르고 있었다. 나는 열기에 끓어오를 수 없는 무쇠처럼 시간을 데우며 투명인간처럼 앉아 있었다. 남의 눈치 보지 않고 자발적으로 연인의 허리를 감싸며 황홀하게 춤을 춘 적이 없었다.

지구인과 화성인처럼 코드가 맞지 않는 살사와 탱고는 마흔다섯의 한국 남자가 넘을 수 없는 거대한 산이었다. 기껏해야 한물간 블루스 정도만을 소화할 수 있을 뿐 얼음판을 미끄러지듯 춤추는 아이스댄싱 선수처럼 빠른 템포의 리듬에 맞춰 가슴과 허리를 야릇하게 움직이는 그 춤사위를 따라 하기는 도저히 무리였다. 20년 전 고고장에서 찍어둔 아가씨에게 텔레파시를 보내다가 블루스 곡이 나오면 정중하게 다가가 인사하고 느린 블루스를 춘 무용담은 전설이 됐다.

아담과 이브가 무화과 열매를 따먹으며 에덴동산에서 추방당한 그 순간의 본능을 나는 알지 못한다. 원시적인 본능을 숨기고 숨기다 어두침침한 노래방에서, 단란주점에서, 룸살롱에서 술이 떡이 되어 막춤을 춘 것이 전부였다. 넥타이를 머리에 묶고 거의 미친 사람처럼 탁자 위에 올라가 응어리진 감정을 빨래방망이로 두들겨 때를 빼내듯이 감정의 진을 짜내듯 막춤을 추었다. 어쩌다 지나가는 관광버스에서 아저씨 아주머니들이 쿵쾅거리는 리듬에 들썩거리는 춤을 추는 것을 보고 눈쌀을 찌푸리지만 기실 단란주점이나 룸살롱에서 추는 춤보다는 건전하다.

우리 문화에서 춤은 맨 정신에 추는 춤이 아니다. 이들은 매주, 매달 돌아가며 집에서 파티를 하면서 춤추며 삶의 회포를 푼다. 우리는 남녀간에 사랑을 즐기는 문화가 다양하지 않다. 어른들이 가르쳐준 것이 없으니 젊은 대학생들의 신입생 오리엔테이션에서도 문화는 사라지고 술판으로 시작해서 술판으로 끝이 나고 있다. 사랑은 모든 사람을 아름답게 물들이는 신의 물감이다. 이런 영향으로 우리는 침대 문화까지 어둠 속에 가둬두고 있다. 스페인의 개방적인 문화는 침실의 행위조차 아름다운 문화로 생각한다.

스페인이나 유럽의 층간소음에 비해 아주 우수한 우리나라 아파트에서 아파트 층간소음 분쟁이 일어나는 것은 그만큼 삶이 팍팍하다는 이야기다. 오랫동안 참았다가 갑자기 배설하듯이 홍수처럼 사랑하는 행위는 문화가 아니다. 행복한 놀이의 연속이 일상생활 속에서 자연스럽게 일어나야 그것이 문화다. 스페인에서 돌아온 이후 나는 집에서 자주 포옹하고 춤을 추고 노래한다. 좁은 거실에서 딸과 광란의 춤을 출 때마다 아내가 핀잔을 준다. 다행히 신세대들은 거리와 광장을 가리지 않고 사랑하는 사람끼리 서로 부둥켜안고 키스를 하고 있다. 거리와 광장에서 춤을 추는 모습까지 보고 싶다. 오늘도 춤을 배우겠다고 맹세하지만 매번 작심삼일로 끝나지만 그래도 그 도전을 멈추고 싶지 않다. 내 몸으로 연주를 하는 그날의 짜릿함을 기다리며.

디오니소스의 불꽃

고대 아테네에서는 디오니소스 신을 축하하는 축제가 3월 말에서 4월 초까지 약 일주일간 열렸다. 이 기간 동안 모든 상점은 문을 닫고, 관청도 업무를 일시 중단했다. 아크로폴리스의 남동쪽 비탈에 있는 디오니소스 극장에서 비극을 상연했다. 축제가 시작되기 전에 연극 관계자들이 퍼레이드를 펼치고 그 뒤를 화려한 춤과 볼거리가 줄을 이었다. 이 축제 문화는 신의 주체만 달라졌을 뿐 지금 스페인 전역에서 연중 펼쳐지고 있다.

그리스 비극은 디오니소스 축제에 기원을 두고 있다. 포도주의 신 디오니소스를 기리는 것은 원시적 본능의 회복을 의미한다. 기원전 5세기에 크게 부흥한 그리스 비극은 로마를 거쳐 중세 유럽의 정신 속에 녹아 오늘날 스페인의 축제 문화 속에 살아 있다. 부질없는 전쟁에서 한순간 승자였지만 다른 순간 패자가 되어버리는 삶의 애환을 비극 속에 담았다. 그리스의 비극은 위대한 신들의 힘에 의지하는 것이 아닌 인간 운명의 한계에 대한 심오한 성찰이다. 그리스의 비극은 대부분 인간의 급변하는 마음을 주제로 했다. 신의 장엄함을 노래하는 것이 아니라 인간 내면세계의 변덕스러운 변화를 직시했다. 아무리 과학이 발달하고 우주를 여행하는 세상이 됐어도 마음속 이치도 깨닫지 못하는 것이 인간이다. 축제는 인간 내면을 성찰하는 주술이며 시공을 초월해 원시적인 춤 속에 남아 있는 인간성을 확인하는 고백이다.

생존경쟁이 우리만의 고유한 축제 문화까지 말끔히 지워버렸다. 인간은 일하기 위해 존재하는 기계가 아니라 즐기며 살아가는 감정의 동물이다. 깊은 내면에서 우러나오는 원시적인 춤사위에 인류의 역사가 고스란히 묻어 있다. 여체를 가린 한 뼘 드레스 자락에 인간 본능이 숨어 있다. 그리스 여제들과 본능과 욕망에 충실한 춤을 추고 있는 디오니소스 신은 우리 인간의 다른 모습이다. 밤을 불사르는 축제의 본질은 지금 이 순간의 행복에 전율하는 것이다.

서울 인심 같았으면 옆집에서 경찰을 부를 만도 한데 금요일 밤 마드리드의 파티는 모두가 용인하며 받아들였다. 낭만의 밤을 화려하게 물들이는 것은 욕망이 아니라 후한 인심이었다. 가끔 우리를 바라보면서 부드러운 미소를 보내는 이웃집 할머니는 청춘의 열정을 그리워하는 여신처럼 느긋했다. 수없이 다가오는 여신들의 볼이 철 없는 내 청춘에 불을 질렀다. 어색한 기분을 느낄 사이도 없이 한 손에 와인 잔이, 다른 손엔 여신의 부드러운 손이 건네져 있었다.

이성적인 가슴과 동물적인 가슴이 포도주의 신에 이끌려 하나가 되는 축제는 고단한 시시포스의 일상에 한줄기 성수를 뿌려주는 일탈이었다. 니콜라 혼자 이 꽃, 저 꽃을 넘나들며 꿀을 따기 미안했던지 나보고 마음에 드는 짝을 찍으라고 눈짓을 보냈다. 고삐 풀린 마음이 광기를 부리기에는 아직 이성이 지배하고 있었다. 니콜라의 눈짓에 마리엘라가 나의 손을 잡아끌었다. 니콜라가 뒤에서 밀고 마리엘라가 앞에서 당기는 바람에 나의 막춤이 한밤을 태웠다. 그날 밤 나의 막춤은 광기의 밤을 불사르며 지나간 내 마지막 청춘의 축가를 불렀다.

새벽 2시, 체력이 고개를 숙일 때 거실에 하나밖에 없는 소파는 나의 차지였다. 아무리 와인을 마셔도 금방 깨어버리는 젊음이 부러웠다. 춤과 술이 서로 애무하듯 나의 몸을 유혹하며 이성과 감정의 문을 넘나들었다. 마침내 어둠의 신 앞에 미사를 드릴 여신이 재림했다. 쿠바에서 일하고 있는 브라질 아가씨 사비나였다. 가녀린 몸매가 풀어내는 화려하지만 욕망으로 들뜨지 않는 춤사위가 새벽의 침묵을 깨웠다.

강의실에선 그렇게 얌전하고 조신한 아가씨였던 사비나, 그녀의 몸은 유혹하는 여인이 아니라 모든 사람들을 압도하는 여신의 자태로 날아다녔다. 밤의 가면을 쓰고 불꽃처럼 자신을 태우고 있는 그녀의 춤은 영혼을 울리는 밤의 여신이었다.

하늘거리는 드레스 아래로 흐르는 육체의 관능미는 이슬람 궁전의 모카라베스 천장 장식처럼 신비로웠다. 눈이 멀 것 같은 황홀함이 넋을 마비시켰다. 여신의 광체는 헤라의 관능미로 내 영혼의 깊은 바다를 유영했다. 1미터 앞에서 흐르는 그녀의 육체는 시간의 경계선을 훌쩍 넘어버린 몽환적인 아픔이었다. 자신의 몸을 축제의 신에게 의탁한 그리스 여신의 몸에서 발산하는 우아함이었다. 아름다움 그 이상의 무아지경의 전율에는 욕정을 넘어서는 숭고함이 배어 있었다.

공간의 한계를 지워버리고 시선을 소거해버린 사비나의 육체는 한 마리 학처럼 새벽의 침묵 속으로 날았다. 촛불처럼 자신의 육체로 피어 올린 천사의 몸짓으로 어두운 밤을 밝히고 있었다. 자신의 춤에 완벽하게 몰입해 있는 여인의 육체에는 그 자체로 신의 카리스마가 묻어 있었다. 결국 인간의 춤이란 아픈 삶의 통찰이 풀어놓은 한 판의 굿이기 때문이다. 그날 밤 침묵을 가르며 날아오른 사비나의 육체는 나의 욕망까지 모두 태워버렸다.

아침 9시 태양이 어둠의 그림자를 삼켜버리고 나서야 축제의 불꽃은 수그러들었다. 가장 인간적이고 원시적인 인간 본능을 정열적으로 불사른 하룻밤이었다. 인간은 일하기 위한 기계가 아니었음을, 인생은 몸으로 감동하는 신의 작품임을 그날 밤 파티가 웅변했다.

감각의 향연, 플라멩코

춤은 생각만으로, 이론으로 출 수 없는 감각의 세계다. 춤은 내 몸을 제의의 도구로 바치는 원시적인 주술이다. 우리에게 춤은 공동체의 연대로서의 기능을 상실한 지 오래됐지만 플라멩코는 스페인을 넘어 세계인의 문화로 자리 잡았다. 스페인의 타는 노을이 무희의 춤사위로 스며들 때 무희는 대지와 하늘의 중재자로 변한다. 감정의 붉은 물감이 뚝뚝 떨어지는 플라멩코는 본능의 심연에서 건져 올리는 원시적 감정이다. 신들린 무희의 열정을 따라가다 보면 가슴 깊은 곳에 서려 있는 한이 공명을 일으켰다. 이글거리는 태양 아래 콧김을 벌렁거리며 삶의 마지막 한 조각을 삼키고 있는 투우의 거친 숨소리가 무희의 심장에서 울려나오고 있었다.

플라멩코는 스페인 남부 안달루시아 지방에 뿌리를 두고 있으며 이슬람 문화의 마지막 물감이 화석처럼 굳어 육화됐다. 이교도의 아픈 상처가 영혼의 옹이처럼 살아 있는 안달루시아에서 집시, 유대인의 문화를 융합해 한을 승화시켰다. 플라멩코의 형성에 커다란 영향을 미친 집단은 로마의 유민, 이슬람의 유민의 한을 통째로 끌어안은 집시들이다. 이집트에서 왔다고 해서 '집시'라고 불렸지만 사실은 14세기경 인도 펀자브 지방에서 유래한 것으로 알려져 있다. 14세기 중엽 스페인 안달루시아 지역에 터를 잡은 집시들은 기독교 왕국에 군마를 제공하며 이슬람 세력을 무너뜨리는 데 공헌했다. 이에 스페인 통일 왕국의 이사벨 여왕이 안달루시아 사크로몬테Sacromonte 언덕에 집시의 거주지를 마련해줌으로써 오늘날 플라멩코의 산실이 태동했다.

목수와 대장장이를 비롯한 가내수공업, 날품팔이 일용노동자를 전전하는 것이 집시들의 일상이었다. 이들은 천성적으로 자유로운 방랑벽의 영혼들이었다. 주변 문화와 쉽게 동화하지 못하고 정착 생활을 영위하지 못하는 것이 오히려 그들만의 독창적인 문화의 기반이 됐다. 그들만의 마이너리티 문화에 잠재된 한의 문화를 오직 노래와 춤으로 풀고 살았다. 1인 연주가 가능한 간단한 악기들, 기타, 바이올린, 아코디언, 탬버린, 캐스터네츠 등의 즉흥연주에 맞춰 플라멩코를 추었다.

14세기경부터 스페인 안달루시아 집시를 중심으로 지역 민요와 종교 음악을 융합해 오늘날 플라멩코의 전형으로 발전했다. 현재 플라멩코는 '혼도Jondo'와 '페스테로Festero'로 나뉜다. 비장미를 표출하는 혼도는 죽음이나 절망을 다루는 장중한 특징을 지니고 있다. 그에 반해 페스테로는 파티나 축제용으로 연주되며 사랑과 즐거움을 경쾌하게 노래한다. 인간이 하늘과 땅 사이에 존재하듯이 인간의 삶은 행복과 불

행, 삶과 죽음 사이를 횡단하는 순례길에 불과하다.

아직까지 플라멩코의 정확한 기원은 밝혀지지 않았다. 스페인어로 플랑드르인, 아랍어로 땅이 없는 농부fellah mengu의 의미가 있으며 불꽃flama, 빛나는flamante, 불타오르는flameante 등의 의미로 확장됐던 플라멩코는 철저히 소외된 민족을 묘사하고 있다. 플라멩코는 음악과 춤을 지칭하기 이전에 특정한 행동 패턴을 일컫는 말이다. 노벨 문학상을 받은 터키의 소설가 오르한 파무크Orhan Pamuk는 언어와 문화보다 더 깊은 민족의 언어는 제스처, 즉 몸의 언어라고 했다. 플라멩코는 자기감정을 자유롭게 표출하는, 본능을 추구하는 원시인의 몸짓으로 표출하는 동물적인 언어다.

플라멩코는 18세기 중엽부터 현대 음악의 범주에 포함됐지만 그 독특한 불협화음에 태생적인 비밀이 숨어 있다. 논리적이기보다는 감정적이며 즉흥적이다. 서양음계에는 없는 음과 음 사이를 날아다니며 한 음을 중심으로 리듬을 반복하며 폭발적인 감정으로 치닫는다. 한의 절정에서 아픔까지 모두 몸과 언어의 예술로 표출한다. 삶의 가장 어둡고 고통스러운 한을 몸으로 표출하는 장르를 '칸테 혼도cante jondo'라고 부른다. 노래와 음악에 육체와 감정을 모두 실어서 소리와 춤으로 한을 표출했다. 동작 하나하나의 기교보다는 주관적인 감정에 전율했다. 다른 춤들이 몸통으로부터 팔과 다리가 움직이며 대지에서 도약하는 것에 반해 플라멩코는 팔과 다리를 꼿꼿하게 지구 중심축과 일치시키고서 발로 지축을 울리고 팔로 하늘을 수놓으며 원시적인 감정을 표출한다. 이것은 하늘을 향해 뛰어오르기보다는 대지와의 교감을 강조하며 천상의 삶보다 지상의 삶에 의지하는 그들 삶의 깊은 뿌리를 노골적으로 보여준다.

악기의 리듬에 맞춰 발로 대지를 차며 박자를 맞추는 것과 동시에 손에 장착한 캐스터네츠를 사용해 동시에 박자를 맞춘다. 순수한 형식의 플라멩코에서는 캐스터네츠를 사용하지 않지만 그들은 어떠한 양식에 지배받기보다 무용수들의 감정과 감각과 직관으로 춤을 춘다. 이것은 플라멩코가 자유분방한 기질, 가장 원시적인 인간의 춤에 뿌리를 두고 있기 때문이다.

스페인 문화의 특징적인 요소가 융합이라면 그에 가장 잘 어울리는 춤이 플라멩코다. 외래 문화와 토착 문화의 융합이 만들어낸 플라멩코는 여럿이 춤추지만 각자의 표정과 감정이 하나같이 다 다르다. 가장 스페인적인 플라멩코가 대서양을 건너 라틴아메리카로 건너갔다. 아메리카 원주민과 아프리카 흑인 리듬과 융합하면서 다양한 라틴 음악의 범주가 탄생했다. 사비나와 마리엘라의 몸속에서 터져 나오는 감정의 봇물은 '룸바 히타나Rumba Gitana'와 '콜롬비아나Colombiana'와 같은 춤으로 발전했다. 콜럼비아 출신의 세계적인 가수 샤키라Shakira의 집시 춤에 콜롬비아나와 히타나가 들어 있다. 그녀의 정렬적인 춤사위 속에 이미 플라멩코가 잉태되어 있다. 플라멩코가 대지의 영혼을 집시 여인의 몸으로 표출하는 것이라면 터키 이슬람 세마 춤은 지구 중심으로 다시 소멸하는 춤이다.

경건하고 종교적인 세마 춤은 2008년 인류무형문화유산에 지정됐다. 이슬람 신비주의 교파 메블라나 교단의 발상지 코니아Konya의 지하 동굴에서 세마 춤을 보았다. 신과 합일을 이루기 위한 하나의 수단으로 메블라나 교단에서 창안한 의식에서 세마 춤은 발전했다. 세마 춤을 출 때 그들이 입는 검은 망토는 자신의 무덤을 의미하고 튤립을 닮은 모자는 묘비를 의미한다. 세속적인 것을 버리고 내세를 지향하는 그들의 종교적 의지가 담겨 있다. 단순히 돌고 돌아가는 그 동작 속에서 극적인 감정의 몰입을 끌어내고 있었다.

신과의 합일을 꿈꾸는 구도의 춤, 세마는 고개를 비스듬히 기울인 채 돌다보면 망아의 지경에 이르게 되고 자신의 존재조차 잊는 순간 신에게 다가갈 수 있는 길이 열린다는 믿음을 춤으로 그려낸 것이다. 수행자들 한 사람 한 사람의 뒷목에 입맞춤을 해주는 사제의 표정은 신을 찾아 떠나는 순례자를 환송하는 의식처럼 경건했다. 우리네 살풀이춤처럼 하얀 치마를 공중에 휘날리는 수행자들의 모습은 어딘가 슬프기도 하고, 처연하기도 하지만 움직이고 있는 그 형상은 빛나는 믿음의 한순간을 상징하고 있었다. 두 팔을 펴고 왼발을 중심축으로 해 몸을 시계 반대 방향으로 회전하는 세마 춤은 언뜻 보면 단순해 보이지만 신심으로 갈고닦지 않는 자들이 범접할 수 없는 성스러운 춤이다. 세마 춤은 고도의 수행이자 혹독한 자기 단련 그 자체다.

집시들은 그들의 한을 바일레Baile(춤), 토케Toque(연주), 칸테Cante(춤), 팔마스Palmas(손뼉)으로 플라멩코에 그들만의 혼을 담았다. 그들의 음악을 듣고 있으면 내면 깊숙이 전율하는 알 수 없는 혼을 느낄 수 있다. 심연에서 울리는 그 작은 감정의 전율에 거의 무의식적으로 몸이 반응한다. 그들의 춤은 내부에서 외부로 반응하는 지구 속 용암의 꿈틀거림이다. 그들만의 자유의 정신이, 세상과 화합하지 못하고 상처받은 열정이 그들의 육체를 타고 깊은 설움을 토해내고 있었다.

무희들의 춤과 연주는 서로 주고받지만 일방적이지도 구속되지도 않았다. 그들은 춤을 추면서 결코 웃지 않는다. 그 춤 속에 스스로 침잠하면서 그 속에서 울려나오는 내면의 깊은 설움을 온몸으로 공감하면서 스스로 그 황홀함에 빠져들기 때문이다. 자아와 타자를 분리하지 않고 철저히 내면의 자아를 춤판으로 초대해 몸으로 춤을 뽑아낸다. 무희들은 화려한 몸동작이 뿜어내는 열기와 압력과 리듬은 발로 대지를 깨우고, 손뼉과 캐스터네츠의 장단으로 하늘을 마중하며 대지와 하늘 사이에서 고독하게 살아가는 자신들의 삶을 펼쳐내고 있었다. 결코 이 땅 위에서도 자유롭지 못한 그들의 한은 지구의 축이 되어 심연의 질긴 고통을 풀어내고 있었다. 무희의 몸은 땅과 하늘의 통로로서 완벽하게 대지의 울림을 토해내고 있었다. 춤은 듣는 것이 아니라 느끼는 것이며 느끼는 것이 아니라 통절하게 그들의 아픔을 온몸으로 공감하는 주술이었다. 스페인 특유의 와인 맛처럼 처음에는 쓰디쓴 신의 눈물이 혀에 충격을 주고는 곧바로 혀를 감싸며 달콤한 향기로 입안을 물들게 했다. 그래서 플라멩코와 신의 눈물인 스페인 와인은 궁합이 잘 맞아떨어지는 한 쌍이다. 사람이란 누구나 고독한 외로움과 싸우며 일생을 횡단하는 순례자임에 틀림없다.

무희들의 땀은 물의 순리를 거스르고 하늘로 튀어 올랐다. 플라멩코 댄서의 강렬한 몸짓은 땀조차 대지로 흘려보내는 것이 아니라 손끝의 격렬한 동작에 실어 하늘로 뿌렸다. 마치 원시 제사장의 동물적인 제의를 보는 것 같은 플라멩코는 춤을 구경하는 것이 아니라 무희 춤을 통해 내 안에 잠재된 한을 풀어버리는 한판의 살풀이였다. 머리가 아니라 뜨거운 가슴이 통렬하게 전율하는 춤이다. 어느 순간 내 심장과 발과 손이 저절로 추임새를 맞추며 입에서는 "올레!"가 터져 나오는 도취였다. 이것은 고향이 어디든, 국적이 어디든, 피부색이 어떻든 간에 인간 본연의 심성이 물드는 감각의 향연이었다.

꼬마의 용기

지루한 강의를 듣고 설계보고서를 제출하고 성적을 받는 과정은 인내의 연속이었다. 그나마 이론과 실무로 이원화되어 있는 마드리드 건축대학원 강의는 인내력의 무게에 리듬을 실어주었다. 무채색의 그림을 보는 것 같은 이론 강의는 언제나 지루했다. 전문용어가 어지럽게 날아다니며 눈과 귀를 유린하고 마지막으로 심장에 일격을 가했다. 남아 있는 작은 용기마저 산산조각 내었다. 그러나 건축가가 직접 그린 설계도면과 사진으로 설명하는 실무 강의는 3차원적이라서 언어의 부족함을 벗어던질 수 있었다.

만국 공통 언어인 설계도면은 구조와 디테일과 스케일로 완벽하게 구성되어 있다. 아름다운 음악과 환상적인 그림을 감상하는 데 굳이 설명이 필요하지 않듯이 경험의 창으로 그 맛을 느낄 수 있다. 머리의 통제를 벗어버리고 마치 플라멩코 무희처럼 자유로운 영혼으로 설계도면과 대화할 수 있다. 한줄기 외로운 빛이 영혼의 나비를 만난 듯이 가슴이 설레었다.

미친 듯이 작업한 건축가의 도면을 바라보다 보면 한 편의 영화에 빠져들듯이 상상력의 그림에 빠져들었다. 그 열정을 따라가다 보면 설계 도면과 한 몸이 되어버린 주인공의 땀이 한 움큼 잡혔다. 그 순간 생각과 말은 느낌 앞에 장식에 불과했다. 사랑스러운 여인의 볼에 입술을 가져가듯이 열정과 성실함에 감전되어버렸다. 열정으로 시작한 질문은 꼬리에 꼬리를 물고 이어진 친구들의 훈수로 언제나 난장판으로 끝나고 말았다. 영혼을 저당 잡힌 그 허전함으로 막연하게 결과를 지켜볼 수밖에 없는 것은 스페인어의 한계 때문이었다.

토론의 불씨를 지핀 사람은 바로 나 자신이었지만 불길의 한복판에서 한 발짝도 움직일 수 없었다. 친구들이 모두 나서서 보충하고 통역하는 바람에 배가 산으로 올라갔다. 열정으로 시작한 모험은 언제나 혼란으로 끝이 났다. 눈으로는 확인할 수 있지만 말로는 설명할 수 없는 그 경계의 틈에서 나는 통한의 집시여인이 됐다. 갑작스런 정전으로 막이 내려버린 공연장의 허전함이었다. 자유로운 내 영혼이 현실에 발을 붙이지 못하고 부초처럼 허공에 떠돌고 있었다. 마흔다섯 나이의 늙은 무용수가 춤도 제대로 춰보지 못하고 무대를 내려온 절망감이었다.

매일 군불을 때지 않으면 한옥의 구들장은 데워지지 않았다. 사람이 살지 않는 한옥의 서늘한 구들장이 된 것 같았다. 서툰 스페인어 연장으로 목재를 제대로 가공하지 못하는 목수 같은 안타까운 마음이 들었다. 그러나 그 안타까움이 사고를 치는 것이다. 꼬마의 용기는 미래의 두려움을 모르는 도전이다. 적당히 미치고 적당히 깡다구로 밀어붙이는 무식함이 꼬마의 용기였다. 아내와 같이 산 햇수가 사랑을 의미하는 것은 아니지만 그 질긴 삶 속에 사랑의 씨앗과 열매와 눈물과 쾌감이 얽혀 있었다. 부족한 스페인어가 때로는 열정의 첨병이 되어 적진을 무모하게 감시할 수도 있었다. 그러다 "이 산이 아닌가벼…"하고 다시 돌아서도 그들은 따지지 않았다. 퇴계가 조금 모자라는 아내의 허물을 넉넉하게 받아주었듯이, 가슴이 끌리는 아가씨에게 능청을 떨었다가도 언제 그랬냐는 듯이 예의 바른 단어로 상황을 마무리하면 그만이었다. 그 난감한 순간들 속에 말로 표현하지 못하는 비밀들이 숨어 있다. 유대교와 이슬람교에는 생각으로 짓는 죄가 없다고 한다.

항상 만신창이로 끝나버린 토론을 친구들은 단 한 번도 놀리지 않았다. 열에 아홉은 머리가 숯검정이가 된 상태로 가방을 둘러매고 지친 황소걸음으로 도서관으로 향했다. 그때마다 나의 마음을 따뜻하게 다독여준 친구는 모니카였다. 마야의 성스러운 샘인 세노테Cenote처럼 파란 눈을 가진 그녀는 지극히 동양적인 자태를 풍겼다. 어깨를 툭 치면서 씩 웃는 니콜라의 투박한 위로가 끝나는 순간 모니카는 어깨를 살짝 들썩이며 나의 표정을 기다렸다. "스페인 말이 서툴러서…"라고 혀를 굴리는 순간 그녀는 반 발짝 다가서며 이렇게 말했다. "나는 스페인어와 동일한 라틴어계의 프랑스 말조차 제대로 하지 못하는데 희곤이는 스페인어를 말하고 있잖아….”

똑같은 위로의 말이지만 남자인 니콜라와 여자인 모니카의 말은 하늘과 땅 차이였다. 스무 살의 나이 차이는 증발해버리고 가슴 뭉클한 감정만이 온몸을 감전시키고 있었다. 위로는 어떤 시점에 누가 하느냐에 따라 감정이 천양지차이다. 순간 태풍전야의 고독감은 햇살의 따스함에 벗겨지는 먹구름 같았다. 언어적인 한계와 시각의 차이, 문화의 차이를 고스란히 강의실에 벗어던지고 도서관으로 향한 적이 손에 꼽을 정도였다. 모니카의 위로를 받는 날은 전쟁터에서 기사회생한 병사처럼 날아갈 것 같았다.

그러나 조용히 쉬고 싶은 시간, 모니카의 따뜻한 위로를 가슴에 품고 명상하듯이 걸어갈 때 다가오는 친구(남자)들은 정말 미웠다. 혼신의 힘을 다 쓰고 쓰러지는 장수의 목을 치는 것 같았다. 그 시절의 아픈 추억 속에 반짝이는 모니카의 위로는 지금도 나의 가슴에 은하수처럼 반짝이고 있다. 버거웠던 마흔 중반의 철 지난 청춘이 내 인생의 빛나는 월계관이었다. 대학 강의실보다 관용의 미덕이 살아 있는 곳은 지구상 그 어디에도 없었다.

스페인어가 목에 가시처럼 걸려 숨이 찰 때마다 질펀하게 한국말로 욕지거리를 뱉었다. 그러고 나면 가슴이 후련해졌다. 스페인 음식에 속이 니글거릴 때 고추장 한 숟갈로 위장을 잠재우듯이 스페인어 체증을 한 방에 날려버리는 청량제는 고향의 맛이었다. 어리둥절하게 바라보는 친구들의 눈길을 그 순간만은 무시했다. 어린 아들과 딸의 사진을 바라볼 때마다 알 수 없는 힘이 솟듯이 내 영혼의 뿌리는 고향이었다.

꿈을 포기하지 않으려고 발버둥 치던 그 순간은 고통스러웠다. 그 순간 인간이 신에게 다가가는 가장 간절한 몸부림이었다. 시간이 흐르고 나니 그 순간이 가장 아름다운 나의 모습이었다. 과거의 모습도 바꿀 수 없었고, 현재의 내 모습도 바꿀 수 없었던 간절한 그 순간이 나의 미래를 밝히는 유일한 촛불이었다. 교수들과 친구들에게 한국말을 가르치고 싶었다. 그러나 나 한 사람의 생각을 바꾸는 것만으로 그 순간을 지배할 수 있음도 알고 있었다. 마드리드 건축 대학 강의실은 매일 '꼬마의 용기'를 실험하는 공간이었다. 나를 진정으로 사랑하는 일이 나의 피를 몽땅 뽑아내는 일처럼 위험하다고 느꼈던 순간이었다.

꼬마의 용기

수혈을 하는 동안,

아이는 누나의 옆 침대에 누워 우리 모두가 그랬던 것처럼,

누나의 뺨에 차츰 혈색이 돌아오는 것을 지켜보고 있었다.

그러나 다음 순간 아이의 얼굴은 창백해지고 미소도 사라졌다.

아이는 의사를 쳐다보며 떨리는 목소리로 물었다.

"지금부터 제가 죽기 시작하나요?"

너무 어린 탓에,

아이는 의사의 설명을 잘못 알아듣고,

자기의 피를 '모두' 누나에게 주어야 한다고 생각했던 것이다.

댄 밀먼Dan Milman

시간의 깊이

발렌시아에 있는 19세기에 지어진 경찰서를 현대적으로 재생하는 프로젝트가 나의 과제였다. 그중에서도 최상층 지붕 공간을 현대적으로 재활용하는 디자인 방법을 제안하고 싶었다. 참고자료의 목록을 챙겨주던 지도교수의 반응은 시큰둥했다.

파코 그룹 사총사는 막 공사를 시작하려고 철거 중이었던 발렌시아의 현장으로 달려갔다. 내부 공간의 구조와 재료의 조직을 파악하기 위함이었다. 경찰 파출소로 사용하던 낡은 건물 외벽을 그대로 살리면서 내부 공간은 현대적인 기능으로 바꾸기로 했다. 문화적 가치도 그리 높지 않은 건물이었다. 외부 형태를 그대로 유지하며 내부를 개조하는 그들의 문화를 납득할 수 없었다. 50년 전, 100년 전의 건축물이라도 과거의 시간을 존중하며 미래의 역사로 되살려내는 스페인 사람들의 문화 인식은 우리와 달랐다.

파코 4인방은 각자 역할을 나누었다. 기초의 문제점을 검토하고 개선하는 제안은 멕시코 친구 우고가, 외부와 내부의 벽체를 검토하고 새로운 제안을 하는 것은 이탈리아 친구 니콜라가, 바닥을 진단하고 새로운 대안을 제안하는 일은 라파엘이 맡고, 지붕을 개조해 다락 층을 중이층으로 증축하는 부문은 내가 맡기로 했다. 100여 년 전에 시공된 이 건물은 70센티미터의 둔탁한 벽돌 벽이 성벽처럼 단단하게 서 있었다.

바닥은 10×30 목재를 벽에 30센티미터 이상 걸치고 수평으로 약 30센티미터 간격으로 설치하고 그 위에 작은 목재 가지를 발처럼 깔고 시멘트를 바르고 그 위에 타일을 깔아서 바닥으로 사용했다. 그러나 세월이 지나면서 벽과 목재가 만나는 모서리 부분의 접촉점이 습기에 썩고, 곤충이 갉아먹어 모두 닳아 있었다.

벽돌과 목재가 만나는 모서리 부분에 운동 하중이 제일 많이 작용한다. 동시에 습기가 많이 발생해 각종 벌레가 목재의 끝부분을 공격해 썩거나 닳아서 제 기능을 하지 못했다. 두 개에 하나 꼴로 바닥 수평보의 끝이 닳아 있었다. 작은 진동만 줘도 바닥이 금세 꿀렁거리며 무너질 것 같았다. 라파엘의 사무실에서 기초와 벽, 바닥, 지붕의 구조를 부분적으로 해체해 100년 전의 속살을 볼 수 있었다. 육안으로 확인할 수 없는 기초 부분까지 굴토해 골격을 확인할 수 있었다. 외부 벽체와 기초는 안전했지만 내부 벽체와 바닥은 엉망이었다.

마지막으로 다락 층에 올라갔다. 순간 100년이 넘도록 암흑 속에서 잠을 자고 있던 목재 지붕 트러스와 서까래가 훤히 속살을 드러내고 있었다. 한국의 목조 지붕은 못과 볼트를 사용하지 않고 목재끼리 적절한 이음매를 활용해 구조를 만들지만, 스페인의 목조 지붕 트러스 구조는 볼트 철물을 이용해 목재 트러스를 강제로 접합했다. 목재 트러스의 하부와 정점까지의 길이는 거의 5미터에 육박했다. 목재 트러스 하부 공간과 해체된 천장 마감 사이의 거리조차 2미터가 넘었다.

3미터마다 목재 트러스를 설치하고 그 위에 약 50센티미터 간격으로 목재를 대고 그 위에 판자를 덧씌우고 그 위에 붉은 스페인 오지기와를 얹었다. 목재 트러스에 달대를 달고 그 아래 수평으로 작은 목재를 수평으로 연결해 천장에 매달았다. 목재 트러스와 천장 사이에 빈 공간이 지나치게 넓었다. 그러나 빛으로 물든 목재 트러스는 그 자체로 세월의 무게가 뿜어내는 묘한 시간의 깊이가 숨 쉬고 있었다.

한국 전통 주택의 노출 천장은 보와 도리를 이용해 삼각형의 경사지붕 속을 노출하여 실제 천장 공간으로 확장했지만 스페인의 삼각 트러스 구조는 천장 속을 가득 채우므로 지붕 속 공간을 이용할 수 없었다. 그러나 삼각 트러스 목재 구조가 뿜어내는 오래된 시간은 돈으로 살 수 없는 신비를 뿜어내고 있었다. 구조의 속살이 그려내는 낡은 것의 오묘함은 가장 동양적인 서양의 건축 공간이었다. 바닥에서 트러스 하부까지의 높이가 7미터로 상당했다. 지붕 층의 천장고를 활용해 중층의 다락방 공간을 설치하기에 충분했다. 100년 된 삼각 목조 트러스 구조를 활용해 동양적인 목재 구조미를 느끼도록 제안하고 싶었다. 기존 목조 트러스 구조의 디테일은 도서관의 자료로 해결하고 나머지 지붕 재료는 반영구적인 스틸 재료 중에서 선택하기로 했다. 목조 트러스는 그대로 이용하고 그 위에 쓸 목재 가로재와 목재 판자와 오지기와는 현대식 스틸 재료로 교체하기로 했다. 지붕재료를 살펴보던 지도교수는 최신 재료 카탈로그 이름을 적어주었다.

건축가가 최신의 공법과 재료와 디테일을 적용하는 것은 군인이 최신 무기를 장착하는 것이나 마찬가지다. 가장 보편적이고 경제적인 구조와 디테일을 찾는 것이 최선의 디자인을 제안하는 길이다. 부지런히 다리품을 팔았지만 최신 카탈로그를 구하지 못했다. 처음부터 지도교수는 트러스 지붕 구조를 활용하자는 아이디어를 호의적으로 생각지 않았다. 스페인의 낡은 목재 트러스에 관심을 가진 학생은 내가 처음이었다. 운명의 발표 날이 지옥의 사자처럼 다가오고 있었다.

마드리드 건축 대학 지하에는 다양한 재료 실험실이 마련되어 있다. 썬큰으로 처리된 지하층은 마치 일층처럼 넉넉한 햇빛이 쏟아지고 있었다. 생소한 용어들이 어지럽게 나열되어 있는 데이터를 보고 있었다. 실험을 한창 진행하다 문득 재미난 모양의 서랍을 열어보고 싶었다. 고전적인 철물 장식의 서랍 속이 궁금했다. 영어나 일본어를 몰라서 무작정 뜯어보고 고치면서 배웠다는 청계천 카메라 수리공의 말처럼 실험시간이면 나 혼자 이것저것 붙였다 뜯어보며 재료의 성질을 이해했다. 우연히 열어본 서랍 속에 익숙한 카탈로그가 놓여 있었다. 순간 양심의 저울이 떨리고 있었다. 손으로 만져본 감촉이 따뜻했다. 그날 나는 지식에 굶주린 이리가 됐다. 카탈로그 한 권을 가방 속으로 슬쩍 밀어 넣어버렸다. 얼굴엔 미소가 우아하게 번지고 있었다. 지도교수와 미팅은 만족스럽게 끝이 났다.

근심 속에 돋아난 새살

스페인 친구들의 성격은 비교적 느긋한 편이다. 그러나 라티노들은 마드리드 친구들보다 더 느긋하다. 경제소득이 높을수록 이해득실을 많이 따지는 법이다. 그러나 대부분의 스페인 사람들은 우리의 상상을 초월할 정도로 느긋하고 여유롭다. 요즈음 젊은 친구들이 옛날만 못하다고 부모 세대들은 하소연하고 있지만 그래도 우리하고는 비교할 수 없을 정도로 느긋하다. EU 가입 이후 변화무쌍한 자본주의 경쟁 문화에 길들여지고는 있지만 문화의 지문까지 지울 수는 없다.

때로는 반벙어리가 편할 때도 있다. 불편하고 곤란한 얘기는 못 알아듣는 체 하면 그만이다. 착한 라파엘과 의리의 사나이 니콜라는 발빠른 내 욕심까지도 너그럽게 받아주었다. 라파엘은 부족한 나의 입과 귀가 되어준 천사였다.

어느 화사한 봄날이었다. 저녁 강의를 마치고 붉은 노을 속으로 걸어가고 있었다. 셋이서 다정하게 복도를 빠져나올 즈음 로사 선생이 걸음을 멈추었다. 그녀는 입학수속 받을 때부터 손짓발짓했던 나의 실체를 뼛속까지 훤히 알고 있었다. 항상 그녀가 부담스러웠다. 갑자기 두 친구들은 약속이나 한 듯이 한발 물러섰다. 획 돌아서서 빨리 오라고 소리쳤다. 묘한 웃음을 지으며 니콜라가 어색한 중지로 로사를 가리켰다. 복도를 빠져나올 때까지 지루한 심문이 시작됐다. 무슨 얘기를 주고받았는지 기억조차 나지 않았다. 뒤따라오는 라파엘과 니콜라는 자꾸 실없이 웃고 있었다. 복습을 해도 50퍼센트 정도 겨우 이해하는 실력이었다.

페루 잉카의 여인 로사의 고문이 끝나자마자 라파엘과 니콜라가 다가오더니 "별일 없지!"라며 어깨를 툭 쳤다. 따지고 묻는 로사 선생보다 뒤에서 희죽거리며 따라오는 두 녀석이 더 얄미웠다. 로사의 질문은 항상 짧고 명료했다. 강의시간에 앞서 항상 출석을 체크하고 강의 중간에도 확인했다. 강의가 끝나기가 무섭게 강의 평가서를 나눠주며 설문지를 챙겼다.

마드리드 건축 대학은 민첩하지는 않지만 결코 나태하지 않은 곳이었다. 시작한 일을 끝까지 진지하게 진행했으며 상황에 이끌리지 않았다. 어느 날 강의실 출입문 손잡이 옆에 성적표가 붙어 있었다. 이름과 성적들이 빼곡히 적혀 있었다. 시험이 끝난 학생들의 성적이 일등부터 낙제생의 명단까지 차례대로 적나라하게 공개되어 있었다. 매번 볼 때마다 낙제생의 비율이 시험 치른 전체 학생 수의 약 30퍼센트 정도였다.

석 달에 한 번씩 건축 대학 복도 전시실에 건축사 자격시험을 통과

한 설계도면을 전시했다. 전시도면들이 일등에서부터 꼴등까지 차례대로 성적순에 맞춰 전시되어 있었다. 누가 몇 등으로 건축사 자격시험을 통과했는지를 만인이 볼 수 있도록 노골적으로 공개했다. 학생들이 최선을 다하도록 실질적인 분위기를 조성하는 것이 대학의 본질이다. 한국의 대학은 낙제를 쉽게 시키지 못한다. 대학 재정의 대부분을 학생들의 등록금에 의지하고 있기 때문이다. 3분의 1을 과감하게 낙제시키고도 운영할 수 있는 대학은 거의 없다.

경쟁을 통해 배출된 우수한 건축사들은 학교와 사회의 지원을 받으며 세계적인 건축가로 성장했다. 실력보다는 학벌과 비즈니스 능력이 우선시되는 한국사회에서 세계적인 건축가가 탄생하는 것은 아직 시기상조일지 모른다. 선진화된 교육 시스템을 갖추고 투명하고 공개적으로 인재를 찾지 않고는 세계적인 인재를 발굴할 수 없다.

스페인이 경제순위와 관계없이 세계적인 건축가를 배출하는 이유는 좋아하는 일을 직업으로 선택하고 즐길 준비가 된 학생들을 투명한 경쟁 시스템으로 독려하기 때문이다. '나는 정말 나의 직업을 사랑하고 좋아하고 헌신할 준비가 되어 있는가? 나 자신의 일을 진정으로 사랑하는가? 나는 진정 행복할 준비가 됐는가?'에 대한 질문에 답하는 것이 행복한 건축가가 되는 첩경이다. 그래서 먼저 나 자신부터 행복해지기로 했다. 행복해진 마음으로 나의 직업을 사랑하고 일을 하고 싶었다.

서울에 돌아온 이후 나는 세계적인 건축가보다 행복한 건축가가 되기로 했다. 행복한 건축가가 되는 유일한 길은 매 순간 어떻게 해서라도 즐기는 것뿐이었다. 나는 틈만 나면 여행을 떠났다. 나는 뻔뻔해지기로 했다. 주말마다 세미나 핑계로 커피 한잔을 마주하고 지인들과 파안대소하며 고갈된 가슴에 여유를 충전했다. 아내와 불쑥 여행을 떠나고, 가까운 지인들과 틈만 나면 건축 유적을 찾아 떠났다. 낮에 유람하고, 밤에 술잔을 나누며 서로의 가슴을 열 때 삶의 찌든 때가 씻겨지는 듯했다. 늦은 밤 이곳저곳에서 널브러져 자고나면 너덜너덜한 가슴에 새살이 돋아나 있었다.

행복해지는 것보다 더 좋은 교육은 없다. 에리히 프롬은《사랑의 기술》에서 사랑도 연습이 필요하다고 했다. 나이가 들어도 행복하게 살아갈 수 있는 유일한 방법은 나만의 인생 리듬을 찾는 것이다. 나만의 행복의 씨앗을 발견하고 그것을 개발하기 위해 즐겁게 노력하는 것이다. 나의 가족과 직업에 감사하고 즐겁게 살아가기 위해서는 나만의 방식으로 즐기는 것이 필요하다. 스페인 마드리드 건축 대학 도서관에서 머리를 싸매고 공부해도 따라갈 수 없을 때 도서관을 팽개치고 무작정 여행을 떠났다. 공부를 더 열심히 할 수 있는 근원은 엉뚱한 곳에 있었다. 그 기발한 발상이 오늘까지 이어져 전국 명승고적과 세계를 돌아보며 글을 쓸 수 있는 원동력이 됐다.

퇴계가 죽기 전에 쓴 자명自銘에 이런 글이 나온다. "어찌 내세를 알겠는가, 지금 이 세상도 알지 못하거늘. 근심 속에 즐거움이 있고, 즐거움 속에 근심이 있네." 근심 속에서도 즐기지 않으면 나이는 정말 숫자처럼 흘러가버릴 것이다. 나이는 행복의 지름길과 아무런 관계가 없다는 것을 마드리드 건축 대학이 알려주었다.

5

길에서 만난 진실

키스해주세요

마치 이 밤이 마지막인 것처럼

키스해주세요

나중에 당신을 잃게 될까 봐 두려워요

당신의 눈으로 나를 바라볼 수 있을 정도로

가까이 나와 함께 있어 주세요

아마도 내일이면 이미

당신을 멀리 떠나 있을 거예요

아주 멀리 떨어져 있으리라 생각하세요

키스해주세요

마치 이 밤이 마지막인 것처럼

키스해주세요

나중에 당신을 잃게 될까 봐 두려워요

'베사메 무초' 가사 중에서

그 여자, 내 애인 아니야!

라티노들의 몸은 잘 조율되어 있는 기타 줄처럼 언제든지 리듬을 탈 준비가 되어 있다. 어떤 리듬에도 반응할 수 있도록 그들의 몸은 매력적으로 단련되어 있다. 인디언의 정열과 스페인의 낙천성과 아프리카의 리듬이 이상적으로 융합되어 있다. 그들에게 파티는 일상의 삶에 활력을 제공하는 생명줄이다. 바람을 타고 날아오르는 연의 자유는 연실의 구속을 잠시 잊어버리고 창공을 타고 오르는 것이다. 우리의 삶에도 축제의 리듬을 타고 하늘을 날아오르는 자유를 경험했던 순간이 있었다. 고단한 삶의 중력을 벗어던지고 리듬에 몸을 맡기고 온몸으로 자유를 만끽하는 것이 축제의 매력이다. 어린아이처럼 자연스럽게 몸으로 자신을 표현하는 순간 현실의 시름은 허물처럼 날아가버렸다.

밤새 서로의 파트너를 바꿔가며 가볍게 춤을 추면서 새로운 만남의 떨림을 경험하는 것이 파티의 매력이다. 사람과 사람을 알아가는 방법으로 원시적인 몸짓보다 더 좋은 것은 없다. 파티의 진정한 매력은 생각과 느낌이 아니라 가슴과 가슴으로 상대방의 체온을 느끼는 것이었다. 마드리드 깍쟁이 가브리엘이 어느 날 대학 전철역에서 눈이 부실 정도로 예쁜 애인을 소개시켜주었다. 대담하게 나의 볼에 입술을 갖다 댄 이사벨의 향기를 아직도 잊을 수 없다. 그날 나의 볼에 전해진 그녀의 촉감은 스페인 마드리드의 태양보다 더 진하게 내 가슴을 훔쳤다. 드레스 자락이 미처 가리지 못한 그녀의 육감적인 각선미는 나의 시선을 불안하게 흔들었다. 백설공주보다 더 창백한 그녀의 피부는 동화의 환상을 심어주기에 충분했다. 파티에 나타난 두 사람은 선녀와 나무꾼이었다.

그런 그녀가 다음 달 파티장에서 다른 사내의 품에 안겨 있었다. 야속한 내 마음만이 정의의 사도처럼 꼿꼿하게 서 있었다. 나보다 더 당당한 가브리엘의 애인 앞에서 고개를 세울 수 없었다. 쉽게 만나고 쉽게 헤어지는 그들의 문화에 아직 동화되지 못했다. 스페인 문화의 열기에 내 가슴이 농락당한 것 같았다. 충격보다 더 강한 것은 말문을 잊어버리는 것이다.

의기양양하게 나타난 그 친구 뒤로 불쌍한 가브리엘의 얼굴이 나타났다. 그는 콜롬비아 출신 아돌프의 친구였다. 그는 흑인과 인디언의 혼혈로 마드리드에서 설계사무실에 다니고 있었다. 친구를 따라서 대학원 파티에 참석했다가 가브리엘의 애인을 낚아챈 것이다. 눈이 부시도록 예쁜 백인 아가씨와 흑인 사내가 다정하게 팔짱을 끼고 나타나는 것 자체가 충격이었다. 다들 별다른 관심을 주지 않았지만 유독 나의 관심은 가브리엘의 아픈 마음을 벗어날 수 없었다.

그날 밤 그는 사냥감을 훔쳐간 하이에나처럼 기세등등했다. 그날 밤 두 청춘은 어둠을 태우는 촛불처럼 거실을 휘저으며 격정적인 춤사위로 서로의 영혼을 태우고 있었다. 사랑의 열기는 원시적인 욕정과 진실한 믿음 사이를 위태롭게 비행하고 있었다. 알량한 나의 눈길은 속절없이 자꾸 두 사람을 쫒고 있었다. 철 지난 도덕성의 잣대를 마드리드 밤하늘에서 세워도, 세워도 자꾸 넘어지고 있었다. 불쌍한 가브리엘의 얼굴은 그날 끝까지 볼 수 없었다. 기울어진 감정 사이로 두 청춘 남녀가 빚어내는 빛과 그림자의 애무가 밤새 황홀하게 타올랐다. 서로의 몸을 새끼줄처럼 꼬아가며 사랑의 무지개를 짜고 있는 두 청춘은 꽃과 나비처럼 어우러져 뜨거운 밤을 태우고 있었다. 밤새 순진한 나의 마음만 속절없이 젖은 장작처럼 타지 못하고 이리저리 뒹굴었다.

월요일 오후 복도 끝에서 가브리엘이 걸어오고 있었다. 가브리엘의 아픈 마음에 쐐기를 박듯이 "너 애인 어떻게 하다 달아났냐?"고 무심하게 던졌다. 가브리엘의 얼굴이 갑자기 우울 모드로 바뀌었다. 파란 두 눈동자가 아픔을 토해내듯이 "지금 그 여자 내 애인이 아니다."라고 냅다 소리쳤다. 불편한 그의 속마음을 건드린 것을 후회하고 있을 때 그가 다시 입을 열었다. "건축사 자격시험 때문에 신경을 쓰지 못했더니… 그동안 애인에게 너무 많은 시간을 빼앗겼다."며 짧은 변명을 늘어놓고는 시무룩하게 돌아섰다. 스페인에서 애인은 침대까지 정성을 다하는 뜨거운 사이다. 가브리엘의 아픈 마음이 짠하게 다가왔다.

언제부터인가 토론시간이면 어김없이 가브리엘은 나의 통역자로 나서주었다. 어수룩한 나의 스페인 말을 꼬집으며 놀리긴 했지만 붙임성 있는 막내 동생 같았다. 가브리엘은 6년 과정의 건축 대학을 졸업하고서 건축사 자격시험을 통과하기 위해 설계 작품을 진행하고 있었다. 그는 종종 자신의 설계도면과 모형을 보여주며 나의 조언을 구했다. 작품 속에는 작가의 정신세계가 투영되기 마련이다. 스물다섯의 마드리드 토박이 젊은이와 마흔다섯의 한국 아저씨는 집 나간 애인 때문에 진정한 동지가 됐다.

가끔 나를 세뇨르(어른에게 붙이는 존칭)라고 부르며 가브리엘이 다가올 때마다 짓궂은 그의 장난기가 발동했다. 그가 가르쳐주는 음담패설을 앵무새처럼 따라하다 봉변을 당할 때마다 착한 라파엘이 가브리엘에게 야유를 보냈다. 개구쟁이 동생 같았던 그의 얼굴에 실연의 상처가 맴돌고 있었다. 자유분방한 연애관이 항상 좋은 것만은 아니라는 생각이 떠올랐다. 가브리엘을 아프게 한 그녀의 체취가 한동안 가브리엘의 가슴을 떠나지 못하듯이 나의 볼에도 진하게 남아 있었다.

감정의 흐름에 편승하지 않고 자기 자리를 끝까지 지키고 있는 본심의 그림자가 부러웠다. 개인의 감정이 존중받기 위해 상대방의 감정을 지배하거나 해치지 않는 스페인 문화가 부러웠다. 한편으로는 합리적이지만 때로는 메마른 사막처럼 건조하게 느껴지는 스페인 문화가 매정하게 느껴졌다. 그러나 개인의 감정을 철저히 존중해주는 스페인 문화 덕분에 늦은 나이에 비교당하거나 소외당하지 않으면서 즐겁게 생활할 수 있었다.

어둠 속에 피어난 조란테의 사랑

강의실은 항상 어두운 영화관 같았다. 모든 학생들이 화면만 쳐다보며 주위 시선을 지워버릴 때 교수만이 조용히 우리를 향하고 있었다. 어둠은 연인의 사랑을 덮어주는 이불인지 모른다. 어둠은 사물의 윤곽선을 지우지만 결코 사물의 본질은 지우지 않았다. 대지의 어둠 속에서 새싹이 피어나듯이 어둠 속에서 모든 사랑이 일어나고 있었다.

낮게 깔린 덧문의 틈으로 날카로운 오후의 햇살이 파고들었다. 어둠의 목을 자르는 칼처럼 한 줄기 빛은 어둠의 심장을 가로지르며 시간의 아침을 깨웠다. 두 줄기 빛만으로도 강의실을 찜통으로 태울 수 있었다. 마드리드의 햇빛은 너무 거칠어서 중용을 허락할 수 없었다. 길들여지지 않는 투우처럼 본능의 날들이 거칠었다. 마드리드의 창은 커튼과 창과 덧문이 하나로 연결된 3중 구조의 연속체다. 날것 상태의 사나운 빛을 조절하고 길들이는 인간의 또 다른 손이었다. 마드리드의 덧문은 시간의 빛의 화살을 조각하는 방패다. 마드리드의 덧문은 빛의 고삐를 조이는 조리개다.

마드리드 햇빛은 사막처럼 건조하고 화살처럼 날카롭게 피부를 파

마드리드의 햇빛은 사막처럼 건조하고

화살처럼 날카롭게 피부를 파고든다.

젊은 아가씨들의 이마 위에는

항상 선글라스가 나비처럼 앉아 있었다.

고들었다. 그 빛을 고운 채로 걸러내는 것이 덧문이다. 아가씨들의 이마 위에는 항상 선그라스가 나비처럼 앉아 있었다. 서울에선 멋으로 착용하기도 하지만 마드리드에서 선글라스는 필수 전투장비다. 복도에 들어서는 순간 어둠이 잔잔하게 물결치듯 다가왔다. 강의실의 조도는 복도보다 갑절로 떨어졌다. 강의가 시작되는 오후 4시, 창이란 창은 거친 셔터에 포위되고 날카로운 빛의 칼날이 어둠을 갈랐다.

마드리드의 오후 날씨는 용광로의 쇳물처럼 불타고 있었다. 결코 쉽게 다가설 수 없는 위엄이 서려 있었다. 빛 속에 감추어둔 비수는 사정없이 날아오는 화살이었다. 품으면 아프게 찌르고, 잡으면 날에 베이고, 돌아서면 너무 아쉬운 사랑의 불꽃이었다. 부딪히면 부딪힐수록 사나워지지만 그늘 속으로 초대하면 온순하고 부드러웠다. 마드리드의 빛은 스페인 투우를 닮았다. 거칠게 포옹하지 않으면 너무 순수하고 착한 지중해의 처녀다. 해발 635미터의 고산지형의 분지는 건조하고 청명했다. 한낮의 태양은 너무 난폭해서 한발 물러서지 않으면 위험했다. 머리 위의 선글라스는 빛의 화살을 누그러뜨리는 어둠의 덧문이었다. 어깨 위에 걸친 스웨터는 변덕스러운 날씨를 조절해주는 커튼이었다.

강의실에 어둠이 잠기는 순간 반짝이는 영상만이 날아왔다. 조는 학생은 찾아볼 수 없었다. 졸린 학생은 조용히 일어나 뒤에 가서 서 있던

지 책상 위에 걸터앉았다. 머리에 쥐가 날 때마다 나는 제일 뒤에 앉아 있는 다비드 곁으로 피서를 떠났다. 다가갈 때마다 손바닥을 마주치며 나의 휴가를 반겨주었다. 칠판의 휘갈겨지는 글자를 멍하니 바라보고 있노라면 상상력의 편린을 따라가는 돈키호테가 됐다. 생각의 구름 위를 날아다니고 싶었다. 다비드의 큰 손이 나의 어깨를 가볍게 두드리고 있었다. "코모 cómo (왜 그래)!" 몸을 다비드 쪽으로 돌리는 순간 다비드의 긴 손가락이 어둠 속의 목표물을 가리키고 있었다. 청춘남녀의 애무 장면이었다. 마치 벌이 꿀을 따듯이 여자의 손이 남자의 허리와 가슴을 날아다니고 있었다.

미겔과 조란테 커플이 어둠 속에서 사랑을 나누고 있었다. 내리막길에서 멈추지 못하는 고장 난 자동차 바퀴처럼 나의 눈은 속절없이 시간의 내리막길을 굴러가고 있었다. 미겔의 가슴과 허리로 조란테의 손길이 흘러내리고 있었다. 사랑은 어둠의 품에서 더 끈질기게 생명력을 피워 올린다. 어둠 속에서 서로의 에너지는 더 증폭됐다. 그녀의 사랑스러운 눈길이 도둑고양이처럼 훔쳐보던 나의 눈과 마주쳤다. 순간 나의 심장이 감전된 것처럼 움찔했다. 그녀는 싱끗 웃으며 사랑의 손길을 거두지 않았다.

그녀의 손은 정해진 궤도를 따라 움직이는 유성처럼 사랑을 노래하고 있었다. 나의 시선에 조금도 멈칫거리지 않고 사랑의 애무를 지속했다. 사랑은 부끄러운 행위가 아님을 보여주고 있었다. 우리는 청춘이 끓는 시절부터 사랑은 몰래하는 것처럼 생각했다. 사랑하는 행위보다 아름다운 예술은 없다. 사랑하는 사람과 함께하는 시간보다 극적인 순간은 없다. 가슴에서 우러나오는 본능보다 더 행복한 모습은 없다. 남의 시선이 시들어버리는 사랑은 건강한 사랑이 아니다. 스페인 마드리드에서는 누가 보든 안 보든 당당하게 사랑을 즐기고 있었다. 청춘의 사랑이 눈물 나도록 부러웠다.

젊은 시절, 나는 조란테처럼 당당하게 사랑을 나누지 못했다. 시간은 결코 되새김질하는 법이 없다. 청춘의 사랑보다 아름다운 모습은 없다. 우리 같으면 얼른 손을 치우든지 아니면 겸연쩍게 웃어야 정상이었다. 사랑에 확신이나 자신감이 부족함을 인정하는 것이다. 자신의 감정에 솔직하며 당당하게 행동하는 미겔과 조란테 커플이 부러웠다.

둘은 얼마 지나지 않아 행복한 결혼사진을 보내주었다. 하얀 쌀알(다산을 상징)이 눈처럼 쏟아지는 축복 속에 두 사람이 다정하게 걸어 나오는 장면이었다. 1년이 지나기가 무섭게 귀여운 여자아이 사진을 다시 보내주었다. 아기를 배 위에 올리고 흐뭇하게 바라보고 있는 미겔의 모습만으로 행복이 무엇인지 알 수 있었다. 진정한 사랑은 남의 이목에 촛불처럼 흔들리지 않았다.

마드리드에서 작은 주택들을 중심으로 열심히 작품을 하고 있던 서른 초반의 미겔과 조란테는 어느새 마흔 초반의 중견 건축가가 됐다. 전문 댄서 겸 건축가인 미겔을 따라다니는 수많은 여자들을 물리치고 마침내 자신이 미겔을 차지했다는 조란테의 영웅담에는 그녀만의 사랑의 전설이 담겨 있다. 그러나 미겔의 춤 솜씨를 단 한 번도 본 적이 없다. 언젠가 미겔의 춤 솜씨를 한번 보고 싶다.

우수에 찬 미겔의 푸른 눈은 깊은 샘물처럼 비밀스럽게 빛나고 있었다. 미겔은 항상 나의 이야기를 듣고 있었다. 미겔의 가슴은 비밀의 화원처럼 펼쳐져 있었다. 훤칠한 키에 날씬한 몸매만으로 댄서의 순정을 읽을 수 있었다. 창백한 얼굴에 구레나룻이 인상적인 미겔과는 대조적으로 조란테는 미겔의 어깨에도 미치지 못할 정도로 작고 뚱뚱했다. 외적으로 미겔의 상대가 되지 못하는 조란테의 매력은 비밀이다. 남녀 사이의 비밀은 당사자를 제외하고 제삼자는 절대 알 수 없다. 조란테가 항상 상냥하고 외향적인 성격의 태양이라면 미겔은 어둠 속에 빛나는 보름달이었다. 우수에 찬 보름달과 밝은 태양은 찰떡궁합이었다. 나와 미겔 사이에 다리를 놓아주는 사람은 항상 조란테였다.

엘에스코리알El Escorial이 한눈에 바라다보이는 전망 좋은 타운하우스에 살고 있는 미겔과 조란테 커플은 미겔의 생일날 자신의 집이자 사무실로 나를 초대했다. 현관을 들어서면 바로 부엌과 식당이 있고, 그 다음 거실이 설계실이었다. 거실에는 책상 4개가 중앙 갓 전등을 중심으로 모여 있고 벽에는 책꽂이가 병풍처럼 가지런히 놓여 있었다. 설계실 한편에 놓여 있는 안락의자를 가리키며 세계적인 프랑스 건축가 르코르뷔지에의 작품이자, 재산목록 1호라고 은근히 자랑했다. 2층에는 방 2개와 욕실이 딸려 있었다. 빈방을 가리키며 비어 있으니 스페인 생각나면 언제라도 들려도 좋다고 했다. 정말 소중한 것은 항상 어둠의 침묵과 혼란을 동반하고 나타났다. 아무 일도 없는 듯 모든 일이 일어났던 어두운 강의실에서 내 마지막 청춘의 사랑이 피고 있었다.

108배의 진실

마흔 중반 스페인 마드리드에서 몸서리쳐지는 환희와 고독을 마주했다. 무중력상태에서 감정적인 중심을 잡기 위해 안간힘을 쓰고 있었다. 지푸라기라도 잡는 심정으로 시작한 것이 108배였다. 하늘에 계신 어머니는 매일 새벽마다 정화수를 올려놓고 쉼 없이 절하시며 기도하셨다. 가족을 위해 하늘과 땅을 가로지르며 절을 하셨다. 하얀 모시 치마저고리에 단정히 빗어 올린 까만 머리를 동여맨 은비녀가 촛불 사이로 반짝이고 있었다.

새벽을 마중하는 정숙한 여인의 열정이 피어오르고 있었다. 어머니는 파르테논 신전의 제사장처럼 엄숙한 신앙심으로 무장하고 있었다. 고통스러운 번뇌가 육체의 마지막 살점까지 파고들 때 어머니의 사랑에 기대고 싶었다. 내 마음이 갈지자로 걸어갈 때마다 믿음의 기둥을 세우려고 기도하시던 어머니를 떠올렸다. 비가 오나 눈이 오나 새벽 어스름 촛불 앞에서 경건하게 절을 올리던 어머니의 사랑은 헌신이자 실천이자 고행이었다. 절은 집 나간 영혼을 육체 안으로 불러들이는 의식이다. 하늘과 땅 사이에 의식의 다리를 놓은 실천이다. 절은 지친 영혼에 축복을 내리는 미사이다.

방바닥에 꿇어앉아 손을 가지런히 내려놓고 이마를 땅바닥에 붙였다가 손바닥을 하늘로 향해 조용히 들었다. 현실과 이상을 오르내리며 마음을 비우는 의식이다. 하늘을 상징하는 머리를 땅을 상징하는 바닥에 내려놓는 것이다. 이상과 현실의 조화를 실천하는 의식이다. 조용한 방 안에 관절이 풀리는 소리가 뚝! 뚝! 울렸다. 마치 인체의 모든 구조들이 하나의 영성으로 깨어나는 울림 같았다. 손목에서 발목으로 그리고 허리에서 삐거덕거리는 소리가 육체의 아침을 깨웠다. 가랑비에 옷 젖듯이 80배를 넘어서면서부터는 가슴과 얼굴에 가느다란 이슬이 맺히고 호흡은 가빠지고 코끝에 작은 물방울이 달렸다. 경건하고 부드러운 육체의 움직임만으로 정신을 가다듬었다. 하늘과 땅 사이를 왕복하는 원시적인 몸짓만으로 정신이 깨어났다.

교황이 국빈 방문할 때마다 사람들은 비행기에서 내리는 그의 앞에 무릎과 허리를 굽히고 땅에다 입을 맞춘다. 절은 가장 엄숙한 입으로 하느님의 창조물인 대지의 생명을 마중하는 의식이다. 가장 낮은 자세로 그 대지에 살고 있는 모든 생명과 사람을 존중하는 의식이다. 낮과 밤이 반복되듯이 머리에 달린 입을 다리가 딛고 있는 가장 낮은 곳에 맞추는 것은 머리와 다리가 하나임을 의미하는 것이다. 절은 삶의 본질로의 회귀다. 여행이 아름다운 것은 다시 돌아올 수 있기 때문이다.

여행이 유목과 다른 것은 방황하다 다시 가족 품으로 돌아올 수 있다는 것이다. 절은 사랑이다. 108배는 나 자신을 겸손하게 만들어주는 육체의 춤이다. 만물이 깨어나는 아침에 하는 명상과 절은 삶(대지)과 죽음(하늘) 사이의 본질을 사색하는 여행이다.

어린 시절 어머니가 기도하시던 모습이 내 몸과 정신 속에 살아 있었다. 108배를 하는 동안 힘들고 고통스러운 시간들이 편안해졌다. 평소 호흡기 질환을 달고 살았다. 환절기마다 툭하면 감기에 걸리던 약한 체질이었으나 기도하는 동안 말끔히 사라졌다. 정신과 육체가 고립됐던 스페인 마드리드에서 운명처럼 108배가 다가왔다. 고독이 깊어지면 마음은 자꾸 굴속을 파고들었다.

마음은 스페인 바람에 갈대처럼 흔들렸고, 피곤한 눈과 귀는 항상 반쯤 고장 난 시계였다. 방황할 때마다 사랑은 너무 멀리 있었다. 고통을 견디지 못한 눈이 마침내 충혈되고 붓고 아프기 시작했다. 아침마다 소금물로 소독하고 본능적으로 아침기도를 올렸다. 중세의 사제처럼 간절하게 나의 육체를 신에게 의탁했다. 처절하게 사랑을 구걸했다. 견딜 수 없는 고통으로 병원을 찾아갈 때마다 어김없이 시에스타에 걸렸다. 병원 진료받는 것도, 약국에 가는 것도 귀찮아서 기도에 매달렸다. 매일 초죽음이 되어 돌아오면 꼼짝도 하기 싫었다. 아무리 노력해도 결과가 보이지 않는 그 허탈감이 나를 구겨버렸다. 아프다고 누워 있어도 전화 한 통 넣어줄 사람이 없었다. 얼큰한 된장찌개를 끓여줄 아내의 손길은 너무 멀리 있었다. 정신과 육체는 서로 반목하며 무너져 내리고 있었다. 마드리드에서 버티고 살아남아야 하는 육체가 갈등하고 있었다.

아침마다 퉁퉁 부어 있는 눈을 보는 것은 절망이었다. 제대로 떠지지 않는 눈을 소금물로 소독하고 나서 무의식적으로 108배를 올렸다. 절망의 문 앞에서 믿음은 절정으로 치달았다. 땅바닥에 고개를 숙일 때마다 피가 충혈된 눈동자에 쏠려 바늘로 쑤신듯 고통스러웠다. 머리를 방바닥에 부딪칠 때마다 그 반동으로 가해지는 압력에 눈이 터질 것 같았다. 아픔의 고통이 클수록 삶의 욕구도 강하게 살아났다. 고통의 강도가 강할수록 기도의 정성도 간절해져갔다.

90배를 넘어서는 순간 고통은 거의 절정에 달했다. 극도의 고통과 간절한 욕망이 교차했다. 마지막 108배를 하고 일어서는 순간 묘한 희열이 열꽃처럼 피어올랐다. 믿음의 천사가 온몸을 휘감았다. 고통 속에서 간절한 희망이 솟아올랐다. 소금기 저린 땀이 눈 속으로 파고들었다. 아픔은 희망을 압도할 수 없었다. 샤워를 마치고나면 천국이 그립지 않았다. 사랑의 묘약에 취해 어학원으로 달려갔다. 간절하게 애원하며 매달리기를 반복했다. 스페인 마드리드에서 기댈 곳은 하느님밖에 없었다. 아주 천천히 회복됐다. 살아 있는 간증이었다. 108배의 신봉자가 됐다. 108배를 하지 않는 날이면 왠지 하루 종일 몸이 뻐근하고 뭔가 놓친 기분이었다. 매일 아침 머리를 방바닥에 내려놓으며 나만의 은밀한 의식을 치렀다. 나를 버릴 때 진정으로 나를 사랑할 수 있었다. 간절한 희망을 안고 노력하는 삶이 108배의 진실이었다.

마음을 훔쳐버린 트러스

100년 묵은 발렌시아 경찰서 건물 4층에 올라섰다. 어디선가 알 수 없는 진한 향기가 코끝을 자극했다. 저만치 다가오는 부드러운 실루엣 사이로 붉은 속살의 목재 트러스 군상들이 끝없이 하늘에 떠 있었다. 거친 시간의 숨소리가 빛 속에서 전율하며 지난 시간의 향기를 뿜어내고 있었다. 중첩된 목재 트러스의 행렬이 반쯤 고개를 내밀며 일사불란하게 트러스 구조를 투영하여 검붉은 속살이 마치 플라멩코 무희의 치마 레이스처럼 비밀스럽게 흘러나오고 있었다. 거대한 삼각형이 질서 있게 나눠져 작은 삼각형으로 분절하며 천장 공간을 기하학의 조각으로 분할했다.

삼각형 편대가 하늘로 날아오르는 거대한 나비 같았다. 돌의 텐트를 치고 있는 이집트 피라미드의 사각뿔에서 파르테논 신전의 삼각 페디먼트pediment 모자에 이르기까지 삼각형은 인류가 만든 위대한 발명품이다. 삼각형 트러스들이 박쥐처럼 천장에 매달려 100년의 깊은 잠을 자고 있었다. 응축된 시간의 향기는 만질 수 있고, 느낄 수 있고, 맡을 수도 있다. 이슬람 세공 장식처럼 일렬종대로 줄을 서서 붉게 물든 목재 트러스는 단풍처럼 천장을, 깊은 시간을 침묵으로 물들이고 있었다.

전통 한옥 지붕은 기둥 위 대들보와 달대 위 종도리를 중심으로 가지런한 서까래가 마치 갈빗살처럼 질서 있게 지붕을 받치고 있다. 반면에 스페인 박공지붕 속의 삼각 트러스는 일정한 간격으로 지붕 속에 박혀서 막힌 듯 열린 공간을 지지하고 있다. 막 깨어난 목재 트러스는 100년의 시간을 전시하려는 듯 붉은 빛을 흐드러지게 발하고 있었다. 성당이나 왕실 건축물의 천장은 뒤집어놓은 배 모양이나 A 자 모양으로 박공지붕 속을 화려하게 장식했지만 일반 주거 공간의 지붕 트러스 구조는 무지막지하게 천장으로 막아버렸다.

100년 된 목재 트러스는 시간에 물든 유물처럼 역사의 진실을 품고 있었다. 각재와 각재 사이를 잡아주었던 철물은 타임캡슐 안의 유물처럼 오늘 이 순간을 위해 깊은 잠을 자고 있었다. 어둠과 침묵의 시간은 빛과 먼지로부터 차단되었다. 지붕 속 트러스들은 잘 익은 석류의 속살처럼, 잘 숙성된 리오하 와인처럼 붉은 물이 뚝뚝 떨어지듯 시간의 빛으로 물들어 있었다.

현대인의 가슴에 불을 댕기는 손님은 오래된 시간이다. 그 시간은 가벼운 사랑으로 저울질할 수 없는 깊은 인내의 시간이다. 오래된 시간보다 더 빛나는 아름다움은 존재하지 않는다. 100년 동안 잠을 자던 시간보다 더 깊은 우아함은 존재하지 않는다. 내 마음을 훔쳐버린 진한 황갈색의 목재 트러스는 경이로움의 속살이었다.

가우디의 후계자, 산티아고 칼라트라바

스페인 제3의 도시 발렌시아는 내 친구 라파엘의 고향이자, 도시 전체가 산티아고 칼라트라바의 야외 박물관이다. 황무지였던 발렌시아 도심을 가르며 지중해로 흐르던 투리아 강줄기에 기적이 일어났다. 1957년 대홍수로 투리아 강이 범람하여 도시가 침수된 이후, 그 빈자리에 '발렌시아 예술과 과학도시'가 건설되며 오늘날 21세기 발렌시아의 미래가 된 것이다. 해양 과학 문화 도시의 아이콘을 조각한 주인공은 발렌시아 출신의 세계적인 건축가 산티아고 칼라트라바다.

바르셀로나가 가우디의 야외 박물관이라면 발렌시아는 칼라트라바의 실험실이다. 위대한 건축가의 작품은 전염성이 강하다. 전 세계적으로 활동하는 그는 가우디의 천재성을 물려받은 스페인 건축가로 불리며 마흔 중반에 이미 거장의 반열에 올랐다. 아테네 올림픽 메인스타디움을 비롯해 뉴욕 심장부 그라운드제로에 자신의 작품을 세우고 있는 그는 특특한 이력의 소유자다. 발렌시아 건축 대학을 졸업하고 스위스 취리히 공대에서 토목공학 박사학위를 받았다. 발렌시아의 파에야가 로마, 이슬람, 기독교의 융합이듯이 칼라트라바는 토목 구조와 건축 디자인을 융합했다. 가우디 건축의 위대함에는 기하학이 도사리고 있듯이 칼라트라바의 건축 공간에는 첨단 구조 공학이 웅크리고 있다. 인간의 유형을 호모 루덴스(놀이하는 인간), 호모 사피엔스(생각하는 인간), 호모 파베르(만드는 사람)로 나누고 있지만 위대한 건축가들은 호모 루사파(루덴스, 사피엔스, 파베르의 융합)들이다. 호모 루사파들은 이미 이루어진 세상의 진실들을 융합해 자신만의 독창적인 작품을 탄생시켰다.

디자인과 구조는 서로 분리될 수 없지만 그렇다고 하나의 물성도 아니다. 건축 디자인이 철학과 인문학이라면 구조는 수학이자 공학이다. 이슬람 관용 정신이 스페인 문화를 하나로 융합했듯이 가우디와 칼라트라바는 구조와 디자인을 하나로 융합했다. 구조가 건강하지 못하면 고층 오피스를 세울 수 없다. 거대한 경기장의 지붕도 덮을 수 없다. 그는 자동차가 다니는 교량의 구조에 역동적인 미를 융합했다. 중세 르네상스 건축 양식의 문을 활짝 열어주었던 미켈란젤로처럼 현대건축을 떡 주무르듯 근육질의 공간으로 치환했다. 다비드상의 근육질처럼 콘크리트 구조체를 육감적인 건축물로 조각했다.

제우스와 인간 알크메네 사이에서 태어난 헤라클레스처럼 칼라트라바는 건축 디자인과 토목 구조가 조화를 이룬 신종 건축을 탄생시켰다. 대부분의 건축가들이 구조의 벽에 막혀 비상을 멈출 때 칼라트라바는 구조를 날개 삼아 자유롭게 디자인했다. 《가우디》의 저자 하이스 반 헨스베르헌Gijs van Hensbergen은 가우디의 재능을 물려받은 후계자로 주저 없이 칼라트라바를 지목했다. 그가 가우디의 천재성에 담겨 있는 열린 사랑의 기하학을 물려받은 것이다.

현대 건축가들이 투명한 유리와 가벼운 스틸 소재를 사용해 미니멀리즘적인 건축을 지향할 때 칼라트라바는 그리스·로마의 조각 미남이 뿜어내는 근육질의 구조미로 장대한 공간을 자유자재로 연출했다. 그는 가우디처럼 모든 사람이 걸어가는 길을 가기보다 자신이 가고 싶고, 갈 수 있는 길을 고집스럽게 걸어갔다. 그가 토목 구조를 연구하지 않았더라면 장長 스팬의 공간을 모험적으로 시도할 수 없었을 것이다. 그는 단순하고 직선적이고 기능적인 교량을 조각처럼 세련되게 뒤틀거나 비정형으로 삐딱하게 세웠다. 활처럼 휜 상판을 당기고 있는 현수선의 끝에서 삐딱하게 기울어진 교각이 보는 이를 아슬아슬하게 만들었다. 칼라트라바는 다리 위를 걷는 사람에게 뜻밖의 호기심과 기대감을 선물하고 자동차 운전자에게 세련된 낭만을 제공했다. 무표정한 도시 표정을 갈아치운 그의 작품들은 도시의 랜드마크이자 상상력의 근원이 됐다. 자신의 재능을 진정으로 사랑한 헤라클레스의 열정이 작품 속에 숨어 있다.

현대 건축가들이 투명한 유리와 가벼운 스틸 소재를 사용해

미니멀리즘적인 건축을 지향할 때

칼라트라바는 그리스, 로마의 조각 미남이 뿜어내는 근육질의 구조미로

장대한 공간을 자유자재로 연출했다.

그는 가우디처럼 모든 사람이 걸어가는 길을 가기보다

자신이 가고 싶고, 갈 수 있는 길을 고집스럽게 걸어갔다.

세상에 단 하나밖에 없는 조형물을 빚어낸 그의 작품들은 새로운 시대의 아이콘으로 부상했다. 평생 모험적인 구조물을 시공했던 가우디처럼 칼라트라바 역시 구조의 한계에 도전하고 있다. 가우디는 종이처럼 얇은 벽돌 아치 위에 무거운 지붕을 조각품처럼 올려놓았다. 거푸집을 뜯을 때마다 두려워하는 인부를 대신해 항상 구조물 아래에 버티고 서 있었다. 가우디의 후계자로 칼라트라바를 지목하는 이유는 조각적인 구조미로 지금까지 존재하지 않았던 새로운 공간에 끊임없이 도전하기 때문이다. 위험한 열정을 평생 길들이며 도전하는 사람이 진정한 예술가다. 건축가의 가장 훌륭한 스승은 대가의 작품이다. 건축가의 아름다운 덕목은 끝없는 모험심이다.

너의 인생을 살아라

나는 건축가로서 어눌한 작품들만 남겼지만 다행스럽게도 결혼해 내 삶의 가장 소중한 작품인 아들과 딸을 낳았다. 아직 미래를 가늠하기에는 이르지만 아들과 딸이 앞으로 계속 성장하고 발전하기를 소원하고 있다. 그토록 내가 사랑하는 아들과 딸은 아비의 바람과는 다르게 스페인을 그다지 좋아하지 않는다. 아들과 딸은 스페인을 그들의 어린 시절 아버지를 빼앗아 가버린 원흉쯤으로 기억하고 있다. 남들은 아버지의 책을 보고 스페인으로 여행 간다고 난리를 쳐도 나의 작품들(아들과 딸)은 미동도 하지 않았다. 심지어 스페인 여행 떠나는 자기 친구에게 책을 선물한다고 사인을 부탁할 때도 전혀 감사하는 기색조차 없다. 그러고는 남의 이야기처럼 "친구가 책을 받고 되게 좋아하대…."라는 말이 끝이다.

아내도 마찬가지다. 스페인에 가는 대신 딸을 데리고 뉴욕으로 갔다. 아내는 그래도 대놓고 비방은 하지 않는다. 그러나 아들과 딸은 스페인 '스' 자만 나오면 아주 대놓고 목소리 톤이 달라진다. 딸아이에게 스페인어를 배우라고 얘기했다가 아내에게 거의 맞아죽을 뻔했다. 아버지가 43일간 스페인 산티아고 카미노를 걷는다 해도 15일간 마추픽추 잉카 트레일을 걷는다 해도 아들과 딸은 아무 반응이 없다. 애꿎은 아내만 종종걸음으로 나를 걱정해줄 뿐이다.

모든 부모들의 바람처럼 나의 작품들이 훌륭한 인물이 되기를 기원한다. 내가 훌륭한 작가가 되는 것보다 아들과 딸이 훌륭하게 성장하는 것이 더 어렵기 때문이다. 오죽하면 자신이 잘나면 90점이지만 자식이 잘나면 200점이라고 하겠는가.

아내와 불같은 7년의 연애 기간을 거쳐 2년 터울로 생산한 작품들이 아들과 딸이다. 저녁마다 아내와 헤어지는 것이 싫어서 무작정 결혼했다. 아침에 눈뜨는 순간 바라볼 수 있는 것만으로 행복할 것 같아서 무모하게 결혼식장으로 행진했다. 그 행진의 대가로 평생 시시포스의 고행이 시작되어도 좋다고 믿었다.

찰나의 시간이었지만 아침에 눈뜨는 그 순간 세상을 다 얻은 것 같았다. '사랑하는 사람과의 즐거운 놀이'에 가슴이 벌렁거렸다. 꽃을 찾아다니며 달콤함에 탐닉하는 벌과 나비처럼 사랑놀이에 흠뻑 젖었다. 그러나 '원 웨이 티켓'만 주어지는 인생여행의 비밀까지 알진 못했다. 당당하게 내민 나의 손을 잡아준 아내의 무모함은 어디서 나왔는지 나는 아직도 모른다.

짜릿한 흥분과 극도의 불안감이 공존했던 인생기차는 이제 수평선처럼 지루한 평원을 무덤덤하게 달리고 있을 뿐이다. 아내의 흔들리는 마음을 감싸주었던 사랑의 외투가 빛바래졌을 때 아들과 딸이 태어났다. 의사에게 죄인처럼 서약서를 쓰고서는 아내의 배를 가르고 세상과 조우하게 했다. 아기가 볼에 작은 수술자국을 안고서 내 앞에서 눈을 반짝였다. 딸아이의 대소변을 즐거운 마음으로 받을 수 있었던 것은 기적이었다. 본능적인 사랑은 이성을 지배한다는 것을 그때 처음으로 깨달았다. 그러나 딸아이에게는 일말의 기억조차 남아 있지 않았다. 떨어지는 폭포처럼 내리사랑은 원 웨이 티켓이었다.

남자에게 침대라는 공간은 단순히 옷을 벗어던지는 곳이 아니다. 강요받던 세상의 갑옷을 벗어던지고 욕망의 바다를 마음껏 파고들고픈 유혹의 공간이다. 그런데 그 욕망의 바다가 어느 순간 사각의 링처럼 매정한 공간으로 변해버렸다. "사랑해?"라는 말이 감정의 자물쇠처럼 가슴 답답하게 만들어버렸다. 사랑은 솟아나오는 물줄기이지 빗물을 모으는 저장고가 아니다. 침대에서 두툼한 갑옷을 단단하게 차려입고 욕망의 바다를 유영할 수 없듯이 사랑의 놀이, 호모 루덴스는 감각이 이성을 지배할 때 생겨나는 신성이다.

나는 호모 사피엔스(생각하는 사람), 호모 파베르(일하고 만드는 사람)에는 익숙했지만 호모 루덴스(즐기는 사람)에는 빵점이었다. 감정은 확인하는 것이 아니라 몸으로 전율하는 떨림을 느끼는 것이다. 그 떨림의 감정으로 무모하게 뛰어든 사랑의 바다에서 건져 올린 생명이 아들과 딸이다. 그 사랑에 모든 것을 걸었다는 무모함이 무엇인지 아들과 딸은 알지 못한다. 하루살이처럼 그 사랑의 불빛 속으로 몸을 던진 아버지의 상처를 아들과 딸은 알 수 없다.

나는 더 이상 아들과 딸에게 미안한 감정을 가지지 않는다. 사랑이 스스로 뿌리를 내려 열매를 맺기까지 기나긴 밤의 인내를 그들이 알 수 없다. 사랑을 갈구했던 한 남자의 맹세가 족쇄가 됐던 순간이 너희들이라고 말할 수 없기 때문이다. 연애는 짧고 인생을 길다는 것을 말하지 못할 뿐이다. 남자의 열정이 돌처럼 딱딱해지는 것을 설명하지 않을 뿐이다.

스페인 사람들이 비교적 쉽게 입양을 결정하는 이유는 자식은 나의 분신이 아니라 하느님의 선물이라는 믿음 때문이다. 중용의 감정이 자식에 대한 무절제의 사랑을 조절해주었다. 자식은 나의 분신이라는 생각이 아버지의 인생을 지워버렸다. 그러나 수컷의 본능 또한 가슴속에 시커먼 숯덩이처럼 남아 있다.

기숙사에 있는 아들 녀석과 통화를 마친 아내가 분기를 내려놓지 못하고 나에게 달려왔다. 집 가까운 석촌호수에서 벚꽃놀이를 하고나서 곧바로 제 집(원룸)으로 간다는 것이었다. 고기라도 먹고 가라고 했더니 "집에 들러서 밥 먹고 나면 돌아가는 것이 번거롭다."고 했다는 것이다. 군에서는 어머니가 그립다고 하루가 멀다고 전화를 걸었던 녀석이 언제부턴가 자기 영역을 쌓기 시작한 것이다.

가족이란 개념에서 아들이 저만치 빠져나간 것을 엄마만 모르고 있었던 것이다. 아내의 배를 가르고 태어난 아들과 딸은 스스로 성장하는 생명이다. 아들딸을 남겨놓고 아버지가 공부하러 유학 간 것이 허물은 아니다. 자식들 공부시킨다고 희생하는 것은 당연하고 아버지 공부하는 것은 사치라고 몰아붙이는 것은 명백하게 폭력이다.

남은 세월 아내와 손잡고 스페인 파라도르parador(역사적 건조물을 개장한 국영 호텔)를 돌면서 꺼진 사랑의 불씨를 되살리고 싶다. 아들과 딸의 청춘이 그들 스스로 얻은 것이 아니듯이 중년의 내 모습도 내 스스로 짊어진 십자가가 아니다.

아들과 딸의 미래를 걱정하다 내 중년을 놓치고 싶지 않다. 철없는 아버지도 가끔 나만의 공간으로 달아나고 싶을 때가 있다. 언젠가는 떠나버릴 아들, 딸의 볼모가 되어 빈집을 지키는 집사가 되고 싶지 않다. 스페인 유랑이 내 인생에 날개를 달아주었다. 아들과 딸에게 당당하게 이야기하고 싶다. 이제 나의 길을 가겠다고. 그러니 너희들도 너희 인생을 살라고.

지혜의 눈

산티아고 칼라트라바의 작품들이 발렌시아 투리아 강을 따라 열을 지어 서 있다. 민주주의 사회에서 한 건축가의 손으로 도시의 공공 건축물이 줄줄이 지어지는 일은 희귀한 일이다. 마치 거대한 무당벌레가 껍질을 뒤집어쓰고 있는 듯한 천문관이 1998년 처음으로 투리아 강에 들어섰다. 파란 연못에 구조물을 길게 타원형으로 늘어뜨린 형상은 단순하지만 지혜의 눈 안에 빛나는 눈동자가 마치 살아 있는 눈처럼 껌벅거린다. 단아한 반원의 아치가 나르키소스처럼 자신의 모습을 연못에 비추는 무당벌레처럼 보였다. 그러나 그 속에 눈이 살아 움직였다. 살아 있는 생명처럼 실제 건축물의 표피가 껌벅거리며 마치 요정처럼 빛을 뿜어내고 있었다.

우주의 아름다움을 상징하는 '지혜의 눈'이 발렌시아 투리아 강에 처음 자리한 것은 칼라트라바의 작품이다. 어둠이 내리는 순간 푸른 연못의 표면은 거울처럼 빛을 머금고 하늘의 영상을 담아낸다. 이슬람 건축의 신비함을 고스란히 물고 있는 아치가 물에 비쳐 완전한 타원이 된다. 정원의 물은 건물 배경이나 장식으로서의 굴레를 벗어던지고 건

물의 태생적 한계를 극복했다. 미생의 건물이 완생의 건물로 다시 태어나게 만들어준, 거울처럼 반짝이는 물이다.

산티아고 칼라트라바는 투리아 강의 역사적 장소성과 상징성을 시적으로 보여주기 위해 건물 주위에 연못을 만들었다. 마치 모든 건물이 바다에 떠 있는 유람선처럼 자신의 모습을 비추고 있다. '지혜의 눈'은 실제 건물에서는 반원으로 되어 있지만 수면에 반사되어 완성된 타원 건물로 되살아났다. 물은 빛과 융합해 불완전한 건물의 모습을 완전한 모습으로 부활시켜주는 신의 손이다.

거대한 곤충이 하늘로 기어 올라가는 모습을 하고 있는 과학 박물관과 전사의 투구처럼 보이는 레이나 소피아 음악홀과 파도를 가르는 돛대처럼 우뚝 솟아오른 다리와 조가비처럼 푸른 타일을 쓰고 있는 국제회의장 아고라에 이르기까지 칼라트라바의 작품들은 투리아 강줄기를 따라 걸어가는 상상 속의 동물이 됐다. 서로 다른 포즈를 취하며 투리아 강에 자신의 모습을 비추며 정체성을 찾아가고 있다.

발렌시아 도시 전체가 건축가 산티아고 칼라트라바 한 사람의 손에 의해 연출되는 것은 기적이다. 우리 같으면 시기심을 불러일으킬 만도 하지만 그들은 불만 없이 천재를 받아들이고 있었다. 스페인 제3의 해양도시 발렌시아는 스스로의 재정으로는 감당하기 힘들 것 같은 최첨단 건축물을 세우고 있었다. 이것은 건축을 예술로 보는 문화 선진국이 아니면 불가능한 일이다. 스페인은 일반 건축물의 몇 배에 해당하는 건축 공사비를 기꺼이 지불하면서 도시의 모습을 바꾸어나가기를 멈추지 않는다. 문화는 사랑을 먹고 자라는 인류의 자산이기 때문이다.

하늘마당에 핀 사랑

공동과제를 마무리하기 위해 멕시코 외교관 아내를 둔 우고의 집에 모였다. 아담한 테라스엔 봄빛이 따스하게 머물고 있었다. 걸음마 수준의 스페인어로 공동과제의 취지와 목적을 설명하는 것이 버거웠다. 라파엘이 써준 문장을 암기하고서 영상에 맞춰 설명하기로 했다. 발표는 이성과 감성을 동시에 전달하는 수단이다. 모국어로 전달하는 것도 어려운데 스페인어로 발표하는 것은 모험이었다.

학술적인 문체로 작성된 스페인어 문장을 읽어보니 고급 자동차로 자갈길을 달리는 느낌이었다. 라파엘의 눈빛이 불안하게 떨리고 있었다. 라파엘이 쉬운 문장으로 수정해주려 했다. 나는 그 제안을 뿌리쳤다. 공동발표에서 지뢰밭이 되는 것은 싫었다. 중학교 입학 후 영어책을 통째로 외운 기억이 떠올랐다. 그 시절 큰 소리로 읽어나가면 형님이 발음을 교정해주었듯이 말하듯이 큰 소리로 발음하면 엉키는 곳마다 라파엘이 교정해주었다. 사전을 뒤져가며 해석하고 이해해도 발음은 자꾸 씹혔다.

지중해식 널찍한 발코니에는 다양한 화분들이 제각각 꽃을 피우고 있었다. 잘 꾸며진 무대 위를 걸어가는 배우처럼 발코니를 가로지르며 대본을 소리 내어 읽었다. 라파엘의 날카로운 지적이 거듭될수록 발음은 조금씩 부드러워졌다. 발음하고 교정받고, 발음하고 교정받기를 숨쉬듯이 반복했다. 스페인의 저층아파트 발코니는 지중해식 발코니처럼 마당이 깊고 아늑했다. 아름답게 피어난 꽃들 위로 빛과 바람과 나비가 한가한 오후를 낭만적으로 물들이고 있었다.

저만치 이웃 아주머니가 고개를 내밀었다. 나와 눈을 마주치더니 곧바로 "브라보!"라고 외쳤다. 환하게 웃으며 박수를 보내는 그녀의 얼굴에는 여유와 배려와 낭만이 넘치고 있었다. 마주치는 사람들마다 내 창피함의 울타리에 소중한 격려의 꽃바구니를 달아주었다. 사랑의 배려로 나의 노력을 지지해주었다. 마드리드는 차별하기보다는 포용하며 약자를 배려해주었다.

시끄러운 나의 발음을 사랑스러운 눈짓으로 응대하며 "브라보!"를 외치는 이웃들이 격려에 이슬 같은 사랑이 맺혔다. 연습보다 더 좋은 스승은 따듯하게 배려하는 마음이었다. 에리히 프롬은 "사랑은 연습이다."라고 했다. 나를 진정으로 사랑한다는 것은 나를 위해 흘리는 땀방울에 타인의 지지가 숨어 있는 것이다. 땀보다 더 소중한 것은 이웃의 사랑이었다. 준비보다 더 좋은 스승은 없었다. 그 준비에 이웃의 사랑이 담겨 있었다. 그 사랑의 힘으로 무사히 발표가 끝났다.

길에서 만난 인생의 민낯

서울을 벗어나 스페인 마드리드에서 비로소 내 인생의 민낯을 바라볼 수 있었다. 국경을 넘어서는 순간 여행은 이미 시작되듯이 여행의 진실은 목적을 지워버리는 것이다. 스페인은 나에게 돈키호테의 풍차이자, 산티아고의 순례길이었다. 마드리드 건축 대학원의 수업은 낭만과 지뢰밭이 공존하는 서바이벌 게임이었다. 매 순간 현실의 알을 깨고 새로운 세상으로 나서는 모험이었다.

갯벌 속에 빠진 육체는 빠져나오려고 발버둥 칠수록 더욱 깊은 수렁으로 빠져버린다. 의식의 끈을 놓아버리는 순간 생각보다 수렁은 깊지 않았다. 살아 있는 한 스페인 문화의 향기는 스며들기 마련이었다. 담쟁이넝쿨이 세월보다 앞서 담장을 기어오르듯이 시간의 칼날과 정면승부를 벌일 필요가 없었다. 주어진 하루를 행복하게 사는 방법 중의 하나는 지금 이 순간 의지의 힘을 빼는 것이었다.

내가 가진 작은 것에 감사하고 지금 이 순간에 감사하는 마음이 여행자의 덕목이다. 이틀 공부하고 하루 답사하고, 이틀 공부하고 주말을 즐기는 환상적인 리듬이 삶에 활력을 심어주었다. 서울에서는 일에 파묻혀 사는 사람이었지만 스페인에서는 즐기는 사람이었다.

지하철 2호선처럼 무표정하게 순환하던 일주일의 시간이 창조적인 리듬으로 춤을 추었다. 수요일 답사는 살아 있는 물고기를 직접 손으로 잡아보는 감각의 향연이었다. 발바닥으로 스페인 문화의 감촉을 느끼는 모험이었다. 쉼표가 지루한 리듬을 완성시켜주듯이 수요일의 일탈이 일주일의 행복을 완성시켜주었다. 도서관의 의자만이 젊음의 이상을 실현시켜주는 것은 아니었다. 잘 논다는 것은 열정적으로 살아간다는 뜻이다.

목적지를 물어보고 버스 시간을 확인하고 맛집을 찾아다니며 길거리에서 마주치는 스페인 문화는 여행자의 박물관이다. 마드리드에 살면서 스페인 각 지방을 여행하는 것은 서울에서 살면서 가끔 유럽을 여행하는 것과 달랐다. 다양한 스페인 사람들과 문화의 속살을 파고드는 모험이었다. 그들 문화 속에 흠뻑 빠져서 그들의 삶을 체험하는 것이었다. 스페인에 살면서 건축과 도시를 여행하는 것은 생활 속에서 스페인 문화를 즐기는 축제였다. 세계가 공간적으로 하나라는 인식은 체험만이 줄 수 있는 감각의 선물이었다.

순수한 영혼들이 탐구하는 대학보다 그 나라의 문화를 잘 이해할 수 있는 열린 공간은 없다. 피도 눈물도 없는 비즈니스 무대와는 다르다. 대학은 최소한의 인간미가 넘치는 영혼의 오아시스다. 다양한 지식의 강물이 흐르고 문화의 향기가 넘치는 항구가 대학이다. 어느 나라 도시를 막론하고 대학은 그 사회에서 학문적인 뿌리이자 미래 사회의 발전소다. 희망과 절망이 교차하는 인생에서 유일하게 낭만과 시련이 공존하는 곳이 대학이다. 긍정과 부정이 시소게임을 벌이며 사는 것이 인생이다. 어느 한쪽으로 너무 치우쳐도 삶의 균형은 쉽게 무너진다.

금요일 밤이면 어김없이 배낭을 짊어지고 자유로운 영혼으로 마드리드를 벗어났다. 주말을 몽땅 공부에 소진해도 부족했지만 생각을 뒤집었다. 도서관에서 유독 나에게 세심한 배려를 해주었던 엘레나는 남편이 중국에 장기 출장을 가 있는 사이 대학원에서 논문을 쓰고 있었다. 그녀의 도움으로 참고도서를 쉽게 구하고 젊은 건축가들의 사무소까지 추천받았다. 어느 토요일 그녀가 전해준 전화번호를 손에 들고 망설이다 전화를 하고 말았다. 엘레나가 있는 사라고사는 마드리드와 바르셀로나 사이에 있다. 2008년 세계박람회를 개최한 사라고사는 에브로 강변에 자리 잡은 아라곤 왕국의 수도로서 마드리드에서 2시간여의 거리에 놓여 있다. 자하 하디드를 비롯한 세계적인 건축가의 작품들과 이슬람 시대의 유적까지 과거의 영광이 빛나고 있다.

고독한 남자에게 사라고사로 가는 것은 아라곤 왕자를 찾아가는 마드리드 카스티야 왕국의 이사벨 공주의 마음과 같았다. 아내를 두고 혼자 도망가듯이 떠나온 나와 남편을 중국으로 떠나보내고 홀로 남은 엘레나의 처지는 동병상련이었다. 사라고사에 놀러오라는 그 평범한 전화번호가 몸서리치게 집 나간 나의 마음을 이리저리 끌고 다녔다.

두려움을 말아 희망의 저수지를 만들기도 하지만 간절함의 둑이 터져 사랑의 홍수를 겪기도 한다. 발바닥은 머리가 보지 못하는 감각을 선물하지만 가슴은 몸과 정신을 마취시키며 외나무다리로 끌고 갈 때가 많았다. 이론보다 현장의 파노라마가 오감을 자극하듯이 사랑의 갈증이 발길의 방향을 결정할 때가 많았다. 그날 밤 나의 목적지 바르셀로나는 사라고사로 가기 위한 핑계였다. 여행은 온몸으로 표현하는 감각의 축제였다. 사랑은 길바닥에도 보석처럼 박혀 있었다.

금요일 밤, 혼자 떠나는 여행

아리스토텔레스가 우정을 '필요에 의한 우정', '여흥을 위한 우정', '선한 우정'으로 나누었듯이 여행도 필요에 의한 여행, 여흥을 위한 여행, 선한 여행으로 나눌 수 있다. 수요일 답사는 필요와 여흥이 반반씩 섞여 있었지만 금요일 밤 혼자 떠나는 여행은 선한 여행이었다.

혼자 떠나는 여행은 새로운 환경에 온몸으로 뛰어드는 초록 물고기다. 예수님, 부처님, 현자들처럼 세상의 주름 위에서 자신을 놓아버리는 의식이다. 낯선 문화 속으로 떠나는 여행은 그 자체로 명상이다. 예측할 수 없는 사건들이 길 위에서 벌어지고 그 사건들이 정신과 육체를 길들였다. 삶의 지혜라는 놈은 부딪히고 깨어지고 넘어지면서 스스로 강화됐다. 여행은 시간적 여유와 풍족한 비용보다 모험적인 도전의 결실이다. 혼자 떠나는 여행은 현실의 이탈을 실천하는 혁명이었다.

마드리드 건축 대학 친구들이 작성해준 여행 리스트는 살아 꿈틀거리는 수행 목록이었다. 그들이 소개하는 건축물이나 장소는 여행사의 상품과 다르게 한 번도 접하지 않은 것이 태반이었다. 신선한 문화적인 충격이 기다리고 있었다. 대중적으로 알려지지 않은 젊은 건축가의 거친 작품을 마주할 때마다 묘한 충격이 뒤통수를 때렸다. 한 번도 경험하지 못한 디자인 방법과 디테일로 완성한 실험작을 마주할 때마다 가슴이 울렁거렸다. 새로운 디자인과 디테일은 수많은 밤의 열기를 품고 있었다. 가슴을 전율시키는 작은 디테일 하나만으로 감동은 충분했다. 벽돌을 쌓아가는 양식의 차이 하나, 디테일 하나가 건물의 모습을 바꿔놓았다. 알람브라에서 코미야스Comillas의 엘 카프리초EL Capricho에 이르기까지 디테일은 건축의 가장 기본적인 세포 조직이었다.

부르고스, 빌바오, 살라망카에 이르기까지 모르는 도시, 거리, 건물을 만나는 것은 미지의 영웅과 만나는 설렘이었다. 이미 노출된 유명 작가의 작품은 만개한 꽃처럼 화려하지만 신비스러움이 없다. 디자인 개념과 디테일이 세상에 알져지지 않는 작가는 꽃봉오리 상태의 신비가 숨 쉬고 있다. 향기가 빠진 와인을 마시기보다 미지의 와인을 마실 때의 두근거림이 나는 좋았다. 세련된 디자인 방법보다 새로운 변화를 시도하고 있는 젊은 작가의 모험이 더 감동적이었다.

루쉰의 말처럼 "원래 지상에는 길이 없었다. 가는 사람이 많아지면 길이 되는 것이다." 세상이 이미 알려진 정보는 정보로서의 가치가 떨어진다. 저명한 작가의 작품만을 골라서 오퍼상처럼 감상하는 것은 모험이 아니었다. 마드리드 건축 대학 교수는 학생을 지도할 때마다 종종 이렇게 얘기했다. "자네가 하는 디자인은 유명 건축가 누구와 비슷하다. 유명 건축가는 그 디자인의 독창성으로 이미 대성을 거두었고 돈도 벌었다. 지금 자네가 그 사람의 디자인을 흉내 낸다고 자네의 디자인을 살 사람이 얼마나 될 것 같으냐." 이 말은 상당히 충격적이었다. 서울에서는 유명 건축가의 디자인을 흉내 내는 것만으로도 대단하게 생각하거나 적어도 묵인하는 상황이었다. 색인표에 따라 눈도장 찍듯 문화를 탐방하는 것은 내 상상력에 재갈을 물리는 짓이었다.

제자들이 유럽 여행에 관해 조언을 구할 때마다 나는 그곳 대학에 들러서 재학생들에게 조언을 듣고 여행 계획을 다시 세우라고 했다. 혼자서 하는 여행은 고독하고 불편하지만 장소와 시간에 얽매이지 않고 자유롭게 돌아보며 가슴으로 공감하는 모험이다. 어느 장소, 어떤 문화와 공간에서도 깨우침을 자극하는 선생은 의외의 호기심이었다.

나에게도 장소와 나라의 숫자를 세는 여행조차 감지덕지한 시절이 있었다. 누구에게나 양으로 즐기는 여행에서 질을 즐기는 여행으로 바뀌는 시점이 있다. 젊은 시절, 천지창조의 화려한 프레스코화에 놀라 목을 치켜들고 있었지만 가이드의 재촉에 그만 고개를 내리고 말았다. 그러나 유럽 친구들은 바닥에 침낭을 깔아놓고 느긋하게 천장을 감상하고 있었다. 시간과 인간과 문화와 공간과 장소를 조용히 음미하는 여행은 결코 서두르는 것이 아니다. 그냥 가슴에게 맡겨두는 것이다.

바르셀로나 몬주익 올림픽 경기장 입구에서 황영조의 감동을 느끼며 걷고 있을 때 한국의 젊은 건축 학도를 만났다. 이런저런 이야기를 나누다 그들 손에 쥐여 있는 여행 계획표를 보았다. 예상대로 신진 건축가의 작품은 보이지 않았다. 그들은 모험적인 여행을 하는 것이 아니라 판에 박힌 과거의 유적을 뒤적이고 다녔다.

마드리드 프라도 미술관에 일주일 내내 달려간 적이 있었다. 내가 좋아하는 작품 앞에서 피카소처럼 몇 시간이고 바라보며 즐겼다. 낯선 작품이 갑자기 친구처럼 다가오지는 않았다. 그러나 한 가지, 미술관은 서서히 탐색의 대상이 아니라 안방처럼 편안해지기 시작했다. 공간이 익숙해지자 그다음은 그림과 공간의 대화 소리가 들리기 시작했다. 사람을 한 번 봐서 알 수 없듯이 그림과 조각도 한 번 보고는 다 알 수 없다.

피카소가 학교 공부를 집어치우고 프라도 미술관에서 벨라스케스Velazquez의 작품을 매일 바라보며 명상에 잠긴 이유를 알 것 같았다. 유명하다는 그림을 눈도장 찍듯 도는 것만은 최소한 멈출 수 있었다. 아주 천천히 나만의 방식으로 상상을 하고 있는 그 순간 그림과 친구가 됐다. 예술가의 고독한 시간과 대화를 하는 순간 비로소 가슴의 문이 조금 열리고 눈이 밝아졌다. 그림에서 시대와 역사와 공간이 조금씩 보이기 시작했다. 어두운 영화관에 들어섰을 때처럼 조금씩 그림의 진실이 보이기 시작했다.

길 위의 자유인

이름 모를 거리를 따라 걷다보면 내가 상상하지 못했던 장소를 발견하기도 하고 현지인들의 도움으로 지도에 나오지 않는 의외의 장소에 다다르기도 한다. 그때 덧없는 시간을 핑계로 멈추지 않는다면 여행의 진실과 만날 수 있다. 이것이 다람쥐 쳇바퀴 돌리듯 잘 짜여진 일상에서 우리가 벗어나는 이유다.

세계 어디를 가든 말과 문화가 다른 지역을 여행하다보면 예상치 못한 일들이 시도 때도 없이 일어난다. 그 재미의 진실은 철저하게 나의 관점을 유연하게 할 때 슬쩍 드러난다. 한국 문화의 창으로 바라보는 것이 아니라 자유인의 창으로 바라볼 때 작은 차이의 불꽃이 튄다. 혼자서 하는 여행은 가끔 생채기를 내기도 하지만 그 아픔 사이로 드러나는 이전에 볼 수 없었던 속살을 만나게 한다.

혼자서 하는 여행은 고독하고 귀찮은 일이다. 여행 일정을 짜는 것부터 장소를 선정하는 것까지 모두 혼자 알아서 결정해야 하기 때문이다. 좋은 점은 나의 마음을 사로잡는 장소와 공간에서 충분하게 시간을 즐길 수 있는 것이고, 나쁜 점은 피할 수 없는 위험을 혼자 감내해야 한다는 것이다. 단순히 보고 느끼는 것에서 그치지 않고 만지고 호흡하고 체험하며 그들의 문화를 두드려보는 것은 여행의 거친 속살을 직접 만지는 일이다. 혼자서 하는 여행은 일방적인 나의 관점을 허락하지 않는다. 철저하게 그들의 문화와 풍습 속으로의 동참이자 참여하는 체험이다.

세심한 관찰과 체험의 과정이 사소한 것에서부터 내 기호에 맞지 않을 때도 있다. 여행이 인생길과 닮았다는 증거다. 호기심과 의외의 유혹으로 전체 계획이 통째로 뒤바뀌기도 한다. 때로는 감정에 이끌려 길을 잘못 들어가기도 하고, 때로는 호기심으로 예정에 없던 코스를 선택해 뜻밖의 횡재를 하기도 한다. 약간은 귀찮고 때로는 위험할 수도 있는 긴장과 환희가 교차하는 것이 혼자 하는 여행의 매력이다.

끊임없이 상황에 흔들리고 그 상황을 새로운 즐거움의 마중물로 바꾸며 새로운 변화를 주도하는 것이 고독한 여행의 즐거움이다. 버스와 기차를 놓쳐서 반사적으로 새로운 교통편을 찾고, 새로운 숙소를 찾고, 예정에 없던 장소를 기웃거리기도 하며, 도둑을 만나서 빈털터리 신세로 친구에게 도움을 요청하기도 하는 것이 여행의 선물이다. "여행이란 식중독과 노상강도의 위험, 뜻하지 않은 분쟁, 소지품 분실 그리고 피로감으로 범벅이 되는 그 무엇이다."라고 무라카미 하루키는 말했다.

여행은 마치 인생의 축소판처럼 행복 속에 불행을 감추고 있거나 불행 속에 행복을 감추고 있다. 우여곡절이 일어날 때마다 그것을 해결하는 것이 여행의 진실이며 도전이자 재미다. 고독하고 힘든 시간 속에서 내 자신의 새로운 모습을 발견하고 실타래같이 헝클어진 내 삶의 진실과 마주할 수 있다. 여행의 진실은 뜻밖의 사건으로 숨어 있던 나 자신의 용기와 비겁함과 마주치는 모험이다.

혼자서 하는 여행은 언제나 길 위의 방랑자가 된다는 것을 의미한다. 나의 마음이 머무는 대로 할 수 있는 자유는 무한 책임을 동반한다. 혼자서 하는 여행은 자유에 대한 진정한 해방감의 분출이다. 육체 위에 던져진 신의 숙제를 푸는 일이다. 그래서 모험은 젊은이와 궁합이 잘 맞아떨어진다. 때로는 여행의 목적이 나를 바람에 날아가지 않게 지켜주는 좋은 보호자가 되어준다. 누구나 미래를 예측하고 살아가고 싶어 하지만 불확실한 미래 속에 담겨 있는 우여곡절을 알지 못한다. 마흔다섯의 철 지난 청춘이 스페인을 여행하며 책임과 자유를 발견하게 했던 것, 바로 그것이 여행이 내게 준 것이다.

올레! 캄페오네스!

나는 열광적인 축구광은 아니다. 그러나 스페인 마드리드에서는 축구를 사랑하지 않을 수 없었다. FC 바르셀로나의 끈적거림이 좋았지만 마드리드에서는 레알 마드리드를 응원하지 않을 수 없었다. 2002년 월드컵에서 박지성에게 무너진 포르투갈의 피구는 레알 마드리드의 영웅이었다. 얼굴도 잘생겼지만 상대 수비수를 파고드는 날렵한 모습은 밀림의 사자처럼 당당했다. 특히 여성 팬들은 피구의 몸짓 하나하나에 자지러지며 탄성을 질렀다. 일흔을 넘긴 페피타 할머니의 극성은 천국에 닿을 정도였다.

피구의 최대 장점은 오늘날 호날두처럼 환상적인 드리블로 수비를 제치며 골을 넣는 것이 아니라 동료 선수에게 찬스를 만들어주는 점이다. 당연히 도움받은 동료는 자연스럽게 피구에게 다시 기회를 주었다. '기브앤드테이크' 축구가 인생을 닮았다고 믿게 만든 선수가 레알 마드리드의 피구였다.

주위의 모든 사람들이 축구를 좋아하는 나라는 스페인밖에 없을 것이다. TV를 켤 때마다 축구만을 방송하는 것 같은 착각이 들었다. 하루 종일 축구 경기를 보고 즐기는 페피타 할머니가 레알 마드리드의 기둥이었다. 입에 침이 마르도록 피구를 자랑하며 좋아하는 페피타 할머니는 나이를 지워버린 영원한 소녀였다. 유교사회에서 자란 한국 아저씨 눈에 비친 스페인 축구는 말 그대로 광란의 도가니였다. 도대체 축구가 무엇이기에 스페인 사람들이 그렇게 열광하는지 알 수는 없지만 그들의 삶 속에 깊숙이 자리 잡은 축구의 광기는 로마의 원형경기장, 콜로세움에 닿아 있었다.

그들에게 축구는 축제의 연장이다. 호모 루덴스를 실천하는 삶이다. 스페인 사람들의 일상생활 속에 축제 문화가 혈관처럼 흐르고 있다. 축구는 그들 문화의 기둥이다. 축구를 사랑하는 것은 그들 문화를 실천하는 것이다. 스페인어를 못하는 것은 전혀 문제가 되지 않았다. 화면으로 충분히 의미를 파악하고 공감할 수 있었다. 같이 소리치고 아쉬워하는 것으로 족했다. 칠순의 할머니 입에서 쉴 새 없이 흘러나오는 피구에 대한 칭찬에서 할머니의 변치 않는 로망이 보였다.

요즈음 우리나라 야구장과 축구장에도 나이와 상관없이 열광적으로 응원하는 열혈 할머니 팬들이 생겨나고 있다. 페피타 할머니에게 레알 마드리드의 피구는 고대 그리스의 헤라클레스였다. 호메로스 영웅들의 경쟁의식과 아레테(이상)를 추구하는 그리스의 운동 정신은 스페인 축구에 고스란히 스며들어 있다. 그리스 시인 핀다로스Pindaros가 말한 위엄 그들에게 축구는 축제의 연장이다.

호모 루덴스를 실천하는 삶이다.

스페인 사람들의 일상생활 속에 축제 문화가 혈관처럼 흐르고 있다.

축구는 그들 문화의 기둥이다.

축구를 사랑하는 것은 그들 문화를 실천하는 것이다.

과 겸손함이 결합된 운동 정신 '아이도스Aidos'가 내재되어 있다.

스페인 축구에는 고대 올림피아 제전에서 유래된 종교적인 신성함, 철학자들의 영향, 문학의 우승자 예찬, 예술에 나타난 인체의 완벽함, 음악적인 리듬과 조화 등이 면면히 내려오고 있다. 스페인 축구스타는 올림피아 제전에서 비롯된 탁월성을 갖춘 전인의 대명사로 가장 숭고한 아레테의 상징으로 추앙받는다.

레알 마드리드가 승리한 날, 광란의 축제 발화 지점은 언제나 마드리드 전설의 분수인 시벨레스 광장이었다. 마드리드의 동맥인 그란 비아 거리와 프라도 거리가 교차하는 광장 주변에는 스페인 제국주의 영광을 간직한 건축물들이 진열되어 있다. 그중에서 단연 최고의 건축물은 체신청 건물이다.

벨 에포크Bellé Epoque 시대의 대표적인 건축물로서 안토니오 팔라시오스Antonio Palacios의 작품으로 고딕과 르네상스 양식을 조합한 모뉴멘탈 양식monumental style이다. 동쪽 알칼라 대문과 마주하고 있는 시벨레스 광장은 마드리드의 심장답게 원형의 분수대 위에 그리스 신화에 나오는 풍요와 자연의 상징이자 하늘과 땅의 여신인 시벨레스의 조각이 놓여 있다. 사자가 끄는 마차에 당당하게 올라탄 여신의 모습을 기품 있게 표현한 시벨레스 조각 작품이 그리스의 아레테를 상징하며 신성한 분수 위에 떠 있다.

한때 카를로스 3세가 이 동상을 세고비아로 옮기려 했지만 마드리드 시민들의 반대로 무산됐을 정도로 사랑을 받고 있다. 이곳 시벨레스의 여신에게 승리의 축배를 바치는 순간 마드리드가 떠나가도록 승리의 함성이 울려 퍼지며 곧바로 광란의 축제가 시작됐다.

이때 목청이 터져라 외치는 함성은 "올레! 올레! 올레! 캄페오네스! 캄페오네스!"(이겨라! 이겨라! 이겨라! 챔피언!)이다. '올레!'는 '알라Allāh'에서 유래했다는 언어적인 기원이 있으며 의미를 거슬러 오르면 신의 완벽한 능력을 기대하는 것이다. 전철 안에서도 버스 안에서도 발을 구르며 승리의 축가를 부르지만 아무도 제지하는 사람이 없었다. 그들의 광적인 축구 열기는 이해하는 것이 아니라 함께 행동하며 느끼는 호모 루덴스의 환영이었다. 젊은이들이 어깨동무를 하고 전철 안이 난장판이 되도록 뛰어다녀도 아무도 제지 않는 그들의 축제 문화는 인간은 감정의 동물임을 선언적으로 보여주는 것 같았다.

축제를 위해 사는 사람들

3월 하순에 시작하는 세마나 산타Semana Santa(성주간 축제), 성모 마리아와 예수의 상을 대좌에 앉히고 행진하는 축제는 마요르 광장에서 출발했다. 시민들이 온갖 장식으로 몸을 치장하고 가장행렬의 진풍경을 연출하는 곳도 마요르 광장이다. 행진이 끝나고 나면 삼삼오오 모여 밤새 마요르 광장 골목에 줄 지어 있는 주점에서 칼리모초와 맥주를 마시며 춤추었다. 일면식도 없는 옆 사람의 어깨를 부여잡고 광란의 춤을 추었다. 리듬에 맞춰 발로 뛰며 옆 사람에게 어깨를 내어주고선 원을 그리며 좌로 돌고 우로 빙빙 돌며 목청껏 노래를 불렀다.

축제의 전반전이 잘 짜인 각본에 따른 이벤트라면 축제의 후반전은 자발적인 참여자의 열정으로 이루어지는 퍼포먼스다. 서로 잘 알지도 못하는 사람들이 어깨를 부여잡고 박자에 맞춰 춤추며 노래 부르는 것은 즉흥적인 열정이다. 취기가 가라앉을 만하면 마시는 음료수가 바로 칼리모초였다. 진이 빠질 만하면 칼리모초를 마시며 끊임없이 춤을 추었다.

한 사람씩 개인기를 발휘하다가 지치면 서로 어깨를 부여잡고 빙빙 돌면서 발을 구르고 소리 지르기를 수없이 반복했다. 누군가 선창을 하면 다들 후렴을 외치며 즐거운 리듬을 이어나갔다. 좌로 돌고 우로 돌며 발과 손뼉을 치며 노래 부르는 단순한 행동이었지만 흥이 돋았다. 즐거운 마음으로 축제를 즐기며 몸과 마음을 온전하게 군중 속에 몸을 맡겨버렸다. 어디서 "도스dos, 트레스tres, 쿠아트로cuatro(하나, 둘, 셋)!"라고 외치며 선창하면 나도 따라 외쳤다. 플라멩코 무희처럼 몸을 흔들고 발로 땅을 치기만 하면 그것으로 족했다. 물이 흐르는 대로 바람이 부는 대로 몸이 가는 대로 놓아두면 그것으로 족했다.

스페인은 연중 축제가 벌어지는 마법의 나라다. 스페인은 축제를 '국내 관심축제'와 '국제 관심 축제'로 분리하여 철저하게 관리한다. 축제의 역사가 적어도 300년은 중단 없이 지속되어야 국내 관심 축제 타이틀이 주어진다. 국내 관심 축제 타이틀을 적어도 40년 이상 보유해야만 국제 관심 축제 타이틀을 부여받는다. 스페인은 전국에 국제 관심 축제로 선정된 것만 40여 개에 이른다. 스페인의 축제는 전시하는 것이 아니라 참여해 즐기는 것이다. 축제는 일상으로부터 벗어난 짧은 휴가다. 발렌시아의 파야스fallas 축제, 세비야의 4월 축제, 팜플로나의 산 페르민 축제, 부뇰Bunol의 토마토 축제를 스페인의 4대 축제로 꼽는다. 스페인 축제는 인간이 본질적으로 축제를 즐기는 인간homo festivus, 현실에서 불가능한 꿈을 꾸는 인간homo fantasia임을 증명하는 것이다. 축제

Los Castelle
10. NOV.

스페인의 축제는 인간이 본질적으로 축제를 즐기는 인간,
현실에서 불가능한 꿈을 꾸는 인간임을 증명하는 것이다.
축제는 오직 인간만이 꿈꾸고 실현할 수 있는 행위이며
인간과 동물을 구별해주는 문화이다.

는 오직 인간만이 꿈꾸고 실현할 수 있는 행위이며 인간과 동물을 구별해주는 문화이다.

축제는 새벽의 이슬이 옷깃을 적실 즈음에서야 끝이 났다. 마드리드 토박이 다비드가 앞장섰다. 저만치 광란의 리듬이 낮게 깔린 어둠속으로 들어갔다. 퀴퀴한 담배연기와 광란의 조명이 젊음을 태우고 있었다. 이글거리는 조명 아래 고막이 찢어질 것 같은 빠른 리듬이 젊음의 열정을 부채질하고 있었다. 순간 늦된 남자의 그림자는 달아나고 호기심 많은 이십대 청년으로 다시 태어났다. 밤새 광장을 메웠던 청춘들이 모두 다 디스코클럽으로 몰려와 있었다. 그 불꽃 사이로 남미 출신 여인의 육체가 리듬을 타고 있었다. 열정을 분출하듯 움직이는 그녀의 실루엣은 헤라클레스를 유혹하는 비너스 그 자체였다.

욕망의 자유가 빚어내는 그녀의 자태는 조신한 몸에 광기의 여신이 재림한 것 같았다. 거친 숨소리마저 지워버리는 살사 춤이 현란한 조명과 광란의 음악까지 삼켜버리며 클럽 안은 무아지경으로 끈적거리고 있었다. 이십대 여인의 젊음이 우물쭈물하다 지나쳐버린 나의 지난 청춘을 흔들고 있었다. 돌아갈 수 없는 청춘의 시간보다 더 아름다운 과거는 없다. 오 헨리의 《마지막 잎새》처럼 내 인생에서 가장 소중한 시간이 떨리고 있었다. 날아가는 화살보다 아름다운 것은 없다. 더 이상 서 있을 힘조차 남아 있지 않았다. 다비드의 만류를 뿌리치며 조용히 빠져나왔다. 철 지난 청춘의 만용을 새벽하늘이 반겨주었다.

스페인에서는 남녀노소, 국적과 피부색과 나이와 무관하게 누구나 축제를 즐길 수 있다. 스펀지처럼 축제의 열기를 그냥 빨아들이면 그만이다. 축제의 진실은 지금 이 순간을 본능적으로 즐기는 것이다. 축제는 개인주의에서 공동체 문화로의 회귀다. 나는 가끔 칼리모초를 만들어 마신다. 내 청춘의 성배에 담긴 스페인의 추억을 마신다.

상상력의 꽃, 빌바오 구겐하임

하늘에 구름사다리를 놓는 일이 여행이다. 생각의 정지선을 지워버리는 것이 여행의 낭만이다. 모든 생명들이 깨어나는 여명 속으로 돌진하는 새벽 버스는 태양을 향해 날아오르는 파에톤의 전차였다. 시간의 정적 사이로 여명의 떨림이 전해주는 이색적인 공기는 피할 수 없는 여행자의 선물이다. 까만 밤의 정적을 품어보지 않으면 원시의 생동감을 느낄 수 없다. 세월의 허망함이 퇴색시켜버린 삶의 진실들이 스페인의 밤하늘에 반짝이고 있었다.

태양이 고개를 세울 즈음 버스는 바스코의 중심 도시 빌바오에 도착했다. 인구 35만여 명의 빌바오는 비스카야Vizcaya 주의 주도이며 스페인에서 가장 부유한 바스코 민족이 사는 도시다. 북유럽에서 흘러들어온 바스코 민족은 언어와 풍습도 이베리아 족과 다르고 피부색과 신체 구조도 다르다. 피카소의 위대한 명작 '게르니카'는 바스코 민족의 참상을 만천하에 알린 그림이다. 프랑코의 사주를 받은 히틀러가 바스코 민족의 성지인 게르니카를 무차별 공격했다. 살상과 프랑코의 푸대접은 바스코 분리주의자들의 독립의지만 심어주었다.

빌바오는 프랑스와 인접한 대서양의 항구도시로 빌바오 강의 협곡을 따라 도시가 형성되어 있다. 한국의 조선업이 번창하기 전에 풍부한 철광석을 기반으로 조선업으로 번창했다. 조선업의 쇠퇴로 빌바오 강 연안의 산업단지는 폐허로 변했다. 홍수 피해를 재건하기 위해 민관이 합심해 찾아낸 키워드가 문화였다. 그 문화의 꽃이 빌바오 구겐하임이다.

구겐하임 신축 비용은 빌바오 시에서 부담하고 미술관 운영은 구겐하임에서 맡아 진행하는 혁신적인 제안이 성사되었다. 세계적인 미국 건축가 프랭크 게리가 설계한 구겐하임은 지금까지 건축 공간이 간직한 상식의 틀을 통째로 흔들어버렸다. 모더니즘 범주의 단순하고 절제된 상자로서의 미술관을 거대한 조각품으로 치환했다. 코페르니쿠스적 발상의 전환이었다. 미술관은 미술품과 유물을 보관하는 건강하고 세련된 그릇의 기능에서 도시 속의 거대한 조각품으로 거듭났다.

이후 구겐하임은 빌바오의 랜드마크이자 아이콘으로 부상했다. 폐허의 산업 공장지대가 굴뚝 없는 문화 산업단지로 비상하기까지 지난한 토론과 합의 도출의 시간이 걸렸다. 미래 산업의 키워드로 문화를 선택하는 것은 결코 쉬운 일이 아니었다. 주 정부와 빌바오 시민들의 지루한 인내의 열매였다.

서로 다른 높이의 대지의 조건을 적극적으로 활용했다. 기존 구시가지 도시 레벨에서 보면 단아한 높이지만 강둑에서 바라보면 거대한 조각물이다. 강둑에 거대한 추상 이미지가 똬리를 틀고 있는 모습이지만 구 시가지에서 바라보면 세련된 중세 석조건물의 연속이다.

구겐하임 서쪽 에스칼두나 다리 건너 북쪽 강변을 따라 바라보는 구겐하임 미술관은 강물 위에 떠 있는 한 송이 꽃이다. 빛과 구름이 옷을 갈아입을 때마다 티타늄 갑옷은 빛을 반사시키며 거대한 발광체가 된다. 비가 올 때는 건물 속에서 마치 빛이 새어나오는 것처럼 금빛을 발산한다. 변덕이 죽 끓듯 자신의 모습을 갈아입는 대서양 날씨에 맞춰 구겐하임은 춤을 춘다. 햇빛에 발광하다 구름 속에 내숭을 떨다 빗속에서 다시 일어선다. 구름을 비집고 새어나오는 빛줄기는 예수님의 후광처럼 동심원으로 퍼져나가며 빌바오의 풍경으로 자리 잡았다. 이 빛이 구겐하임의 비늘에 부딪히는 순간 오묘한 빛의 스펙트럼이 빌바오의 하늘로 퍼져나간다. 날렵하게 흐르는 곡면의 표피에는 0.5밀리미터의 티타늄 판 3만여 장이 정교하게 엮여 있다. 햇빛의 강도와 밀도와 각도에 따라 티타늄판은 빛을 머금고 품고, 비추기를 조절하며 춤을 춘다. 청어의 비늘처럼, 거대한 빛의 파노라마를 연출하며 상상 속의 옷을 갈아입는다.

강 건너 살베 다리의 오래된 돌음계단을 타고 올라서는 순간 발아래

천 길 낭떠러지에서 강물이 굽이치며 구겐하임의 수평선을 받치고 있다. 그 두려움으로 바라본 구겐하임은 바다의 신 포세이돈의 품에 안긴 아테나 여신처럼 빛나고 있다. 살베 다리를 받쳐주는 붉은 색의 철 구조물과 프랭크 게리의 초현대적인 계단 탑은 구겐하임의 상징이자 빌바오의 등대처럼 빛난다.

기념비적인 계단 탑은 해체주의 작품처럼 빌바오의 상징성을 각인시키며 살베 다리의 수평동선을 경쾌한 해학으로 풀어헤쳐 구겐하임으로 이끈다. 마치 강물 위를 날아가는 한 마리의 학처럼 고고하게 강변으로 미끄러진다. 구겐하임의 상징처럼 강변에 높이 솟아 있는 거대한 송이버섯 구조물은 연못에 제 얼굴을 비추고 있다. 그 앞에는 거울처럼 정갈한 물의 정원이 펼쳐지며 그 위로 유선형의 오솔길이 아름다운 곡선으로 살포시 날아오른다. 좌측엔 미술관의 인공 연못이, 우측엔 빌바오 강물의 거센 물결이 작은 브리지를 허공으로 밀어 올리는 느낌에 발바닥은 신선이 된 것 같다. 맵시 있게 뛰어가며 뒤태를 살짝 들어 올리는 공주의 치맛자락처럼 "나(구겐하임) 보고 느끼는 것 없어?"하며 뽐내고 있다. 노을이면 노을, 밤이면 밤마다 그 자태를 과시하며 구겐하임은 모습을 갈아치웠다. 마치 제 얼굴을 강물에 비추며 상상 속의 거대한 꽃으로 다시 피어나는 것 같다.

건축가 게리의 창조적인 아이디어가 퇴색되어가던 도시에 활력을 불어넣으며 단숨에 구겐하임을 기념비적인 공간으로 탈바꿈시켜버렸다. 몇 년이 지나지 않아 건축 공사비를 모두 회수하고도 남을 만큼 관광객들이 밀려들었다. 빌바오 구겐하임은 도시의 새로운 아이콘으로 변신했다. 건축이 완벽하게 도시의 조각품이 될 수 있다는 가능성을 구겐하임은 보여주었다. 가우디를 존경한 프랭크 게리는 가우디의 자유 곡선을 독창적으로 재해석해 빌바오 구겐하임에 적용했다. 창조적인 건축물 하나가 도시를 변화시키고, 한 사람의 상상력이 세상을 바꿀 수 있음을 구겐하임은 보여주었다.

도시는 상상력의 미로다

아침 일찍 마드리드 동북부 55킬로미터에 위치한 과달라하라Guadalajara의 유적지로 향했다. 낡은 성벽과 주거지로 이루어진 알카사르Alcazar는 고색창연한 성벽 뼈대만이 세월의 깊은 한을 물고 있었다. 각 파트별로 실측하고 보고서를 작성하기 위해 오전부터 분주하게 움직였다. 이마 위에 태양이 올라타는 순간 도시의 정령이 나를 부르는 것 같았다. 줄자와 실측 도면을 니콜라에게 던져버리고 뒤도 돌아보지 않고 과달라하라의 밀림으로 달아났다. 12시 30분까지 오라는 니콜라의 목소리가 화살처럼 등 뒤로 날아오고 있었다.

신작로 오른쪽을 개선장군처럼 지키고 있는 과달라하라의 왕자궁이 바쁜 발걸음에 재갈을 물렸다. 스페인 고딕 양식과 이슬람 양식을 절충해 유럽의 어떤 나라에서도 볼 수 없는 스페인 특유의 무데하르 양식으로 지었다. 이색적인 기하학의 옷을 입고 있는 왕자궁의 정면에는 수많은 다이아몬드 모양의 작은 돌들이 질서 있게 박혀 있다. 익살스러운 궁전 입면과는 대조적으로 궁전 내부의 중정은 화려한 장식의 열주들이 중정을 에워싸며 황금빛으로 물들어 있었다. 순간 눈이 멀 것 같았다.

서둘러 산티아고 성당과 다발로스 왕궁까지 이어진 과달라하라의 젖줄을 파고들었다. 잘 엮여진 보행자몰은 도시 중심을 흐르며 작은 공원과 광장과 중세 건물을 포도송이처럼 물고 있다. 작은 전원도시지만 모든 거리는 자연스럽게 보행자몰로 연결되어 있다. 지나가는 행인에게 "이 도시가 마음에 드느냐?"는 질문을 던졌다. 단 1초의 머뭇거림도 없이 "마드리드와는 비교할 수 없는 살기 좋은 도시!"라며 엄지손가락을 치켜세웠다. 차량과 보행자 동선이 넉넉하게 구분되어 있는 전원도시에서 사람이 존중받는다는 느낌을 받았다. 사람이 도시에 기대어 살아가는 것이 아니라 사람을 위해 도시가 품을 내어준 곳이다.

과달라하라의 속살을 이리저리 훔치고 있을 때 페루 출신 이사벨이 이동할 시간이 얼마 남지 않았다며 서둘러 뛰어갔다. 12시 30분까지 시간이 충분하다고 했더니 고개를 갸우뚱하며 걸음을 재촉했다. 좋은 장소와 공간에서 시간은 바람처럼 흘렀다. 12시 15분이 지나고 있었다. 바쁜 걸음에 박차를 가하며 허겁지겁 알카사르로 걸어가고 있었다. 어디선가 나를 부르는 소리가 들렸다. 한적한 전원도시, 그것도 스페인 과달라하라에서 나를 부를 사람은 없었다. 잠시 환영이었나 보다 생각하는 차에 니콜라의 넓은 어깨가 길을 막았다. 어디선가 너털웃음이 들렸다. 멕시코에서 온 우고가 길가 벤치에 앉아 있었다. 깜짝 놀라 "왜!

여기 서 있어?"라고 했더니 그 말이 땅에 떨어지기가 무섭게 니콜라의 언성이 날을 세웠다. "파코! 왜 휴대폰을 가지고 다니지 않는 거야!"라며 타박하듯 몰아붙였다. 어이가 없다는 듯 너털웃음을 짓고 있는 우고의 표정이 모든 것을 설명하고 있었다.

순간 바지주머니에 손을 넣었다. 따뜻한 온기 사이로 무전기 같은 휴대폰이 손에 잡히지 않았다. 아차! 휴대폰을 가방에 넣어두었구나. 전화받을 일이 거의 없는 휴대폰은 단순히 장식품에 지나지 않았다. 오늘처럼 위급한 상황에 대비하려고 무전기 같은 휴대폰을 들고 다닌 거였는데, 정작 필요할 때는 버려두었다. 12시 30분 전이라는 말을 12시 30분으로 알아들은 것이다. 30분 전과 30분을 구분하지 못한 나의 스페인어 실력이 사고를 치고 말았다. 갑자기 심장의 피가 거꾸로 솟아올랐다. 순간 눈과 귀를 다 막고 싶었다.

알칼라 대학 교수의 특강을 미룰 수 없었던 일행들의 버스는 먼저 떠나고 대신 니콜라와 우고가 나를 기다리고 있었다. 지루한 특강 듣지 않아서 좋다는 니콜라의 위로가 납처럼 무겁게 짓눌렀다. 기차표를 구입하고 식사비까지 지불하려는데 공과 사는 구별해야 한다며 니콜라가 제지하고 나섰다. 이들의 합리주의가 때로는 차가운 강물처럼 냉정했다. 알칼라 대학에 도착했을 때 20여 명의 친구들이 환성을 지르며 나를 반겼다. 쥐구멍이라도 찾고 싶었다. 로사 선생이 다가오더니

"파코는 우리 모두를 서울로 초대해야 한다."고 했다. 그날 이후로 답사를 떠날 때마다 로사의 주의를 받았다. 그때마다 친구들은 박장대소했다. 20명의 친구들을 서울로 초대하겠다는 약속을 아직 지키지 못하고 있다. 그러나 그 추억만은 영원히 간직할 것이다.

아란후에스의 사랑

스페인 아란후에스는 호아킨 로드리고Joaquin Rodrigo의 사랑으로 더 유명한 곳이다. 아란후에스 협주곡의 선율을 리드하는 호른의 연주가 청아하게 떠오르는 도시다. 세 살 때 눈이 멀었지만 불굴의 의지로 20세기 위대한 작곡가의 반열에 오른 로드리고의 열정이 빛나는 곳이다. 사랑으로 피어올린 아란후에스의 속살은 그래서 더욱 아름답다. 아란후에스를 감싸고 흐르는 타호 강의 느린 물줄기를 품고 침묵의 선율이 사랑을 노래했다.

후안 로드리고는 피아니스트로 기타를 연주한 적이 없었다. 그가 시력을 잃은 지 30년이 흐른 어느 봄날 빅토리아 부인의 손에 이끌려 프랑스 베르사유 궁전을 닮은 절대왕정풍으로 꾸며진 왕자의 정원을 걸었다. 그 순간 로드리고의 귀와 코와 가슴으로 어릴 적 어머니와 숲 속을 거닐며 들었던 새 소리, 풀벌레 소리, 봄바람에 실려 온 꽃향기가 들어와 굳게 닫혀 있던 마음의 빗장을 열고 스며들었다. 어머니의 회상 위로 굴곡진 스페인의 역사가 바람처럼 흘렀다.

이슬람풍의 호른이 로코코풍의 화려한 궁정 무도회의 분위기를 앞

세우고 굴곡진 스페인 역사의 아픔을 스페인 민속기타로 아로새긴다. 가슴을 파고든 음악의 향기는 오장육부를 돌아치며 상상력의 날개를 펄럭거렸다. 뒤이어 나폴레옹 이전의 화려한 스페인 민족주의를 상징하는 선율들이 쇄락한 스페인의 허리를 감싸며 아란후에스의 나비처럼 봄바람을 타고 날았다. 열정적인 투우사를 연상시키다 곧바로 검은 머리 깊은 눈동자의 플라멩코 무희의 열정 속으로 침잠했다. 밝음과 어둠, 기쁨과 슬픔의 극단을 가로지른 로드리고의 아픈 삶과 화려한 왕실의 덧없는 영광이 마치 연철과 강철이 포개지면서 부러지지 않는 강철의 의지를 날카로운 날에 실은 칼처럼 세월의 무상함 속에 아름다운 색을 입혀준다. 특히 2악장은 작열하는 스페인 태양처럼 투명하다. 청명한 스페인 태양 아래 마시는 상그리아처럼 상큼하지만 동시에 가슴이 아팠다.

로드리고의 선율은 외형적인 아름다움에 기대는 눈이 아니라 몸과 가슴으로 소통하는 내밀한 자연의 생명이다. 아란후에스 협주곡을 듣는 사람들은 이성의 눈을 감아야 한다. 그가 펼쳐놓은 상상력의 편린들은 눈이 아닌 영혼의 하늘로 날아다닌다. 로드리고는 아마 빅토리아 부인의 손에 이끌려 왕궁의 화려한 실내 장식과 값비싼 가구와 도자기와 시계 같은 고급 수장품들의 이야기를 들었을 것이다. 왕자의 정원이 기하학적인 선형의 길과 폭포와 분수와 정원들이 프랑스 루이 14세가 추구한 절대군주제의 이념을 반영한 차가운 형식주의 정원이라는 이야기도 들었을 것이다. 마치 자신이 태양의 아들인 것처럼 자신이 일어나는 시간은 일출이고 잠자는 시간은 일몰이라고 터무니없는 공상에 사로잡힌 태양왕의 이야기도 알고 있었을 것이다. 왕자의 정원이 1,763년 스페인에서 가장 무능한 카를로스 4세를 그림자처럼 두르고 섭정왕비 마리아 루이사가 마치 왕처럼 군림하며 프랑스 건축가의 손을 빌려 만든 베르사유 궁전과 닮은 절대 왕정풍의 궁전이라는 사실도 알고 있었을 것이다.

그럼에도 불구하고 아름다운 빛과 바람과 숲과 꽃과 벌과 나비가 차가운 기하학을 지워버린 충만한 정원에 대한 이야기도 들었을 것이다. 스페인의 가장 무능한 국왕을 섭정한 왕비가 만든 권위의 정원에서 첫 아들을 잃은 로드리고의 아픔이 봄 나비처럼 창공으로 날아올랐다. 허망하고 덧없는 로드리고의 삶을 위로해주는 유일한 친구가 스페인에서 가장 권위적인 정원에서 피어난 자연의 향기라는 것을 로드리고는 가슴으로 직감하고 있었다. 세계를 호령하던 중세 스페인 왕국의 자존심을 회복하고 싶었던 로드리고의 염원이 스페인 역사에서 가장 비극적인 왕자의 정원에서 움트기 사작했다.

젊은 시절 스페인 내전으로 프랑스를 떠돌았던 그의 손으로 스페인의 가장 위대한 음악을 탄생시킨 곳이 하필이면 스페인의 가장 어두운 역사가 뼬처럼 펼쳐진 왕자의 정원이었다. 불우한 젊은 시절을 맹인으로 살아온 로드리고는 스페인 최대 비극의 주인공인 카를로스 4세의 왕자의 정원에서 화려하고도 슬프고, 밝고도 어두운 영혼이 허공 속에서 한줄기 빛처럼 위대한 악장으로 피어올랐다.

아란후에스 궁전은 여름 별장과 사냥터로서 타호 강을 끼고 도시 전체의 20퍼센트를 차지하는 150만 제곱미터의 평원에 펼쳐져 있다. 왕자의 정원 서북 쪽에는 전원형으로 낮게 깔린 뱃놀이 집Casa de Mainos이 정원의 일부처럼 목가적으로 놓여 있고, 그 내부에 화려한 왕실 선박이 허망하게 놓여 있다. 조금 더 남쪽으로 숲길을 따라 내려가면 'ㄷ' 자 모양의 농부의 집Casa del Labrador으로 불리는 숲 속 별궁이 단아하게 자리하고 있다. 그 내부에 스페인 각지의 풍경을 자수로 장식한 마리아 루이사 왕비의 방이 무심한 세월을 전시하고 있다. 우매한 남편 카를로스 4세를 섭정하다시피 폭정을 휘두른 마리아 왕비의 사치스러운 방에서 로드리고의 아픔이 교차했을 것이다. 화려함과 비극은 서로의 리듬에 기대어 아름다운 선율을 잉태했다. 삶과 죽음과 희극과 비극이 교차하는 이 세상을 타락한 '카를로스 4세의 가족The Family of Charles IV'의 진실과 대비시킨 고야의 차가운 색채 속에 감추어버렸듯이 로드리고는 현실과 이상을 환상적인 리듬 속에 교묘하게 비틀어놓았다.

아란후에스에서는 국가, 종교, 신분, 남녀의 구분을 지워버린다.

어머니의 사랑이 객기 어린 아들의 성난 마음을 잠재워버린다.

너그러운 수평선이 품고 있는 것은 무한한 사랑이다.

프랑스 부르봉 왕조의 영향을 받은 아란후에스는 궁전을 중심으로 태양빛이 사방으로 퍼져나가는 것 같은 방사형 가로가 도시를 조각하고 있다. 300년 건설 과정이 고스란히 박제되어 있는 아란후에스 궁전은 그 자체로 건축 박물관이다. 마드리드 북부의 엘에스코리알 왕궁을 지은 건축가 후안 데 에레라Juan de Herrera의 설계로 건설됐다. 동서축에 맞춰 거대한 방패연을 배치하듯 아란후에스는 전체적으로 절대왕정을 상징하는 대칭구조의 볼륨을 유지하며 전원도시의 낮은 수평선을 깨뜨리지 않았다.

특히 서측 회랑의 열주는 기하학적인 리듬이 빛과 어우러져 아란후에스 협주곡의 기타 선율이 됐다. 아란후에스의 회랑은 그 자체로 얼어붙은 음악의 리듬이자 한 편의 시다. 'poetry(시)'의 어원은 '만들다'라는 의미의 고대 그리스어다. '쌓아올리다' 혹은 '정리하다'를 뜻하는 어근은 시와 선율과 건축이 하나임을 뜻하고 있다.

절대왕정의 기하학적인 리듬이 타호 강의 느린 물줄기를 타고 수평선으로 낮게 누워 있는 정원의 숲을 간질이는 순간 이미 자연의 일부가 되어버렸다. 권위적인 리듬조차 품어줄 만큼 아란후에스의 수평선이 품고 있는 물과 숲이 너그러운 것이다. 아란후에스에서는 국가, 종교, 신분, 남녀의 구분을 지워버린다. 어머니의 사랑이 객기 어린 아들의 성난 마음을 잠재워버린다. 너그러운 수평선이 품고 있는 것은 무한한 사랑이다. 어머니의 치마폭이 사내 아들의 끓는 성정까지 품어주듯이 로드리고는 어머니의 품속 같은 아란후에스의 정원에서 아픔의 진실이 숨기고 있었던 사랑의 향기를 발견했다. 다투고 성내는 것은 본시 사랑의 물줄기를 잘못 다룸에 있었다.

19세기까지 탐험가들이 세계 곳곳에서 가져온 온갖 씨앗이 발화해 무성한 숲으로 성장한 왕자의 정원은 모든 욕망과 좌절의 상처까지도 보듬어 사랑으로 다독거려주었다. 아란후에스에서 성난 내 마음의 욕망이 느린 리듬의 타호 강줄기를 타고 낮게 드러누웠다. 그리고 스페인 토종 식물과 다양한 외래 식물들이 왕자의 정원에서 사랑의 향기로 하나가 됐다. 그곳에서 성난 내 마음이 부드러운 봄바람을 타고 사랑을 노래했다. 그래도 사랑의 격한 감정까진 다 내려놓을 수 없었다.

노천카페의 악몽

아란후에스를 답사하는 동안 로사 선생는 그림자처럼 아돌프를 개인 경호원으로 붙여주었다. 과달라하라에서 미아가 되어버린 충격에 대한 고육책이었다. 눈이 먼 로드리고처럼 스페인에서 나는 항상 귀가 살짝 멀었지만 눈은 정상 이상이었다. 이곳저곳 도시 풍경을 훔치고 있을 때 아돌프의 휴대폰이 울렸다. 식당을 하나 고르라는 로사 선생의 특명이 떨어졌다.

20여 명 학생들의 호주머니 사정을 만족시켜줄 레스토랑을 찾는 것은 한양에서 김 서방 찾는 꼴이었다. 경치가 좋은 공간은 지나치게 값이 비싸고, 값이 싸면 공간이 허술했다. 아돌프가 뜬금없이 "파코 무엇을 먹고 싶냐?"고 했다. 거의 반사적으로 "이 지방에서 가장 맛있는 전통적인 음식."이라고 답했다. 저만치 노란 휘장을 두른 노천카페가 낭만적으로 다가왔다. 4월이라 조금 쌀쌀하기는 했지만 정오의 햇살이 충만한 장소였다. 경치도 좋고 햇살도 좋고 음식도 맛있다는 주인장의 넉살에 덜컥 자리를 잡았다. 그러나 아뿔싸! 이 지방의 전통 음식은 개구리 다리 요리였다.

친구들이 다 모이자 그 따사로운 태양이 변덕을 부리듯 구름 속에 숨어버렸다. 가랑비까지 장난처럼 뿌려댔다. 가벼운 지붕이 바람에 떨며 가랑비에 젖어가고 있었다. 아란후에스 전통요리 개구리 다리와 쌀쌀한 날씨는 어쩐지 궁합이 잘 맞지 않았다. 오돌오돌 떨면서 딸기 디저트를 먹었다. 여기저기서 볼멘소리가 터져 나왔다. 노천카페에서 먹는 스페인 음식 맛의 반은 쾌청한 날씨가 좌우한다.

스페인에서는 햇빛이 잘 드는 노천카페가 건물 안보다 값이 조금 비싸다. 광장은 정부 소유이기 때문에 세금을 추가로 지불하기 때문이다. 햇빛이 작열하는 풍경에 지불하는 비용이다. 그날 노천카페는 변덕쟁이 아가씨의 토라진 마음씨 같았다. 다들 입이 한 뼘씩 나와 불만을 가득 물고 있었다. 식사가 끝나갈 즈음 원성이 모두 불쌍한 아돌프를 향하고 있었다. 할 수 없이 내가 결정했다고 자수했다. "파코가 하자고 해도 아돌프가 말렸어야지! 너는 스페인 사람이잖아."라며 불만의 화살이 두 배로 아돌프에게 날아갔다. 그날 노천카페는 실내보다 값이 비싸지는 않았다. 섣부른 만용의 대가는 참혹했다. 착한 아돌프와 노천카페의 조합은 영원히 지울 수 없는 문화의 충격으로 남았다.

그날 이후 일본 친구 스즈키와 외출할 때면 언제나 마요르 광장의 햇빛이 잘 드는 노천카페로 향했다. 빛이 오래 머물 수 있는 의자에 몸을 묻고서 느긋하게 카페 콘 레체를 주문했다. 햇살을 오래 붙들지 못하면 아란후에스처럼 기분을 망치기 때문이다. 그때마다 스즈키는 노천카페가 실내보다 조금 비싼 것 알고 있냐고 반문하지만 나는 그냥 웃어버렸다. 신화와 속담은 모든 학문의 어머니인 경험에서 나온다는 돈키호테의 구절을 떠올리며 고개를 하늘로 돌렸다. 입가에 야릇한 미소를 지으며 아란후에스의 추억 속으로 빠져들었다.

엘에스코리알 판테온의 진실

여행은 삶과 죽음 사이 예측불허의 떨림이다. 엘에스코리알은 아란후에스와 대칭점에 위치한 마드리드 북서쪽 별궁이다. 거대한 기하학의 성 속에 수많은 방들이 중정을 품고 있다. 남북 207미터, 동서 162미터인 직사각형 공간 안에 도서관, 제왕의 안뜰, 교회, 수도원, 작은 왕궁, 국왕의 무덤 등이 300개의 방들과 16개의 안뜰, 15개의 회랑 속에 공존하는 복합 건축물이다. 엘에스코리알에서 내 영혼의 새벽을 깨워준 곳이 지하 판테온(무덤)이다. 화려한 방들을 수없이 지나고, 빛과 그림자가 춤추는 중정을 돌고 돌아서 마침내 다다른 판테온은 삶과 죽음의 진실을 깊게 물고 있었다.

제왕의 육신을 담은 작은 황금색 통들은 일정한 질서에 맞춰 원형의 방을 따라서 가지런히 매달려 있었다. 방의 중심에서 역대 왕들의 관을 돌아보았다. 거대한 왕궁에서 수많은 하인을 거느리고 만백성을 다스렸던 왕이지만 생을 마치는 순간 작은 통 안에 영면했다. 중세 성당을 방문하면 으레 마주치는 거대한 조각과 장식으로 치장되어 있는 대리석 무덤이 왕의 무덤이다. 그런 상식의 틀은 엘에스코리알의 판테온에서 여지없이 허물어버렸다. 유럽의 변방이라고 불리는 스페인이 세계를 주름잡을 수 있었던 원동력을 이곳에서 발견할 수 있다.

조선 왕릉과 진시황의 거대한 무덤에 익숙한 나에게 작은 청동제 관들이 아파트처럼 쌓여 있는 왕실 공동 무덤은 부귀와 영화의 덧없음을 확인하는 곳이었다. 자신의 죽음 앞에 진정으로 겸손할 수 있었던 스페인 국왕들의 엄격함이 대항해 시대를 열었다. 지하 무덤을 성소처럼 관람하는 이유는 죽음이 삶의 미래이기 때문이다. 죽음을 깨우친 사람만이 삶을 정복할 수 있다. 성가족 대성당을 설계한 가우디는 삶은 탄생과 죽음을 짊어지고 걸어가는 것이라 믿었다.

무소불위의 권력에 비하면 마지막 죽음의 흔적은 너무도 검소하다. 한 평도 채 안 되는 관 속에 누워 있는 선대왕의 죽음은 살아 있는 왕에게 삶의 의미를 깨우쳐주기에 충분하다. 그 속에 지금 스페인을 통치하고 있는 국왕의 관까지 준비되어 있다. 순간 내 영혼이 이렇게 말했다. "너는 어떻게 죽고 싶으냐?" 인간의 시작은 누구나 한 톨의 씨앗처럼 어머니 자궁을 떨치고 세상으로 태어나기 위해 피투성이가 됐다. 자신의 탯줄을 자르는 것이 세상의 문을 여는 시작이다.

어머님이 돌아가시던 날 나는 마침내 죽음의 개념을 처음으로 받아들였다. 어머니의 죽음이 서러운 것은 혼자 남겨진 나 자신의 두려움 때문이었다. 이기적인 나 자신을 발견하는 것이 죽음을 이해하는 시작이었다. 묘지 앞에서 배우는 영혼의 깨우침은 도서관에서 읽은 수많은 책보다 더 강렬하게 삶의 핵심을 관통했다.

만인지상의 최고 권력을 휘두른 왕조차 시간의 절대 권력 앞에서는 한낱 미물에 지나지 않았다. 권력과 욕망조차도 죽음의 문턱에서는 모두 다 내려놓음을 웅변하고 있었다. 매일 삶과 죽음 사이를 버겁게 비틀거리는 현실이 잠시 먼지 같았다. 화려하게 장식한 수많은 왕궁의 방들이 현실에서 추구하고 싶었던 나의 목적이었다. 그 욕망의 마지막 끝에 죽음의 방이 있었다. 황금색 보트를 닮은 작은 청동 관들이 회전목마처럼 선대의 꼬리를 따라 지하 공간을 맴돌고 있었다. 절대 권력을 소유한 제왕이라 하더라도 저승까지 데려다주는 보트는 클 필요가 없었다. 위대한 대항해의 시대를 열었던 콜럼버스 동상 앞에서도, 마드리드 왕궁에서도, 수많은 화가들의 명작으로 도배를 한 프라도 미술관에서도, 피카소의 '게르니카'가 걸려 있는 레이나 소피아 미술관에서도 나는 삶과 죽음의 문제에 대한 가르침을 들을 수 없었다.

마흔 중반 스페인에서 젊은 청춘들과 뒹굴며 매일 사전을 뒤적이며 깨달은 것은 엘에스코리알의 판테온보다 적었다. 무엇을 위해 스페인에서 방황하고 고생하는지 그 해답은 판테온에 있었다. "그 나이에 공부하고 돌아온다고 누가 받아줄 것 같으냐!" 하는 아내의 말 속에 비틀거리며 살아가는 현실이 담겨 있었다. 대지에 뿌리를 박고 살아가는 나무는 세상의 변화를 묵묵히 견디며 살아가고 있었다. 존 레넌의 '렛 잇 비Let it be' 노래 가사처럼 그냥 그대로 있는 대로 살아가는 것이 가장 자연스런 삶이다. 생명이 다하는 순간까지 수많은 자연의 변화를 묵묵히 견디며 나 자신의 삶을 살아가는 것이다. 계절마다 새싹이 나고 꽃이 피고 새가 날아드는 것이 인생이었다. 그 일상의 삶에서 이탈하는 것이 여행의 시작이다. 고독한 스페인 삶의 독백은 내 삶의 명상이자 미래의 새싹이었다. 작은 통 속에 안치되어 있는 역대 스페인 국왕들의 주검이 나의 미래였다. 어떻게 사느냐는 어떻게 죽을 것이냐의 다른 말이었다.

엘에스코리알에서 북쪽으로 산을 넘으면 죽음의 계곡Valle de Los Caidos이라 불리는 산 로렌소 데 엘에스코리알San Lorenzo de El Escorial의 바위산 정상에 높이 152.5미터의 십자가가 프랑코의 무덤의 상징하고 있다. 이 묘지는 바위산의 두꺼운 암반을 250미터나 파고 들어간다. 지하 성당이 포함된 크기가 축구장만 할 정도로 20세기 최대 규모의 판테온이다. 스페인 내전 기간(1936~1939) 동안 전사한 그의 정적이자 친구인 프리모 데 리베라(극우 파시시트 정당인 팔랑헤당의 창시자)와 전몰자 5만 명의 좌우익 시신 중앙에 프랑코의 무덤이 놓여 있다. 이것은 좌우 이념의 화해를 도모하는 것으로 엘에스코리알 판테온에 뿌리를 두고 있다.

한 인간의 죽음은 단순히 욕망의 그림자만을 의미하지 않는다. 이슬

엘에스코리알에서 내 영혼의 새벽을 깨워준 곳이 지하 판테온이다.

화려한 방들을 수없이 지나고, 빛과 그림자가 춤추는 중정을 돌고 돌아서

마침내 다다른 판테온은 삶과 죽음의 진실을 깊게 물고 있다.

람 문화를 대표하는 코르도바에 메디나 아사하라 대궁전이 있다. 압데라만 3세가 사랑하는 왕비를 기리기 위해 세운 궁전이다. 4,300개의 기둥 위에 세워진 이 궁전에서는 약 1만 4,000명의 하인들과 3,500명의 시동, 노예, 내시가 시중을 들었다. 연못 속의 물고기들에게 줄 음식으로 매일 1,200개나 되는 빵을 소비했다. 그러나 이 모든 영화의 끝은 덧없음이었다. 압데라만 3세는 외국 사절들을 접견할 때 누더기 옷을 걸치고 온몸을 모래로 덮고 나왔다고 한다. 그는 임종 때 "내 생애를 통틀어 행복했던 날은 오직 며칠밖에 되지 않았다."고 탄식했다.

엘에스코리알의 판테온에 누워 있는 역대 왕들이 살아서 누린 부귀와 영광의 시간, 죽음의 계곡에 누워 있는 프랑코의 권세는 지하 관 속에 누워 지내는 시간에 비하면 한순간에 지나지 않았다. 일상에서 먹는 즐거움, 마시는 즐거움, 사랑을 탐닉하는 즐거움, 소유하고 누리는 즐거움의 순간을 제외하고 나면 대부분의 시간은 걱정하고, 아파하고, 잠자는 시간의 연속이다. 육체가 온전하게 살아 숨 쉬는 시간까지 포함해도 한순간에 불과하다. 그 나머지 대부분의 시간은 먼지로 남아 있을 것이다. 주검을 담아놓은 작은 관 하나는 쓸쓸해보였지만 수십 개의 관을 공중에 달아놓은 무덤에서는 오히려 편안했다. 우리가 그토록 꿈꾸었던 그 마지막 세상이 그곳에 놓여 있었다.

알람브라 궁전의 눈물

이슬람 800년 스페인 지배의 선물로 알람브라 궁전 하나면 족할지 모른다. "지극히 아름다운 것에는 항상 알 수 없는 슬픔이 배어 있다."는 표현은 알람브라 궁전에 어울리는 표현이다. 한 치 앞의 운명조차 예측할 수 없었던 13세기 중엽에 건축해 14세기 말까지 증축을 계속한 알람브라 궁전은 간절한 염원으로 빚어 올린 이슬람의 마지막 보루였다. 알람브라 궁전은 크게 알카사바, 코마레스 궁전, 사자의 궁전, 별궁 헤네랄리페로 나눌 수 있다.

알람브라 궁전의 기초를 다진 왕은 무함마드 1세(1246~1274)였다. 선조들이 라사비카 언덕에 만들어놓은 낡은 성벽을 보수해 알카사바 요새를 지었다. 이슬람 왕국의 부활을 꿈꾸며 하엔과 세비야 이슬람 왕국까지 기독교도에게 넘겨주면서까지 알카사바 요새를 지었다. 비운의 왕국을 복원하기 위해 공사를 하다가 벨라 탑 아래 인공시멘트인 역암 층을 발견했다. 붉은 진흙과 모래, 자갈에 섞여 있는 역암에 물을 넣고 비빈 반죽을 3미터의 거푸집 속에 넣고 다지면 인공 시멘트가 됐다. 급하게 공사를 진행하다보니 벨라 탑의 지하 아치구조가 무너져서 화려한 방을 만들려는 계획은 모두 수포로 돌아가고 말았다.

이후 나사리 왕국의 술탄들은 무함마드 1세의 마스터플랜에 따라 거의 1세기 동안 오늘날 알람브라 궁전의 성벽을 쌓고 왕국의 기틀을 마련했다. 시에라네바다의 설산의 물줄기를 기하학의 공학을 이용해 터널을 뚫어가며 알람브라 궁전으로 이끌었다. 이후 강력한 왕 유수프 1세(1333~1354)가 등장해 북쪽 감시탑을 증축해 천하무적의 요새로서 코마레스 궁전을 지었다. 정치외교적인 선전용으로 지은 코마레스 궁전은 그리스·로마의 기하학에 바탕을 둔 라쉬샤시드 코드로 불리는 62센티미터의 모듈을 사용해 혁명적인 공간을 개발했다. 그 속에 기하학의 원리를 응용해 창과 옥좌를 배치해 적국의 대사들의 간담을 서늘하게 만들었다.

화려한 양식의 코마레스 궁전은 기독교 대사들에게 이슬람 왕국의 선진 문화를 자랑하는 동시에 전쟁 억지력의 수단으로 이용되었다. 그러나 운명의 장난은 참혹했다. 강력한 유수프 1세가 미친 노예의 칼에 무참히 살해되고 말았다. 이후 왕국은 일대 혼란에 빠졌다. 무함마드 5세(1362~1391)가 집권하지만 곧바로 권력 투쟁에서 쫓겨나 세비야의 기독교왕 페드로에게 목숨을 의탁하기에 이르렀다. 이슬람 문화를 존중한 페드로의 도움으로 다시 알람브라 왕위를 되찾았다. 이후 1세기 동안 기독교도와 이슬람교도가 친구처럼 문화 동맹을 맺어 화평을 지속했다.

그의 손에 의해 지어진 사자의 궁전은 이슬람 800년 지배의 마지막 선물이다. 이슬람 문화를 동경한 페드로에 의해 재현된 세비야 이슬람 궁전보다 더 화려한 이슬람 양식을 창조한 것이 사자의 궁전이다. 사자의 궁전은 이슬람 양식을 발전시킨 무데하르 양식을 기독교 양식을 다시 이슬람 양식으로 발전시킨 모사라베 양식이다.

사자의 궁전은 각각의 방들이 루트 2, 3, 4, 5로 높이가 변하며 공간의 상승감을 고조시켰다. 코마레스 궁전의 천장은 평면적인 장식이지만 사자의 궁전은 사각 돌출 장식으로 입체감을 강조한다. 색이 사라진 오늘날에도 빛과 그림자의 농담으로 실내 공간이 숨을 쉬고 있다. 사자의 궁전은 술탄의 처첩들이 기거하는 하렘이다. 한때 32명의 처첩들이 거주했던 사자의 궁전은 최첨단의 수로가 바닥을 장식하고 있다. 마당 중앙에 설치된 사자 분수대에서 뿜어져 나온 물들이 사방으로 난 수로를 따라서 방 한가운데를 돌아서 나가도록 설계되어 있다. 겨울철 이동식 난로의 가습기 역할을 하고 여름철에는 냉방 장치로 활용됐다.

12마리 사자가 분수를 떠받치고 있는 사자의 궁전은 정원을 중심으로 아벤세라헤스의 방, 제왕의 방, 두 자매의 방, 아히메세스의 방으로 나눠진다. 전설에 따르면 아벤세라헤스의 방에서 왕국의 종말을 예고하

는 모함이 일어났다. 술탄 아부 알 하산Abu al-Hasan이 총애했던 애첩 소라야Zoraya를 희롱한 대가로 아벤세라헤스 귀족 가문 수장을 살해했다고 전하고 있다. 그러나 전설의 속살은 달랐다. 보아브딜 왕자가 왕비인 어머니와 짜고 아버지 아부 알 하산이 총애했던 애첩을 몰아내기 위해 아버지의 측근들을 죽이고 권력을 잡은 쿠데타였다. 기독교 왕국을 대적하기도 힘든 와중에 내부 권력 다툼으로 이슬람 왕국의 종말을 부채질했다.

서고트 왕국 역시 왕국 내부 분열로 제대로 싸워보지도 못하고 이슬람 수중으로 왕국을 넘겨주고 말았다. 서고트 왕국의 로데릭 왕이 타호 강에서 목욕하고 있던 북아프리카 세우타의 총독(훌리안)의 딸을 겁탈하면서 왕국의 운명은 기울기 시작했다. 딸의 능욕을 복수하기 위해 훌리안은 탕헤르의 이슬람 총독이었던 타리크 이븐 지야드와 손잡고 711년 베르베르인으로 구성된 이슬람 군사들에게 길을 열어주었다. 부패한 로데릭의 군대는 안달루시아의 카디스 지방의 과달라테 유역에서 참패하고 도망치다 죽었다.

나사리 왕조의 마지막 왕 보아브딜은 가련한 이슬람 백성들이 보호받는다는 조건으로 알람브라 궁전을 이사벨 여왕에게 바치고 눈물을 흘리며 망명길에 올랐다. 멀리 알람브라 궁전이 내려다보이는 라스 알푸자라스 언덕에서 보아브딜 왕은 마지막 눈물을 뿌렸다. 이것을 '무어인의 탄식'이라 부른다. 얼마나 사랑했으면 파괴하지 못하고 고스란히 기독교도들에게 넘겨주었을까. 땅거미가 내려앉을 즈음 알람브라 궁전의 붉은 성벽은 무어인의 심장처럼 타들어갔다. 클린턴 전 미국 대통령은 알바이신 언덕에서 석양에 스러지는 알람브라 궁전을 바라보며 탄성을 지르기도 했다.

비운의 슬픔을 간직한 알람브라 궁전은 낙조 속에 더욱 아름답게 타들어가고 있었다. 신과 성인의 형상을 만들지 못하게 금한 코란의 지침에 따라 궁전 내부의 장식은 모두 코란 경전을 기하학으로 조각한 것을 사용했다. 세공 장식은 모두 천상의 기하학 기호들로 새겼다. 멕시코의 비평가 프란시스코 데 이카사는 그의 시에서 "그라나다에서 장님이 되는 것만큼 더 큰 형벌은 없다."고 했다. 이것은 인간이 상상할 수 있는 최상의 아름다움이 알람브라 궁전에 펼쳐져 있기 때문이다. 이슬람 무어인들이 알람브라 궁전을 너무 천국처럼 만들자 알라가 이들을 이곳에서 쫓아내기로 결정했다고 전한다. 그라나다의 어느 무명 시인의 통곡처럼 알람브라 궁전이 너무 아름다워서 더 애절한 슬픔이 우러나는지 모른다.

> 불운의 왕이여!
>
> 죽을 용기가 없어 그라나다를 떠나는 못난 왕이여!

남아 있는 인생이 무어 그리 대단할진대

그까짓 왕관 하나 벗어던지지 못하고

그라나다를 떠나가느뇨!

무명시인

6

불멸의 사랑, Está bien

불멸의 연인이여.

나의 전부여.

당신 없는 삶이란 상상할 수 없다오.

1812년 7월 6일 베토벤으로부터

중세의 두꺼운 시간

스페인 중세 문화와 전통의 가치를 피부 깊숙이 느낄 수 있는 살라망카는 중세의 시간이 숨 쉬는 유서 깊은 고도이다. 살라망카는 마드리드에서 서북쪽에 위치한 대학 도시이자, 스페인의 중세 문화를 간직한 역사의 보고다. 인구라야 고작 16만에 불과한 작은 도시지만 그 도시가 품고 있는 역사의 깊이는 무한하다. 토르메스 강줄기가 도시의 남쪽을 쟁반처럼 받치고, 북쪽의 타원형 도로가 살라망카를 아기처럼 품어주고 있다. 대성당을 중심으로 대학 도시를 이루고 있는 살라망카는 13세기 알폰스 대주교에 의해 스페인 최초(이슬람시대 코르도바 제외)의 살라망카 대학이 창립된 스페인의 학술문화의 중심지다.

12세기 로마네스크 양식의 대성당을 비롯해 16세기 고딕 양식의 대성당과 로마 시대의 다리와 극장을 비롯해 수많은 유적들이 한발 건너 우뚝 서 있다. 고색창연한 르네상스 건축물 앞에 서면 야릇한 역사의 향기가 시간의 켜 사이로 무겁게 내려앉았다. 현대 건축물이 아무리 화려하다 해도 고색창연한 중세의 성당보다 시간의 깊이를 자아내지 못한다. 투박한 시간의 켜가 만들어낸 고색창연한 성당의 역사보다 더 종교적인 공간은 없다.

살라망카 대성당의 넉넉한 두께를 파고드는 시간의 깊이는 함부로 넘을 수 없는 신의 영역이다. 속세를 가로막고 서 있는 거대한 석벽의 아래쪽에 작은 아치 출입구가 신을 접하는 유일한 통로다. 빛과 그림자가 조각하는 아치의 깊이는 성삼위일체의 상징처럼 성스럽다. 신의 파수꾼처럼 엄숙한 문을 통과해 안으로 발을 옮기는 순간 빛은 소거되고 어둠의 정적만이 속세의 마음을 찍어 누르듯 무겁게 내려앉는다. 12세기 역사 속으로 들어가는 타임머신은 침묵이다. 어둠의 침묵만이 영성을 마중하고 있다.

어둠을 가르는 한 조각의 빛은 신의 권능과 마주서는 충격이다. 희미한 빛의 꼬리를 따라 열주의 사열을 받으며 걸어가다 보면 성스러운 빛다발이 머리 위에 쏟아진다. 빛은 신을 이해하는 것이 아니라 신을 영접하는 도구다. 노신부님의 인자한 발걸음은 영혼을 인도하는 빛처럼 부드러웠다. 좁은 통로를 지나고 계단을 올라 마침내 고문서 서고에 도달했다. 경건한 시간이 발걸음 소리조차 잦아들게 했다.

상자 속에 고이 잠자고 있던 12세기 성당 도면을 끄집어낼 때 깊은 시간의 압력에 노신부님의 손이 떨리고 있었다. 노신부의 떨리는 손가락 사이로 두꺼운 세월의 가루들이 흘러내리는 것 같았다. 고색창연한 역사의 시간은 흐르는 것이 아니라 먼지처럼 쌓여 있었다. 중세의 시간과 공간은 영혼의 무게로 서로를 부여잡고 있었다. 12세기 성당 도면은 숨소리에도 부서질 것처럼 연약했지만 지난 역사를 웅장하게 설명하고 있었다. 노신부님은 단면도에 표현된 천장 볼트vault와 박공지붕 사이로 우리를 안내했다. 좁은 통로와 계단을 올라 오래된 시간이 잠자고 있는 볼트의 정점에 도달했다. 성모님의 젖무덤처럼 볼록한 볼트의 정점에 작은 구멍이 뚫려 있었다. 카메라 렌즈의 원리처럼 그 작은 구멍으로 성당 제단이 한눈에 들어왔다. 동시에 빛을 동반한 바람이 태풍처럼 쏟아지고 있었다. 마치 중세의 시간이 최면을 걸듯이 얼굴에 압력을 가했다. 빛이 소통하는 곳엔 항상 바람과 소리를 동반했다. 그 작은 구멍으로 비밀스러운 음모가 손에 잡혔다. 순간 섬뜩한 전율이 일었다. 성스러운 제단을 내려다보고 있는 작은 구멍이 하느님의 눈, 심판의 눈 같았다. 중세의 성당 구조는 하느님의 실제를 재현하는 공간이었다. 모든 인간의 행위를 하느님은 보고 계신다는 성경구절의 상징적인 표현이었다.

조가비 집의 화려한 변신

오랜 시간을 견디며 살아남은 모든 것에는 특별한 영적인 에너지가 숨쉬고 있었다. 사람과 꽃이 저마다의 향기를 간직하고 있듯이 오랜 시간이 빚어낸 공간에도 침묵의 향기가 뿜어져 나왔다. 두툼한 세월이 조각한 공간에서 인간이 전율하는 것은 오래된 시간의 파장 때문이다. 그 파장은 보이지 않는 듯 보이고 떨리지 않는 듯 떨리는 영적인 선물이다. 시간의 위력 앞에 인간은 침묵으로 마중했다. 마치 일광욕을 즐기듯 역사의 침묵 속에서 조용히 시간의 파장으로 샤워를 했다.

살라망카의 조가비 집Casa de Las Conchas이 나의 상상력을 흔들어버렸다. 순례길의 상징이었던 조가비 조각을 뒤집어쓰고 있는 조가비 집은 중세의 상징이다. 중세의 건물 안을 들어서는 중세의 낡은 시간을 깨우듯이 내부 공간은 깜찍한 스틸 책장으로 꾸며져 있었다. 할아버지의 낡은 서책 속에서 에로틱한 처녀사진을 발견한 기분이었다. 건물의 골격은 건드리지 않고 내부기능을 현대적인 도서관으로 개조했다. 상대적으로 좁은 공간의 단점을 해결하기 위해 서가는 작은 스틸재료로 만들고, 건물 중간 중간 오픈스페이스를 설치해 오래됨과 새로움을 융합했다. 중세 석조건

중세 건물의 기능을 현대적으로 바꾸는 것은 과거 역사를 존중하는 것이다.

주름살을 제거하고 장기를 이식하고 노화를 지워버리는 것도 중요하다.

그러나 세월의 두께가 가르쳐준 경험과 체험을 되살려 기능을 바꾸는 것은

과거를 존중하는 것이다.

축 내부에 화려한 색상의 스틸가구와 유리가 공존하고 있었다. 톨레도 중세 성을 오르내리는 현대식 에스컬레이터를 타고 있는 느낌이었다.

서로 벽체를 뚫어 스틸통로를 설치해 전체 공간을 동굴처럼 연결했다. 현대식 건물에서는 느낄 수 없는 고색창연함이 융합되어 신비함과 호기심을 자아냈다. 500살이 넘은 중세 할아버지가 부활해 젊은이들과 브레이크 댄스를 추고 있는 것 같았다. 역사적인 건물에 새 생명을 불어넣는 일은 지나간 시간을 깨워 미래로 데려가는 일이다. 때로는 낡고 오래된 건물을 철거하고 새 건물을 짓는 것이 더 합리적일 수 있다. 예산도 적게 들고, 공사하기도 편하고, 미래의 기능을 수용하기도 용이하다. 그러나 그 새로움이란 내일의 오래됨을 잉태하고 있다. 무형의 미래가치는 종종 오래됨의 낡은 시간 속에 불편하게 놓여 있다. 우리가 찾아가는 이상 세계는 과거의 토양 속에 태어나는 새싹이다. 오늘 우리가 향유하고 있는 모든 디자인은 그리스, 로마, 중세의 문화유산에서 유래했다. 과거를 지워버리고 생산하는 현대는 부모 없는 사생아를 양산하는 것이다.

왜 중세 건물의 리노베이션이 필요할까? 이 말은 왜 도서관과 박물관과 미술관이 필요한지에 대한 물음이다. 중세 건물의 기능을 현대적으로 바꾸는 것은 과거 역사를 존중하는 것이다. 주름살을 제거하고 장기를 이식하고 노화를 지워버리는 것도 중요하다. 그러나 세월의 두께가 가르쳐준 경험과 체험을 되살려 기능을 바꾸는 것은 과거를 존중하는 것이다. 미래의 지혜가 그 속에 담겨 있다. 역사가 서린 공간은 그 자체가 미래의 교과서다. 모든 건축가의 지혜는 역사적인 건축 공간에서 나오기 때문이다.

역사적인 건물에 현대적인 기능을 집어넣는 일은 마흔다섯의 아저씨가 스물다섯의 청춘들과 함께 공부하는 것과 같다. 과거의 경험과 지식의 틀을 바꾸는 것이 재생이다. 재생의 기초는 과거의 시간에 있다. 낡은 공장의 생산라인을 최신식으로 바꾸는 것보다 과거의 시간에 가장 적합한 기능을 찾는 것이 더 중요하다.

새로운 장비의 매뉴얼을 배우는 것도 중요하지만 무엇을, 어떻게, 왜 생산하는지에 대한 근본적인 생각을 하는 것이 먼저다. 인생에서 배우는 사람보다 더 아름다운 사람은 없다. 그러나 정체성의 기초 위에 다른 문화를 쌓아가는 것이 더 중요하다. 지속적인 배움은 종교적인 수행처럼 나 자신을 찾아 떠나는 순례길이다.

중세시대 건물의 구조와 골격을 그대로 유지하고서 21세기 첨단정보화시대 문화를 수용하기는 역부족이다. 그렇다고 무조건 중세 건물을 부수고 새로운 건물을 짓는 것도 도시의 역사적 정체성을 잃어버리는 것이다. 지속 가능한 공간이란 과거와 현대가 공존하며 미래로 나

아가는 것이다. 정체성을 살리면서 낡은 공간을 현대적인 기능에 맞추어 개조하는 것은 지극히 생태적이며 친환경적이다.

불행하게도 우리나라 건축 환경은 아직 친환경적이거나 생태적이지 못하다. 끊임없이 역사적인 건축물을 철거하며 과거를 지우고 있다. 기능적이고 편리함만을 추구하고 있다. 모든 기준의 중심에는 돈과 자본이 버티고 있다. 역사를 지우며 미래 역사를 쓰려고 발버둥치고 있다.

살라망카의 낡은 중세 수도원을 복원하는 현장에 들렀다. 중세시대 감옥이었다. 감옥으로 오르는 계단은 우물처럼 깊은 돌음계단으로만 오르내릴 수 있었다. 한 사람이 겨우 오를 수 있는 좁은 계단을 오르면 큰 방이 나타났다. 그러나 여기는 죄수를 감시하는 공간이다. 정작 죄수들은 좁은 통로를 거쳐 독방에 가두어져 있었다. 이중 삼중 안전장치 속에 감옥이 놓여 있었다. 과거의 공간은 미래의 공간을 포함하고 있었다. 중세의 감옥에서 중세의 문화를 입체적으로 이해할 수 있었다.

조가비 집에 새로 설치한 스틸 통로는 마치 중세 감옥을 오가는 통로처럼 둔탁한 벽체를 뚫고 만든 것이다. 어쩌면 조가비 건물의 미래는 중세 감옥에 있었는지 모른다. 우리가 갈구하는 미래는 과거에서 벗어나는 것이 아니라 과거를 이해하고 그 속에서 미래의 방향을 찾는 것이다. 미래의 키는 과거의 역사에 있음을 살라망카의 조가비 집이 웅변하고 있었다.

원수 같은 친절

스페인 생활에서 가장 익숙한 문화 중에 하나는 줄서기였다. 은행에서, 경찰서에서, 식당에서 차례를 기다리는 것은 물론이고 슈퍼마켓에서 물건을 살 때도 계산하기 전에 먼저 하는 말은 "퀴엔 에스 엘 울티모(누가 마지막이냐)?"였다. 이 말을 마치 인사처럼 주고받는 것이 스페인 문화의 시작이었다.

어느 날 건축 대학 서쪽 의상 박물관 식당에서 식권을 사기 위해 긴 줄을 서 있었다. 호세(건축 대학 3학년생)가 다가와 호들갑을 떨더니 식권을 부탁했다. 새치기할 수 없으니 한 가지 꾀를 낸 것 같았다. 처음 만날 때부터 끈적끈적하게 굴었다. 그냥 얼굴이 좀 두꺼운 녀석이라고 웃어넘겼다. 피부 색깔에 관계없이 각자의 개성과 특징은 얼굴에 드러나는 법이다. 처음 몇 달간은 스페인 친구들의 얼굴 특징을 알 수 없었지만 시간이 흐르면서 관상 보듯이 훤하게 간파할 수 있었다.

처음부터 호세가 마음에 들었던 것은 아니다. 그의 곁에 있는 후덕하게 보이는 여자 친구 마리아 때문에 다가간 것이다. 인간인 이상 남자는 여자에게 여자는 남자에게 더 호감을 가지는 법이다. 스페인에서 사소한 부탁에도 친절하게 도와준 친구들은 대부분 아가씨들이었다. 장미꽃에 감추어진 날카로운 가시까지 받아들일 수 있는 넉넉한 나이가 됐다. 남자 친구가 딸려 있지 않는 여자라면 향기 나는 꽃이 아니다. 늦된 남자의 가슴에도 꽃다운 아가씨에 대한 로망은 도사리고 있었다. 예쁜 여자를 사귀는 남자들은 동서양을 막론하고 용기 있는 남자들이다. 물건을 흥정할 때조차도 내가 사고 싶은 물건을 처음부터 들었다 놨다 하며 감정을 드러내지 않는다. 조금 느끼하게 생긴 호세와 예쁜 마리아는 환상적인 조합이 아니었다.

봄바람이 스치던 어느 날, 몇 무리의 학생들이 중앙 홀 옆 책상에 앉아서 소곤대고 있었다. 사냥감을 고르듯 주의 깊게 바라보다 매력적인 아가씨를 발견했다. 그때 마리아의 마당쇠가 호세였다. 대부분의 여학생들은 동양인에게 흥미를 느꼈다. 더듬거리는 스페인어 실력에다 예의 바른 남자는 흥미로운 대상이었다.

남녀 커플인 여학생과 대화하는 것도 기술이다. 남자가 견제할수록 여자는 더 친절하기 때문이다. 그렇다고 처음부터 애인 사이냐고 질문하는 것은 실례다. 어눌한 스페인어로 슬쩍 물어보는 기색만 보여도 보통 여자 쪽에서 난색하며 그냥 친구 사이라고 손사래 쳤다. 애인 사이일 때는 물러서는 것이 예의다. 그날 호세 커플은 3학년 동급생으로 건축구조 역학 문제를 풀고 있었다. 구조 역학은 수학처럼 말을 하지 않고서도 풀어낼 수 있다. 약간의 훈수는 나의 매력을 대신해주었다. 이렇게 친구가 되고 나면 이후 길에서, 복도에서, 도서관에서 마주칠 때마다 친구처럼 포옹하며 반갑게 인사를 주고받았다. 그뿐만 아니라 어려움에 처했을 때 도움을 자청했다. 내가 먼저 상황을 지배하는 유일한 방법은 내가 먼저 다가서는 것이었다.

여학생 특유의 섬세함에는 모성 본능이 살아 있었다. 그 작은 노력이 학교 안에서 아는 사람들의 숫자를 늘렸다. 친구가 친구를 소개하며 기하급수적으로 친구가 늘어났다. 도서관에서 무료하게 시간을 보낼 때마다 지나가는 친구들의 포옹을 받는 것은 삶의 활력소가 됐다. 참고도서를 찾을 때도 그들은 기꺼이 시간을 내어주었다. 사서에게 통역까지 자처하며 친절을 베풀었다.

식당에서 막상 차례가 다가오자 호세가 부탁한 요리의 이름이 생각나지 않았다. 지명 이름, 음식 이름, 사람 이름, 외우는 것이 늘 두통거리였다. 그날 생소한 스페인 요리 이름은 기억나지 않았다. 희미한 기억을 좇아 식사 주문을 했다. 그런데 거스름돈을 주는 것이 아닌가. 짠돌이 스페인 친구가 넘치는 돈을 주었을 리 만무하지만 어쩔 도리가 없었다. 식권을 받아든 그는 어색한 몸동작으로 불평을 늘어놓고는 곧바로 사라졌다. 잔돈도 받지 않고 돌아서는 호세의 등에다 미안하다는 말을 남겼지만 얄밉다는 생각이 앞섰다.

강의 시작 후 석 달이 지나야 겨우 15여 명의 제자 이름을 외우는 게 내 기억력이다. 스페인에서 전화로 약속 장소를 정할 때도 내가 익히 알고 있는 지형 지물을 고집했다. 어느 거리를 돌아서 어떤 건물 앞에 있는 카페테리아라고 하는 순간 기억력의 테이프가 끊어져버렸다. 외국어로는 단순 명쾌하게 설명하는 것이 최상이었다. 정확하게 약속 장소가 일치하거나 아니면 틀린 것이다. 그래도 내 쪽에서 움직이는 것보다 스페인 친구들이 움직이는 편이 효율적이었다.

뚝심은 언제나 승리했다. 시간이 적당히 지나면 그들은 씩씩거리며 내게로 다가왔다. 따지고 야단을 쳐도 섣불리 움직이는 것은 금물이다. 얼마 지나지 않아 그들은 나의 방식을 받아들였다. 원수 같은 친절이지만 친절은 사교에 좋았다. 실수를 밥 먹듯 하는 그 작은 실수가 쌓여서 마드리드 생활의 초석이 됐다.

나는 미쳤다

관광버스 안에서 발을 구르며 춤을 추는 것은 꼴불견이라고 생각했다. 그러던 내가 매주 수요일 답사 버스 안에서 난장판의 주인공이 됐다. 니콜라와 우고와 함께 뒷좌석에 앉아 온갖 작당을 시도했다. 중남미 친구들은 돌아가며 가족이나 애인을 답사 여행에 동참시켰다. 버스가 이동하자마자 감정은 고삐를 풀고 자유롭게 비상했다.

아르헨티나에서 온 카를로스가 애인을 대동하고 나타났다. 짙은 구레나룻과 눈썹 사이로 아르헨티나만의 우수가 배어 있었다. 니콜라와 우고가 그냥 지나치지 않았다. 갑자기 카를로스와 애인을 통로에 세우고서 결혼식을 진행했다. 나는 결혼식 주례를 진행하는 사제 역을 맡았다. 터무니없는 익살과 온갖 음담패설을 동원하며 신랑신부의 성장 과정과 앞으로 살아갈 미래를 늘어놓기 위해 나는 목에 아나의 스카프를 두르고 머리에는 니콜라의 모자를 쓰고 벨렌의 선글라스를 거꾸로 썼다. 신랑신부의 머리와 얼굴도 갖가지 장식으로 꾸몄다. 한 편의 마당극이자 삶의 애환을 풀어놓는 축제가 벌어졌다. 그들이 지어주는 말을 앵무새처럼 크게 선창하면 나머지 친구들이 후렴처럼 따라 했다.

서울에서는 도저히 상상할 수 없는 해프닝이 버스 안에서 벌어졌다. 삶의 해악이 빠진 인생은 무미건조한 사막을 걷는 것과 같다. 제자들의 주례를 설 때마다 그때 스페인 버스 안 추억이 떠오른다. 틀에 짜인 각본이 아니라 함께 꾸미고 연출하고 즐기는 축제가 부러웠다. 익살스러운 장난의 중심에 서 있었던 그 시절이 내 인생의 하이라이트였다. 어눌한 스페인어 발음에 한국인이라는 희소성이 내 인생의 정점이었다. 미치지 않고는 살 수 없었던 그 시절이 감각의 여행을 떠났던 시절이었다. 마흔 중반 현실의 반대편으로 날아오른 그 시절이 내 인생의 마지막 동화였다.

가만히 옆에 앉아서 외톨이처럼 구경만 하고 싶지 않아서 미쳤다. 한바탕 연극처럼 내 자신을 던지고 싶어서 미쳤다. 약방의 감초가 되어 함께 뒹굴어보고 싶었다. 한잔 술에 취해 이성을 잃어버리지 않고 미치고 싶었다. 머리로 이해하기보다는 몸으로 느끼고 싶었다. 마음껏 노래 부르고 춤을 추면서 나이를 잊어버리고 싶었다. 사람은 환경의 동물이지만 그 환경을 이용하고 싶었다.

2011년 멕시코 세계건축대회UIA 전야제에서 나는 '베사메 무초'를 부르며 춤을 추었다. 2013년 일본 도쿄에서 펼쳐진 UIA 서울유치 만찬장에서 스페인, 멕시코 대표와 손을 잡고 '베사메 무초'를 부르며 스페인어권 건축가들과 우정을 쌓았다. 이 모든 것은 마흔다섯 살에 만든 추억의 선물이다. 스페인으로의 무모한 탈출은 잔잔한 내 인생의 거대한 폭풍이었다. 즐겁게 논다는 것은 평범한 인생의 폭풍을 체험하는 것이다. 행복한 삶이란 가끔 태풍의 눈 속으로 걸어가는 모험이다.

몸이 그린 욕망의 그림

스페인어에는 사람의 성별을 구별하는 대명사가 각각 따로 있다. 친구 사이에도 남성은 어미에 '-o'를 붙이고, 여성은 어미에 '-a'를 붙여 성별을 구분한다. 아미고amigo는 남성 친구를, 아미가amiga는 여성 친구를 표현한다. 애인 사이에도 -o와 -a를 붙여 노비오novio는 남성 애인을, 노비아novia는 여성 애인을 지칭하며 남녀관계의 깊이를 구별한다. 우리처럼 상황에 따라 적당히 얼버무리지 않는다. 친구와 애인 사이를 구별하는 스페인어가 처음에는 복잡하다고 느껴졌지만 시간이 지날수록 객관적이라는 생각이 들었다.

나는 별생각 없이 여학생들을 모두 친구amiga라고 불렀다. 그때마다 천사들은 단호하게 "No!"라고 외쳤다. 친구가 아니라 동급생compañero이라고 수정해주었다. 이 말은 아직 친구 사이로 숙성하지 않았다는 뜻이다. 동급생과 친구와 애인과 부부는 사랑의 위계를 보여주는 단어다. 스페인 사람들은 나와 상대(남, 녀)의 관계를 정확하게 구분하며 상황을 왜곡하지 않는다.

스페인 친구들에게 제일 먼저 한 질문은 친구와 애인의 차이점이 무엇이냐는 것이었다. 그때 친구들은 공통적으로 성관계를 하느냐 하지 않느냐의 기준으로 판단하면 될 것 같다고 했다. 그러자 발렌시아에서 온 대머리 아저씨 호세가 대뜸 친구관계라도 불꽃이 튀면 성관계를 할 수 있다고 해서 웃었다. 그들은 대부분 섹스를 하지 않으면 친구, 섹스를 하면 애인이라고 구분했다. 우리나라 젊은이들도 친구와 애인 사이 구분이 명확해져가고 있다. 과거 세대와 다르게 애정표현을 비교적 솔직하게 하고 있다.

여성의 사회 참여가 늘어나면서 결혼 적령기를 넘긴 미혼 여성이 늘어나고 있다. 2010년 통계에 따르면 스페인 출산율은 가정당 1.1인이고 한국은 그보다 약간 높은 1.2명이다. 결혼을 해도 아기를 낳지 않는 부부가 늘어나고 있다. 젊음을 만끽하며 사랑을 즐기지만 경제적인 이유로 사랑과 결혼 그리고 아기를 낳는 것을 서로 분리하며 살아가고 있다. 이들은 동거를 하는 것, 결혼을 하는 것, 아기를 낳는 것을 구분하고 있었다. 대학원 친구들의 과반수 이상은 애인이 있었지만 결혼은 미지수였다. 그만큼 젊은이들이 안정된 직업을 가지기가 힘들다는 뜻이다. 낭만과 여유가 넘쳐나는 스페인조차도 경제 논리에 전통문화가 비틀거리고 있었다.

나의 든든한 후원자였던 라파엘 역시 애인이 있었다. 나와 함께 있을 때도 종종 애인의 전화를 받았다. 그때마다 결혼은 언제 할 것이냐는 짓궂은 질문에 라파엘은 웃으며 "아직 계획이 없다."라고 했다. 사랑하면서 왜 자꾸 미루기만 하느냐는 나의 추궁에 라파엘은 미래가 불안하기 때문이라고 했다. 이 답변보다 더 솔직하고 가슴 찡한 대답은 없다. 이후 라파엘은 결혼해 예쁜 딸을 하나 두고 있다. 그때 그 애인과 결혼했느냐는 짓궂은 질문을 날렸다. 라파엘은 대답 대신 내가 라파엘의 애인에게 선물했던 빛바랜 노리개 사진을 보내주었다.

경제 사정에 따라 결혼을 하는 것, 아기를 낳는 것은 미룰 수 있지만 사랑은 미룰 수 없다. 청춘은 인생에서 단 한 번 허락하는 하느님의 선물이기 때문이다. 감정과 이성을 구분하며 서로의 상황에 맞춰 사랑을 즐기는 그들의 젊음이 부러웠다. 때로는 서로의 감정이 모질게 틀어져 헤어지더라도 상대방을 구속하지 않는 그들의 문화가 쿨했다. 서로의 감정에 충실하다는 것은 결혼을 하고 나이가 들어도 서로가 항상 긴장하며 애인처럼 살아간다는 뜻이다. 매력 만점인 니콜라는 항상 여자 친구를 대동하고 나타났다. 나를 위로한답시고 매번 여자 친구 소개시켜준다고 큰소리쳤지만 입에 발린 인사치레라는 것을 잘 알고 있었다.

그들은 말하길 "파코의 나이는 문제가 되지 않는다. 그러나 결혼해 가족이 함께 살고 있는 것은 새로운 사랑의 중요한 걸림돌이다."라고 했다. 그들은 나의 포옹하는 자세를 자주 놀렸다. "파코는 인사를 할 때 항상 엉덩이는 뒤로 쭉 빼고 가슴만 포옹하고 얼굴을 어색하게 비빈다."고 했다. 그러나 그것은 나의 속마음을 모르고 하는 말이다. 어색한 나의 행동은 북쪽으로 향하는 나침반의 어색한 떨림이었다. 눈은 마음의 창이고 몸은 마음의 울림통이다. 마음의 소리가 가슴만 찢어놓고 밖으로 울리지 않을 뿐이다. 마음은 기러기처럼 삼팔선을 자유롭게 날아갔지만 몸은 망아지처럼 이성의 철조망에 갇혀 안달하고 있었을 뿐이다.

젊은 시절 스페인에 유학 왔더라면 아마 나는 서울로 돌아가지 않았을지도 모른다. 마드리드의 열정이 이끄는 불길 속에서 사랑의 장작불로 타올랐을 것이다. 역사는 가정이 필요 없다지만 청춘남녀 사이의 사랑은 밤새 수없이 지웠다 다시 쓰는 피의 혈서다. 마흔 중반의 나이는 문제가 아니었다. 결혼의 족쇄도 아들과 딸의 존재도 한여름의 얼음처럼 녹아내릴 수 있었다. 단지 몸이 그린 욕망의 그림이 생각의 빛처럼 투명하지 않았기 때문에 망설였을 뿐이다. 사랑의 욕망은 오만가지 빛의 스펙트럼이다. 상상력의 빛은 무지개처럼 얽히고설켜도 투명하지만 욕망의 빛은 얽히고설키면 지워지지 않는 낙서판으로 남기 때문이었다. 뜨거운 사랑을 나누고 싶은 아내가 너무 멀리 있었다. 가슴은 시간을 기다려주지 않았다. 사랑은 논리의 무지개로 피어나는 지성의 꽃이 아니다. 따스한 햇살처럼 솔직한 감정의 화살이다. 마음은 이미 화살을 당겼지만 몸은 활의 탄력을 잡고 있었다. 한 남자의 한이 연꽃 위의 이슬처럼 무심하게 흘러내리고 있었다. 화사한 봄날 사랑의 새싹이 어느 날 그냥 솟아나는 것은 아니다. 삭풍의 갈퀴에 몸서리치며 생명의 씨앗을 끌어안고 욕망의 시간을 다독인 흔적이다. 스페인 열정이 피어올린 사랑의 진실은 지금 이 순간 질기게 타오르는 불꽃이었다.

보고 싶은 당신에게.

시간은 훌쩍 바람처럼 스쳐가지만

아직도 당신 없는 시간들이 낯설어서

목소리만 들어도 눈물이 납니다.

당신만 생각하면

머릿속이 하얗게 마비되어

멍하니 울고 있습니다.

아내의 메모

뿌리 깊은 나무, 톨레도

스페인에서 단 하루만 주어진다면 톨레도를 보라는 말이 있다. 톨레도를 보지 않았다면 스페인을 본 것이 아니라는 말이다. 톨레도는 스페인 정신의 뿌리 깊은 나무다. 톨레도가 스페인 역사의 살아 있는 화석이기 때문이다. 마음은 버스보다 저만치 앞서 달리고 있었다. 스페인 중세 도시를 대표하는 살라망카가 평지가람이라면 톨레도는 협곡 위에 봉곳 솟은 산지가람의 중세 도시다. 하늘은 금방이라도 잿빛 물감을 뚝뚝 떨어뜨릴 기세다. 급한 마음을 시샘이라도 하듯이 뭉게구름이 흐드러지게 태양의 눈을 가리며 흐르고 있었다. 쨍! 하고 스페인 하늘이 열렸다. 티 하나 없이 파란 스페인 하늘, 고운 채로 거르고 걸러서 살균한 정갈한 빛. 그 속에 내 영혼의 티까지 태워버리는 스페인의 태양은 하늘 아래 제일 성스러운 빛이다. 버스는 급하게 N-401 고속도로 위를 질주하고 있었다. 우리는 모두 차창으로 빛 속의 빛을 쫓으며 스페인의 하늘에 넋을 놓고 있었다.

스승은 톨레도를 꼭 보고 오라고 당부했다. 그러나 나는 톨레도에 대해서 별 관심을 갖지 않았다. 가브리엘의 변심한 애인이 살고 있는 도시가 톨레도라는 말이 가슴에 박혀 있을 뿐이었다. 멀리서 섬처럼 톨레도가 나타났다. 저만치 다가오는 톨레도는 거대한 요새처럼 위압적이지 않았다. 13세기에 착공해 15세기 말 스페인 통일 이듬해에 완성된 톨레도 대성당이 작은 십자가를 흔들고 있었다. 그 옆으로 톨레도 알카사르가 단단하게 웅크리고 있었다.

버스가 산 안톤 지역을 돌아서자 톨레도의 위용은 산처럼 그 기세를 세우기 시작했다. 성벽 아래 누워 있는 로마시대 원형경기장 터에 도착했다. 쇠락한 담장만이 로마시대의 추억을 간직한 채 원형경기장의 흔적을 지탱하고 있었다. 뼈만 앙상한 유선형 담장은 하늘을 날아오르다 떨어진 거대한 용의 뼈들이 제 그림자를 굽어보고 있는 것 같았다.

톨레도의 수문장, 비사그라Bisagra의 성문을 따라 이슬람식 성벽이 단단하게 톨레도를 구속하고 있었다. 그 사이로 파고든 현대식의 콘크리트와 유리로 조각한 에스컬레이터가 중세의 시간들을 가로지르고 있었다. 곧바로 산토 도밍고 성당에 올라섰다. 미로 같은 톨레도의 골목길이 유혹했다. 톨레도 대성당의 십자가를 품고 천상의 골목을 헤집고 올랐다. 평원을 파고든 골목이 살라망카의 상징이라면, 좁은 미로들이 나무줄기처럼 서로 얽힌 골목길이 톨레도의 상징이다. 이슬람의 지문이 살아 있는 톨레도의 길은 중세의 혈관이다. 톨레도의 역사를 하늘과 이어주는 기둥이 톨레도 대성당이다. 톨레도는 거대한 신앙의 나무다.

스승은 톨레도를 꼭 보고 오라고 당부했다.

그러나 나는 톨레도에 대해서 별 관심을 갖지 않았다.

가브리엘의 변심한 애인이 살고 있는 도시가 톨레도라는 말이

가슴에 박혀 있을 뿐이었다.

멀리서 섬처럼 톨레도가 나타났다.

저만치 다가오는 톨레도는 거대한 요새처럼 위압적이지 않았다.

모든 길은 로마로 이어지듯이 톨레도의 모든 길은 하늘 아래 첫 시작점인 대성당으로 모였다. 어느 곳에서나 대성당의 첨탑은 협곡처럼 파인 좁은 골목길에 살짝 얼굴만 들이밀고는 이내 달아나버렸다. 거대한 요새, 톨레도의 정신적인 어머니는 톨레도 대성당이고 아버지는 알카사르다. 타호 강이 톨레도의 동쪽에서 서로 절벽을 깎아 해자를 만들고 동남쪽에 높은 성벽을 쌓아 요새의 주둥이를 틀어막았다. 천혜의 해자를 갖춘 톨레도는 시대를 달리해 침략을 받았지만 톨레도의 문화는 면면히 살아남았다. 타고난 도시의 골격이 범상치 않았기 때문에 누가 주인이 되어도 난공불락의 요새는 그대로 존속됐다.

톨레도는 로마, 이슬람, 유대, 고딕에서 르네상스, 바로크, 로코코에 이르기까지 모든 양식이 비빔밥처럼 혼합되어 있다. 세계 어디서도 볼 수 없는 역사와 문화의 화석이다. 스페인 건축 문화의 자궁이다. 가톨릭의 고딕 첨탑 아래 로마네스크 양식에서 이슬람의 모스크, 유대교회의 시나고가sinagoga에 이르기까지 모든 건축 양식들이 총집합되어 있는 야외 박물관이다. 다양한 양식이 혼재된 톨레도 대성당은 톨레도 역사의 아이콘이다. 대성당의 출입문은 3개의 문으로 이루어져 있다. 왼쪽은 지옥의 문, 가운데는 용서의 문, 오른쪽은 심판의 문이다. 이것은 톨레도 대성당이 스페인 기독교의 뿌리임을 천명하는 것이다. 용서의 문만이 사람들의 출입을 허용했다. 스페인 땅에 하느님이 내려오신다면 톨레도 성당으로 내려오신다고 믿고 있다. 실내 기도실에는 예수 탄생에서 재림까지의 장면이 황금색으로 조각되어 있다. 채광창 엘 트란스파렌테El Transparente(제단 뒤쪽의 천장을 뚫어 자연광을 직접 도입한 18세기 추리게라 양식)를 통해 직접 햇빛을 받아들여 살아 있는 예수님의 영성을 만날 수 있다.

톨레도에는 비운의 천재 화가 엘 그레코El Greco의 삶이 박제되어 있다. 그리스인을 뜻하는 엘 그레코는 살아서도 죽어서도 인정을 받지 못하다가 18세기에 들어와서 재평가를 받기 시작했다. 피카소에게 영향을 미친 엘 그레코 화풍은 그 당시 유행하던 원근법을 무시한 독창적인 화풍이었다.

톨레도의 상징은 대성당과 알카사르다. 대성당이 성경이라면 알카사르는 칼이다. 중세 요새는 성경과 칼로 이루어졌다. 대성당 바로 옆 알카사르는 얼른 보기에도 성채처럼 단단하다. 망루에 올라가지 않아도 사방이 한눈에 들어온다. 이슬람의 성채에서 가톨릭 성지 회복군의 성채, 프랑코의 혁명정부의 성채로서 알카사르는 다양한 문명의 지배를 받았지만 인간의 욕망을 담아두기에는 너무 크고 위대했다. 톨레도는 이슬람과 유대교와 가톨릭이 서로 영향을 주고받으며 공존했다. 톨레도가 스페인의 정신적인 수도이며 문화의 아버지로 추앙받는 이유이다. 경사지에 걸터앉은 소코도베르Zocodover 광장은 톨레도의 중심 광장답지 않게 소박하다. 그러나 그 속살은 톨레도의 피로 붉게 물들어 있는 역사의 현장이다.

가브리엘이 자신이 잘 알고 있는 마에스트로(장인)의 집으로 안내했다. 톨레도는 이슬람이 스페인을 점령하면서 검을 만드는 공방으로 발전했다. 톨레도의 장인들에게 "당신이 유명한 칼을 만드는 공방의 마에스트로냐?"고 물으면 침묵한다. 그러나 당신이 어떻게 칼을 잘 만들게 됐냐고 물으면 끝도 없이 자신의 경험담을 쏟아냈다. 지천에 깔려 있는 다양한 금속 공예품들이 할아버지의 영웅담을 대신하고 있었다. 그중에서도 돈키호테와 산초가 멋진 갑옷을 입고 노려보고 있는 조각품이 눈길을 끌었다. 소설 돈키호테의 배경이 된 도시라서 돈키호테와 산초가 사방에 깔려 있다. 끊임없이 무너지며 그래도 일어서려고 안간힘을 쓰고 있는 돈키호테의 모습에 톨레도의 끈질긴 생명력이 숨 쉬고 있었다. 톨레도의 생명은 불멸의 사랑이었다.

가우디의 슬픈 사랑

가우디는 “직선은 인간의 선이며, 곡선은 신의 선이다.”라고 했다. 가우디의 모든 건축물은 자연에서 발견한 유려한 곡선으로 이루어져 있다. 자연의 선이자 신의 선으로 이루어져 있다. 그의 말처럼 평생 자연의 선을 찾아내어 창조주와 지칠 줄 모르게 협력한 결과물이다. 평생 투박한 남자들에 둘러싸여 무거운 돌을 다듬었던 그의 손은 자연의 선에서 실을 뽑아 부드러운 여체의 선을 빚었다. 그러나 가우디는 아름다운 여성과 사랑을 나눈 적도 가정을 꾸린 적도 없다. 평생 알코올중독자인 여동생과 여동생이 남긴 조카를 돌보며 정작 자신은 사랑하는 여인과 함께할 수 없었다. 가슴의 보물창고에 아껴두었던 사랑의 열정은 바르셀로나 민중을 향해 열린 사랑으로 아낌없이 분출했다.

마타로 노동자 단지 건설에 바쁘던 어느 날 한 여인이 가우디의 닫힌 사랑의 문에 빗장을 열었다. 가우디의 숙소 가까이 살았던 페페타라는 이름의 아가씨로 마타로 노동자 단지 내에 있는 학교의 선생님이었다. 투박한 남자의 사랑이 항상 부드러운 것은 아니다. 혼자 끙끙거리며 사랑의 열기를 끌어안고 있었다. 사랑의 시작은 직선이지만 그

직선의 물꼬를 곡선으로 풀어내는 것이 사랑의 예술이다. 무거운 화강석을 자유자재로 다루는 예술가였지만 사랑 앞에서는 속수무책이었다. 무심한 세월이 가우디의 짝사랑을 비웃으며 마타로 노동자 단지 공사의 끝을 향해 달려가고 있었다. 공사가 거의 마무리 단계에 접어들었을 때 마침내 단지 구경을 하고 싶다는 페페타의 청을 받았다. 그동안 마음속으로 수만 번 사랑의 궁전을 지었다 허물었다. 단지 전경이 한눈에 내려다보이는 정원에 도착했을 때 가우디의 가슴 깊은 심연에서 떨고 있었던 사랑이 고개를 세웠다. 페페타의 바다같이 깊고 푸른 눈동자를 향해 사랑이 날아갔다. "페페타! 당신을 사랑합니다."

거대한 용암이 분출하듯 가슴에 끓고 있던 사랑이 일시에 분출했다. 그것은 시간의 침묵 속에서 끓고 있었던 사랑의 울부짖음이었다. 페페타의 마음은 떨리고 있었다. 석양에 무너지는 저녁 그림자 같았다. 숯덩이처럼 까맣게 타들어가던 가우디의 사랑은 페페타의 침묵 속에 돌처럼 굳어 있었다. 페페타의 깊은 눈망울이 바다 속 깊은 한을 토해내듯이 "미안해요! 건축가 선생님. 저는 이미 결혼을 약속한 사람이 있어요."라고 말하고 있었다. 순간 세상으로 열린 가우디의 사랑은 일시에 닫혀버렸다. 가우디의 외로운 사랑은 거친 파도의 포말처럼 투박한 그의 가슴에서 부서지고 있었다. "내가 지난밤 당신을 얼마나 만나고 싶었는지 모를 거예요. 오! 내 사랑!"이라고 노래한 베토벤의 불멸의 편지처럼 사랑의 문이 닫혀버렸다.

이후 가우디의 사랑은 잠시 흔들리기는 했지만 끝까지 휴화산으로 가슴속에 남아 있었다. 출구를 찾지 못한 그의 사랑은 바르셀로나 공동체를 위한 열린 사랑의 집을 짓는 데 오롯이 피어올랐다. 미완의 사랑은 미완의 건축을 낳았다. 미완의 건축은 가우디의 아픈 사랑을 품고 완벽하게 타고 있었다. "사랑에 빠지기는 쉽다. 사랑에 빠져 있기도 쉽다. 인간은 외로운 존재이므로. 하지만 한 사람 곁에 머물면서 그로부터 한결 같은 사랑을 받기란 결코 쉽지 않다."는 안나 루이스 스트롱Anna Louise Strong의 말처럼 이후 가우디는 오로지 일에만 미쳤다. 그의 열정이 스치다 멈추어버린 구엘 공원 오솔길은 그의 바람대로 명상의 공간이 아니라 청춘남녀들이 사랑을 나누는 에덴동산이 됐다.

가우디의 건축물은 하나같이 여인의 실루엣처럼 아름다운 곡선으로 이루어져 있다. 곡선은 직선보다 더 억척스러운 사랑의 손길을 요구한다. 그의 아픈 사랑이 가우디만의 열정으로 카탈루냐 민중을 밝히는 불멸의 불꽃으로 타올랐다. 한 인간의 위대함은 '그가 무엇이 되는가'에 있는 것이 아니라 '그가 무엇을 위래 살았는가'로 판단된다. 가우디만의 열린 사랑은 그의 아픈 사랑의 씨앗으로 피어올린 불멸의 사랑이었다.

카사 밀라에 담긴 불멸의 사랑

카사 밀라Casa Milá의 부드러운 곡면에 난 철제 발코니는 지중해성 너울에 떠내려 오는 해초처럼 감각적이다. 그의 디자인 이미지가 고스란히 남아 있는 철제 대문의 형상처럼 파도의 거품 같은 가벼운 세포 덩어리가 전체 공간을 지배하고 있다. 가우디의 상상력은 입면에 머물지 않고 중정으로 날아다니다가 지붕으로 이어졌다. 오페라의 유령처럼 굴뚝 탑들이 춤을 추며 천사를 마중하고 있다. 옥상 테라스는 파도 위의 넘실거리는 조각배처럼 굴곡의 리듬을 타며 바르셀로나의 창공을 날아가고 있다. 중세의 기사처럼 기묘한 투구를 쓰고 있는 굴뚝과 환기탑과 옥상 출입구는 각자의 역할에 맞춰 춤을 추고 있다.

나선형 몸집을 하고 있는 굴뚝은 상상속의 투구를 쓰고 출정을 기다리는 전사처럼 보인다. 물결치듯 굽이치는 아치가 옥상의 굴곡을 조정하며 다락층 내부공간을 곡선의 터널로 조각했다. 현수선 아치 속살들이 굽이치며 빛과 어둠을 조정하여 숲속을 거니는 요정의 궁전을 빚어 놓았다. 다락층은 오늘날 박물관이 되어 가우디 건축의 여러 모델들을 전시하며 관광객들을 맞이하고 있다. 부드러운 곡선의 기하학은 바람이 깎아낸 터키 카파도키아의 자연석처럼 천의 얼굴을 하고 있다. 옥상 출입구의 아치를 바라보면 저만치 성가족 대성당을 품고 있다. 마치 성모 마리아의 품속에 안긴 아기 예수처럼 아늑해 보인다.

나선형의 내부 중정 공간은 빛의 우물이 되어 천상의 빛과 그림자를 품고 있다. 지중해 파도의 거품처럼 카사 밀라를 중심으로 하늘을 밀어 넣고 있다. 부드러운 곡면이 내부 공간으로 흘러들어가 천장의 굴곡을 조각했다. 호수의 잔물결이 바람에 일렁거리는 듯 거실 천장에 순백의 파도 문양을 장식했다. 알람브라 궁전의 몽환적인 천장 장식이 가우디의 손을 거쳐 완벽한 카탈루냐 양식으로 부활했다.

카사 밀라는 가우디의 마지막 열정이 살아 있는 개인 작품이다. 가우디의 위대함은 당대 부자를 위한 개인 건물조차 철저히 자신의 의지로 재력을 무력화시키고 새로운 시대의 작품을 창조한 것에 있다. 요즈음처럼 장비가 현대화되지 않았을 20세기 초, 철골 기둥에 보를 연결하고, 보에 들보를 연결해 돌을 고정하는 공법은 오로지 투박한 손만으로 완성시킨 기적이었다. 그 당시의 기술 수준으로는 시간과 정성이 무한정 투여되는 인내의 작업이었다. 카사 밀라는 수없이 돌을 들어 올렸을 가우디의 고독한 손이 빚은 작품이다. 실제 크기의 찰흙 모형을 만들고 그것을 들어 올려 점검하고 난 이후에 실제 화강석을 조

각했다. 자신의 직업을 사랑하고, 자신의 신념을 믿고, 끝까지 자신을 사랑하지 않으면 불가능한 작업이었다.

모든 사람들이 가우디를 미쳤다고 했다. 미쳤기 때문에 한 치의 오차도 없는 위대한 작품을 세울 수 있었다. 그것은 가우디 땀의 결정체다. 카사 밀라는 가우디만의 모든 열정이 녹아 있는 결정체다. 가우디 이전의 어떤 건축가도 시도하거나 모험하지 못한 독창적인 작품이다. 사람들은 카사 밀라를 벌집, 채석장, 납골당, 고기파이라는 별명으로 불렀다. 카사 밀라는 그 이전에도 그 이후에도 결코 볼 수 없었던 독창적인 작품이었기 때문이다. 그런 가우디도 건축주의 반대로 끝내 카사 밀라 옥상에 카를레스 마니가 조각한 성모상만은 올려놓을 수 없었다. 1909년 7월 말에 발발한 폭동의 여파로 카사 밀라는 결국 미완성인 채 역사 속으로 사라져버렸다. 바르셀로나의 고통을 상징하는 카사 밀라는 영원히 미완성인 채로 남겨졌지만 오늘날 가장 아름다운 건축물로 추앙받고 있다.

카사 밀라를 지으면서 가우디는 자신의 철학을 밀라 부인의 화장대 옆에 고스란히 새겨두었다. "인간은 한 줌의 흙이니 흙으로 돌아가리라." 어떤 건축가가 자신의 건축주에게 교훈적인 이야기를 일방적으로 남길 수 있을까? 가우디가 사망한 후 밀라 부인은 가우디의 흔적을 모두 지워버리고 자신이 좋아하는 루이 15세 스타일로 새롭게 꾸며버렸다.

"인간이 집을 짓지만 그다음은 집이 인간을 만든다."는 진리를 실증적으로 보여주었지만 오늘날 밀라 부인의 이름은 건물 이름에만 남아 있을 뿐이다. 카사 밀라는 한 예술가의 열정이 한 개인의 탐욕에 그치는 것이 아니라 예술가의 열정으로 새로운 미래를 창조하는 밑거름으로 빚어놓은 가우디의 열정 그 자체다. 가우디는 개인주의와 돈이 주인인 자본주의 사회에서 내가 어떻게 살아가야 할지 그 해답을 알려준다. 불멸의 사랑이 부자의 욕망을 뛰어넘어 다음 시대를 예시하는 작품으로 승화하기까지 가우디의 열정은 시간의 개념을 지워버렸다. 카사 밀라는 하느님의 사랑을 가우디만의 방식으로 처절하게 풀어낸 그의 고백인지도 모른다.

돌로 빚은 현실의 낙원

흔히 모든 인간은 자신의 인생에서 세 번의 절곡점을 맞이한다고 한다. 그러나 가우디는 서른 초반 짊어진 성가족 대성당의 사역을 죽는 날까지 짊어졌다. 그는 자신이 죽고 나서도 이 성전을 3대에 걸쳐 지어야 할 것을 미리 알고 가장 중요한 입면과 성전 내부 구조를 완벽하게 해결해놓았다. 2010년 11월 교황 베네딕토 16세가 친히 성가족 대성당 미사를 집전하면서 베일에 싸여 있던 성가족 대성당의 내부 공간이 웅장하게 그 속살을 드러냈다. 거대한 빛의 숲은 상상 속의 에덴동산을 돌로 빚은 현실의 낙원이었다.

십자가 회랑 정점을 받치고 있는 4개의 기둥이 교회 평면의 중심이다. 예수를 상징하는 중앙 첨탑을 받치고 있는 4개의 기둥 주위로 4개의 첨탑이 천사처럼 둘러싸며 천장으로 신의 은총을 뿌려주고 있다. 기둥 구조와 장식들은 서로 포개지면서 300여 빛의 스펙트럼을 생산하며 성모님의 품으로 가난한 영혼들을 품어준다. 동, 서, 남 각 정문에 있는 각각 4개의 탑은 12사도를 상징하고 있다. 제단 상부에 있는 성모 마리아에게 바치는 탑까지 모두 18개 탑이 성가족 대성당 위에 솟아오르고 있다.

경복궁이 좌측에 종묘, 우측에 사직을 품고서, 남쪽에 남산, 북쪽에 북악, 서쪽에 인왕산, 동쪽에 낙산에 기대 있듯이 성가족 대성당 역시 북쪽 성모님의 품에 안긴 제단이 동쪽에 탄생을, 서쪽에 주검을 거느리고 남쪽에 영광의 문으로 걸어가고 있는 형상이다. 가우디는 바르셀로나 민중들이 어떻게 현실을 살아가야 할지에 대한 정확한 삶의 방향을 성가족 대성당에 빚어 놓았다.

남쪽으로 향하는 영광의 파사드는 현실이자 부활을 상징하고, 동쪽 탄생의 파사드는 과거를, 서쪽 수난의 파사드는 미래를 상징하고 있다. 제단이 동쪽을 향하는 전통적인 가톨릭성당의 배치에서 벗어나 바르셀로나 민중의 미래를 조각했다. 수난의 파사드 입구에서 바라보면 탄생의 파사드 입구가 보이고, 탄생의 파사드 입구에서 바라보면 수난의 파사드 입구가 보인다. 수난과 탄생, 탄생과 수난은 동전의 양면처럼 우리 삶의 양면임을 가우디는 직시했다.

금빛 조각들로 장식되어 있는 고딕 성당의 제단과 다르게 성가족 대성당의 제단은 장식 없는 둥근 벽이 천개(제단, 성물 등의 윗부분을 덮는 장식물)를 품고 있다. 7개의 팔에 지지된 칠각형의 천개 아래에 십자가 예수상이 공중에 매달려 있다. 이것은 금빛 제단이 예수님의 실체가 아님을 가우디가 강변하고 있는 것이다. 천개에 매달려 있는 예수상은 땅과 하늘, 인간과 신을 이어주는 매개자임을 암시하고 있다.

Mateu

19세기 말 바르셀로나는 권력화된 기독교의 우산(성령)을 쓴 아버지(교회 성직자)들이 아들(민중)을 핍박하고 있었다. 가난한 양 떼들이 길을 잃고 헤맬 때 인간은 누구나 탄생과 죽음 사이를 비행하는 이카로스임을 가우디는 선언했다. 탄생은 성장을, 죽음은 수난을, 행복은 영광을 상징하는 길을 걸어가는 것이 속세를 살아가는 인간임을 조각했다. 가난한 민중들은 중세의 기둥을 닮은 교회 성직자의 일방적인 설교를 원하지 않았다. 바닥(민중)과 기둥(아버지)과 천장(성령)의 위계는 분명히 존재하지만 하느님의 말씀으로 하나가 될 수 있다고 믿었다. 가우디는 성삼위일체 원리를 건축 공간에 실현하기 위해 성가족 대성당을 지었다. 《교회의례연감》을 읽으면서 교회 공간의 본질을 탐구했던 그는 콘스탄티노플 회의(A.D. 381)에서 정해진 아버지와 아들, 성령이 모두 하나의 본질mia ousia, 본성mia physis, 신성mia theotes으로 서로 다른 위격을 가지지만 동일 본질homoousios이라는 정의를 따랐다. 그리스도 품에서 인간 예수는 현실이지만 동시에 이 세상과 완전히 구분되고, 그 근원이 이 세상에 있지 않은 신적 실체를 뜻하는 초월자의 지위를 가지고 있다. 그러므로 인간의 세계(바닥)는 그 자체로 단절되어 있지 않고 하느님의 계시(벽과 기둥)를 통해 하느님(천장)을 향해 개방되며 한 인간으로서 완전한 예수의 삶을 닮을 수 있다고 가우디는 믿었다.

성가족 대성당의 내부 공간은 서로 구분되지만 전체적으로 공존하고 있다. 기둥은 기둥 자체로 독립적이기보다 팔각형의 줄기가 원형으로 순회하며 생명의 가치를 하늘로 뻗어 올리고 있다. 자연의 숲처럼 나무의 가지들이 지붕과 손을 잡고 있는 형상이다. 신적 존재에 대한 지나친 맹신으로 성삼위일체를 왜곡한 중세 교회의 전통에서 과감하게 벗어나 교회의 본질을 실현하고 있다. 성가족 대성당에 들어서면 천상의 빛이 성모의 손길처럼 하늘에서 뿌려지고, 별과 달과 새와 바람의 천사들이 지친 민중들에게 안식을 선물하고 있다. 성가족 대성당은 완벽한 돌의 경전이자, 돌의 숲이자, 돌로 만든 성모의 품이다.

하늘을 향해 가지를 뻗은 기둥 구조는 지진에도 안전한 구조 기법으로 자연의 나무에서 영감을 얻었다. 한낮 숲 속에 앉아서 하늘을 쳐다보듯 보석처럼 빛나는 태양의 조각들이 별처럼 반짝이고 있다. 인공조명을 최대한 절제하고 자연 조명만으로 공동체의 신전을 밝히려는 가우디의 신념은 인간을 깊이 통찰한 자만이 간직할 수 있는 하느님의 사랑이다.

성가족 대성당은 성모님의 품에 안긴 예수님이 탄생과 죽음 사이를 비틀거리며 살아간 모습을 형상화하고 있다. 그 모습은 바로 우리가, 내가 지향하며 살아가야 할 삶의 표본이다. 가우디는 개인의 사랑이 아니라 바르셀로나 공동체의 열린 사랑을 실천하기 위해 성가족 대성당을 지었다. 가우디는 당시 글자를 모르는 대다수 시민들을 위해 성당 외벽에 성경을 조각했다. 성가족 대성당은 그 자체가 돌의 경전이자 불멸의 사랑이다. 성가족 대성당의 위대함은 구조와 공간의 아름다움이 아닌, 공간의 기초와 평면과 첨탑에 이르기까지 바르셀로나 시민이 올바른 영성의 길을 누구나 이해할 수 있도록 스토리에 맞춰 형상화한 것에 있다. 하느님의 사랑이 20세기를 넘어 미래의 방향을 성전 속에 실증적으로 제시하고 있다. 불멸의 사랑을 가슴에 품지 않고서는 불가능한 작업이다.

바르셀로나의 정신

100년이 지나서도 자신의 무덤 위에 타워 크레인을 세우고 있는 성가족 대성당은 가우디 영혼이 피어올린 사랑의 꽃이다.

가난한 대장간 집안의 아들로 태어난 가우디는 외가와 친가 모두 대대로 대장간을 가업 삼아 생계를 이었다. 태어나면서부터 선천성 관절염으로 제대로 걸을 수 없을 정도로 몸이 허약했기 때문에 친구들과 어울리지 못하고 항상 주변 자연을 관찰하며 호기심의 날개를 타고 놀았다. 가우디의 고향, 레우스[Reus]의 자연환경은 가우디의 실험실이자 교실이었다. 작품에 자주 등장하는 버섯과 곤충, 동식물은 모두 어린 시절 자연을 관찰한 선물이다. 가우디 건축의 핵심인 곡선의 아름다움은 어린 시절 자연에서 발견한 신의 선물이었다.

가우디는 몸이 불편하기 때문에 가만히 앉아서 오랫동안 제도판에 엎드려 작업할 수 없었다. 그 대신 대지 현장에서 직접 발로 걸어 다니며 어떻게 지어야 할까를 충분히 검토하고 상상한 뒤 짧은 시간에 도면을 그렸다. 2차원 평면의 아름다움에 빠져 오랜 시간 제도판 앞에서 낭만에 빠지지 않았다. 관찰과 상상력으로 모델을 제작하고 나서 주요

구조와 디테일을 정리한 후 짧은 시간에 도면을 그렸다.

가우디는 다른 사람의 이야기를 잘 듣지 않는 고집불통이었지만 자신의 평생 경쟁자였던 루이스 도메네크 이 몬타네르Lluís domènech i Montaner의 이론만은 기꺼이 받아들여 자신의 건축 기반으로 삼았다. 로마네스크 건축과 고딕 건축 그리고 이슬람 건축을 융합한 도메네크의 바르셀로나 민족 건축을 자신만의 건축 이론으로 재구성했다. 자신의 평생 친구가 지병을 극복하는 과정에서 터득한 강한 승부근성과 포기할 줄 모르는 용기를 모두 건축에 쏟아 부었다. 그의 고집불통 성향은 확신에 찬 계획을 추진하는 행동력의 기반이 됐다.

가우디는 죽어서도 시신이 파헤쳐지는 수난을 당했다. 그러나 지금 가우디가 성인으로 추앙받으며 전 세계인의 사랑을 한 몸에 받고 있는 이유는 바르셀로나 민중의 미래를 제시했기 때문이다. 건축은 시대의 산물이다. 로마의 향수에 빠진 로마네스크 건축, 중세 신앙의 깊은 골이 조각한 고딕 건축, 신 앞에 무력한 인간적인 삶을 제시한 르네상스 건축, 왕권 강화를 외친 바로크 건축, 귀족의 사치를 재현한 로코코 건축 양식은 모두 시대의 양심이 지향하는 건축의 표본이다.

1755년 11월 1일 유럽 전역을 공포에 빠뜨린 리스본 대지진으로 당시 세계 인구가 7억 명이었던 시대에 5~6만의 사상자가 속출했다. 이후 인간의 '신에게만 의지할 수 없다'는 감정 변화는 고전 건축에 일대

전환을 불러온다. 1871년 10월 시카고 대화재 이후 도시는 목조 저층 구조에서 콘크리트 구조로 탈바꿈했다. 동시대 대표적인 건축가들 중에서 시간이 많이 걸리고 많은 돈이 드는 고전주의 건축을 벗어나 손쉬운 철근 콘크리트 건축으로 변화할 것을 제안한 사람은 르코르뷔지에였다.

반면에 가우디는 건축의 시대적인 기능에 편승하지 않았다. 밀려드는 산업화로 바르셀로나의 민중들이 부자와 가난한 자, 이주민으로 분리되어 서로의 이익을 부르짖을 때 가우디는 속죄의 성전을 지어 흩어진 민심을 하나로 모으려 시도했다. 가우디는 부자의 집과 빈자의 집을 오가며 콘크리트와 철골과 돌을 융합해 바르셀로나의 미래를 새로 조각했다. 그의 모든 건축의 중심에 하느님의 사랑이 자리 잡고 있다. 그 사랑은 사사로운 개인의 사랑이 아니라 공동체의 열린 사랑이다. 그 사랑의 씨앗은 허약한 육체를 지배하는 작은 사랑이다. 한 인간의 보잘것없는 사랑의 씨앗으로 바르셀로나를 넉넉하게 품기까지, 가우디의 열린 사랑은 바르셀로나의 정신이자 상징이 됐다.

리베라 메Libera Me

20세기의 레오나르도 다빈치로 추앙받는 가우디는 죽음조차도 시적이다. 철로를 건너다 발을 삐어서 넘어지는 바람에 전차에 치이고 말았다. 남루한 부랑자처럼 뼈만 앙상한 가우디를 아무도 알아보지 못했다. 노인의 주머니에는 위대한 건축가의 신분을 알 수 있는 그 흔한 명함 한 장 없었다. 그저 먹다 남은 건포도와 땅콩 몇 알이 뒹굴고 있을 뿐이었다. 지나가는 택시는 걸인을 포기하고 달아났다. 가우디는 결국 한밤중이 되어서야 허름한 공동 병실 모퉁이를 차지할 수 있었다. 하느님의 품으로 돌아가는 가우디의 손에는 도면 대신에 하얀 손수건에 싸인 그리스도의 십자가가 전부였다.

그러나 가우디의 장례 행렬은 추모객들로 인산인해를 이루었다. 가우디의 시신이 성가족 대성당 지하 납골당으로 내려가는 동안 미사곡 '리베라 메(나를 자유롭게 놓아주세요)'가 거룩하게 울려퍼지며 가우디의 영혼을 마중했다. 이 미사곡은 평생 창조적 작품을 만들며 종교적 신념으로 인생을 살다간 가우디에게 딱 들어맞는 노래였다. 모든 사람들이 한목소리로 "바르셀로나의 한 천재가 우리 곁을 떠났다. 바르셀로나의 한 성자가 우리 곁을 떠났다. 돌마저도 그를 위해 울고 있다. 고통스런 창조적 삶을 살다가 십자가의 죽음으로 순교했다."라고 슬픔을 에둘러 표현했다. 가우디는 1992년 바르셀로나 올림픽을 계기로 화려하게 부활해 전 세계인의 영혼을 울리고 있다.

스페인에서 마지막 건축 수업은 가우디의 건축물이었다. 나를 감싸고 있는 마드리드의 공기는 여전히 맑았지만 마음은 항상 맑지 않았다. 단 한 번도 명쾌하게 의사소통이 이루어진 적이 없었고, 단 한 번도 토론의 결말이 깨끗하게 마무리된 적이 없었다. 스페인어는 시시포스의 돌처럼 나를 짓눌렀다. 슬픈 일이 안타까운 일이 되고 멍처럼 상처의 흔적으로 남았다. 매일 주어진 시간을 십자가처럼 짊어지고 헤매고 있는 나를 위로해준 선생이 바로 가우디였다. 인생은 고난을 헤쳐나가는 것이라는 사실을 단적으로 보여준 스승이 가우디였다. 누가 뭐래도 가우디는 가우디만의 길을 걸어갔다. 스페인 국왕들도 죽고 나면 지하의 조그마한 관 속에 누워 사람들의 역사와 기억에서 사라져갔지만 가우디는 영원히 세계인의 가슴속에 살아 있다. 수많은 사람이 세기를 거슬러가며 창조적인 영감으로 성가족 대성당을 짓고 있다.

가우디는 평생 둔탁한 손과 열정으로 집을 지었을 뿐 책 한 권 쓴 적이 없다. 세계 어떤 거장의 작품도 오늘의 관점에서 보면 별로 대단한 것이 없다. 현대 건축의 거장으로 불리는 르코르뷔지에의 사보아 주택

Villa Savoye을 보면서 가우디는 이렇게 말했다. "내가 본 이 건축가의 모형은 평행 육면체를 모아놓은 것이다. 이는 포장 박스를 내리는 열차 플랫폼 같기도 하고, 그중 어떤 것은 찬장을 연상시킨다. 이 사람은 목수의 정신성을 가지고 있다."

현대 건축 거장들의 작품을 보는 순간 "저 정도라면 나도 할 수 있겠다."라는 자신감이 들었지만 가우디의 작품을 쳐다보는 순간 나는 할 말을 잊어버렸다. 왜냐하면 지금 이 순간, 죽었다 깨어나도 할 수 없기 때문이다. 지치고 미칠 것 같은 혼돈 속에서도 가우디는 나에게 이런 질문을 던졌다. "어떤 일이라도 해내기 위해서 미친 적이 얼마나 많았던가! 아니 충분히 미쳐보기는 했어?" 사람은 누구나 자신만의 아킬레스건을 가지고 있다. 그러나 약점을 이해하고 극복해나가는 과정은 각자 다르다.

걸인으로 생을 마감한 가우디의 영혼이 예수님의 실재처럼 빛나고 있다. 가우디는 자신을 진정으로 사랑했다. 자신에게 솔직했다. 그리고 현재의 환경을 더 좋은 공간으로 발전시켰다. 나는 진정으로 나의 삶을 사랑하며 살지 못했다. 로버트 헬러가 쓴 《워런 버핏》에 쓰여진 글귀를 이해하지 못했다. "외국어 공부가 어렵다는 사실은 외국어를 배울 수 없다는 것을 의미하지는 않는다. 종종 충동적이고 감정적으로 행동한다는 사실이 우리가 합리적이고 이성적인 행동을 배울 수 없다는 것을 의미하지는 않는다."

위기에서 나를 세워주고 격려하는 사람은 남이 아니라 바로 나 자신이었다. 짧은 시간에 스페인어를 잘할 수 없었다. 그러나 최선을 다하는 것은 나의 몫이었다. 이것이 바로 나를 진정으로 사랑하는 것이었다. 약점을 인정하고 그 속에서 강점을 발견해 그것을 끝까지 뚝심으로 밀고 나간 가우디는 영원한 나의 스승이었다. 내가 좋아하는 일을 즐기다 죽음에 이르는 것보다 행복한 삶은 없다는 것을 가우디가 가르쳐주었다. 매일 둔탁한 손으로 무거운 돌을 옮기며 자신의 상상력을 현실 속에 쉼 없이 쌓아간 삶이 가우디의 실체였다.

조지 오웰은 《카탈로니아 찬가》에서 성가족 대성당을 흉물스런 건물이라고 비난했다. 그러나 오늘날 매년 200만이 넘는 사람들이 위대한 영혼인 가우디를 만나기 위해서 수없이 이 골목, 저 골목을 기웃거리고 있다. "합리적인 사람은 세상에 쉽게 순응한다. 반면, 비합리적인 사람은 세상을 자신에게 순응시키려한다. 모든 진보를 이끌어내는 사람은 바로 이 비합리적인 사람이다."라고 조지 버나드 쇼가 말했다. 죽는 순간까지 열정을 내려놓지 않는 가우디 삶에 딱 들어맞는 표현이다.

월요일 새벽에 마드리드에 도착했다. 아직은 버스가 다니는 시간이 아닌 새벽, 택시에 올랐다. 최대한 마드리드에 오래 산 사람처럼 자신감 넘치는 표정으로 "아 그란 비아A Gran via(그란 비아로 갑시다)!"라고 외쳤다. 외국인이라고 미터기 장난을 치거나 먼 길로 돌아가지 못하도록 하기 위해서 짧고 강하게 말했다. 그리고 담대하게 눈을 감았다. 나를 지키고 사랑해주는 사람은 오로지 나 자신뿐이라는 믿음으로.

몬드라곤의 성자

산티아고 순례길의 첫 출발지인 프랑스 바욘Bayonne과 생장피에드포르에서 피레네 산맥을 넘어서 론세스바예스에서 팜플로나에 이르기까지 대서양 연안의 산악 지형이 모두 척박한 바스크 지방에 속한다. 바스크는 스페인 아라곤 왕조의 기원이었지만 스페인에서 가장 핍박받은 민족이다. 선조가 바이킹족의 일원이라는 것을 제외하곤 언제부터 이 지역에서 살았는지 알 수 없다. 언어도 스페인의 여타 언어와 이질적인 그들만의 에우스카라어Euskara를 독자적으로 사용하고 있다. 빌바오, 산 세바스티안, 비토리아를 중심으로 바스크인의 자치를 부르짖고 있다. 이 척박한 바스크 지방의 산중 마을 아라사테는 스페인어로 몬드라곤으로 불린다. 용의 도시로 불릴 만큼 중세 이후 세상과 단절된 산중 마을이었다. 이곳에 원한을 사랑으로 승화시킨 한 성자가 있었다.

호세 마리아 아리스멘디아리에타Jose Maria Arizmendiarrieta 신부는 1915년 4월 22일 몬드라곤으로부터 약 50킬로미터 떨어진 작은 시골마을 마르키나에서 태어났다. 자영 농장주의 맏아들로 태어난 호세는 여동생 하나 남동생 둘과 함께 집안에서는 에우스카라어를 쓰면서 민족 문화를 배웠다. 세 살 때 사고로 왼쪽 눈을 잃었지만 그것이 자신의 호기심을 누그러뜨리지는 못했다. 맏아들로서 농장을 상속받는 대신에 사제로의 부름을 받아들였다. 열두 살 되던 해 호세 마리아는 신학 공부를 위해 예비학교에 들어간 이후 줄곧 비토리아에 있는 신학교에서 신부 수업을 계속했다.

1936년 7월 스페인 내전이 시작되자 비토리아는 파시스트의 손아귀에 들어갔다. 그때 고향에서 방학을 보내던 호세 마리아는 당시 인민전선 정부를 지지하는 비스카야와 기푸스코아의 정부군에 참가했다. 조지 오웰을 비롯한 유럽과 미국에서 많은 지원군이 인민전선에 가담했다. 그러나 그는 소년 시절에 입은 왼쪽 눈의 시력 상실 때문에 전투 임무를 수행하는 대신 바스크 군대의 신문을 펴내고 편집하는 일을 맡았다. 기자로 일하는 동안 그는 여러 가지 정보를 접하면서 사태를 객관적이고 비판적으로 보게 됐다. 그는 당시의 참혹한 상황을 이렇게 묘사했다. "이 전쟁에서 승리할 사람은 군부와 자본가일 뿐이다." 그는 전쟁의 결과에 대해 어떠한 환상도 갖고 있지 않았다.

1937년 4월 26일 프랑코의 사주를 받은 24대의 히틀러 전투기의 폭탄세례로 바스크 민족의 성지 게르니카가 파괴되고 무고한 민간인 1,540명이 죽거나 다쳤다. 1937년 6월 빌바오가 프랑코 군에 함락된 뒤, 더 이상의 무장 항쟁이 불가능해졌음을 깨달은 호세 마리아는 당국에 자수했다. 그는 바스크 군에서 함께 복무했던 28명의 동료들과 함께 한달 조금 넘게 감옥에 갇혀 있었다. 운명을 결정짓는 군사재판에서 잠시 머뭇거리다 그는 바스크 군대의 군인이었다고 대답했다. 이 대답으로 그는 전쟁 포로로 분류되어 기적적으로 목숨을 부지할 수 있었다. 자신을 기자라고 밝힌 그의 동료는 곧바로 처형됐다.

구사일생으로 목숨을 건진 호세 마리아는 신부 수업을 마치기 위해 비토리아로 돌아갔다. 전쟁의 이데올로기를 온몸으로 체험한 그는 신학뿐만 아니라 사회 문제와 사회 운동에 자연스럽게 빠져들었다. 도서관에서 방대한 지식을 섭렵하며 선진 공동체 문화를 깊게 공부했다. 신부 서품을 앞두고 그는 대주교에게 벨기에 루뱅 대학에서 사회학을 공부하도록 허락해줄 것을 간청했지만 대주교는 이를 무시하고 몬드라곤 신부사역을 맡겼다. 이 사건을 계기로 그는 사회학자가 되는 대신 바스크 지역의 실천적인 사회학자로서의 위대한 임무를 받아들였다.

1941년 2월 5일 호세 신부가 평범한 보좌신부로 부임한 몬드라곤은 가파른 피레네 산맥 줄기의 협곡에 자리 잡은 한적한 작은 도시로 인구는 1940년 기준 8,645명에 불과했다. 1941년 몬드라곤의 노동자 계급은 스페인 내전 탓으로 절망적인 빈곤과 실업으로 황폐화됐다. 북적대는 열악한 주거 환경에 설상가상 결핵으로 고통받고 있었다. 이들은 프랑코의 독재 사슬에서 정치적 자유나 경제적 기회를 모두 박탈당한 난민처럼 절망적으로 살아가고 있었다. 15세기 낡은 건물들이 좁은 길에 면해 위태롭게 서 있는 퇴락한 마을 풍경은 그 자체로 희망이 전무한 음산한 산골 촌락이었다.

모든 희망이 사라진 광산 마을에 1941년 신부로 부임한 그는 제일 먼저 보건소를 지어 결핵 환자들을 치료했다. 주임신부마저 조용히 지내라며 손가락질했지만 그는 우직하게 운동장을 만들고 축구팀을 신설해 청소년들의 기상을 세웠다. 그다음 몬드라곤 성인 인구의 15퍼센트에 달하는 600여 명의 후원으로 20여 명의 학생을 모아 기술전문학교를 세웠다. 여기 졸업생 중 일부를 사라고사 대학이 교환학생으로 일과 학업을 병행시켜 산골 마을에서 처음으로 대학 졸업생을 배출했다.

졸업생 5명의 이름으로 석유난로를 조립하는 울고를 창업한 것은 그로부터 10년 후였다. 회사가 자립하기도 전에 그는 제자들과 함께 모금활동을 벌여서 은행을 설립했다. 그는 끊임없이 공부하며 미래의 자립기틀을 마련하는 선구자였다. 그는 평생 "과거에 집착하는 것은 신에 대한 모독이다. 여러분은 반드시 항상 미래를 보아야 한다."라고 제자들을 격려했다.

인구 10만이 채 되지 않는 몬드라곤은 그룹 본사와 대학의 도시로 변모했다. 스페인에서 고용 규모 재계 5위의 대기업으로 성장한 몬드라곤은 모든 회사 직원이 조합원이자 직원인 동시에 주인이다. 정규직

비정규직의 차별도 없다. 모든 직원이 해고의 위험 없이 대기업의 연봉을 받으면서도 우리나라 현대자동차그룹 규모로 성장했다. 몬드라곤 계열사인 우르사Urssa 건설은 최첨단 빌바오 구겐하임과 자하 하디드의 사라고사 다리전시관을 시공했으며 현재 뉴욕 심장부 그라운드 제로 최첨단 건설 공사에 참여하고 있다.

호세 신부는 평생 그룹 공식행사를 주관하지도, 그룹의 이권에 관여하지도, 개인적 부를 축적하지도 않았다. 차를 사라는 제자들의 권유에도 불구하고 자신은 교회에서 나오는 비용으로 평생 자전거를 타고 다니며 몬드라곤 대학에서 강의했다. 평생 자신의 우상화를 반대했지만 그가 죽는 순간 그는 몬드라곤의 신화가 됐다. 거리와 대학과 본사의 로비에 그의 행적을 기념하는 조각이 들어서기 시작했다. 그는 전 세계 협동조합의 우상이 됐다.

호세 신부는 진정한 사랑으로 원한의 뻘에서 피어올린 연꽃처럼 세상에 향기를 피어올렸다. 눈에는 눈, 이에는 이가 아니라 사랑으로 가난한 민중을 구원한 호세 신부의 큰 사랑에는 원한과 죽음의 카오스가 자리 잡고 있다. 돈이 종교이자 욕망의 상징으로 굳어버린 현실에서 호세 신부는 내 삶의 방향을 잡아준 외로운 등불이자 불멸의 사랑이었다.

나를 지켜낸다는 것

대학원 졸업 작품 준비를 하면서 고민은 산이 되어가고 있었다. 괴물 히드라처럼 하루하루 나의 정신을 갉아먹었다. 더 이상 스페인어에 발목이 잡혀 있을 수 없었다. 부족한 말을 대신해 파노라마처럼 스케치와 도면을 그리고 또 그렸다.

100년도 더 된 낡은 발렌시아 경찰서 건물의 지붕 층을 현대적으로 리노베이션하는 것이 졸업 작품이었다. 거친 골격은 그대로 살리면서 문제점을 해결하는 것이 디자인의 과제였다. 스케치와 손으로 그린 도면을 복사한 OHP 필름을 환등기에 비추기로 했다. 기존 건축물의 평면 및 입면과 단면 그리고 구조관계를 보여주는 도면은 파워포인트의 영상으로 준비했다.

보잘것없는 스페인어 실력이 끝까지 공황 상태로 몰아붙였다. 중간 발표는 팀워크로 그럭저럭 넘어갈 수 있었으나 최종 발표는 오롯이 나 혼자만의 몫이었다. 어디를 둘러봐도 도망갈 틈은 찾을 수 없었다. 수없이 '그냥 수료만 할까'라는 말을 되새기며 가슴을 쓸어내렸다. 라파엘이 적어준 원고는 고급언어라 가슴에 닿지 않았다. 어울리지 않는

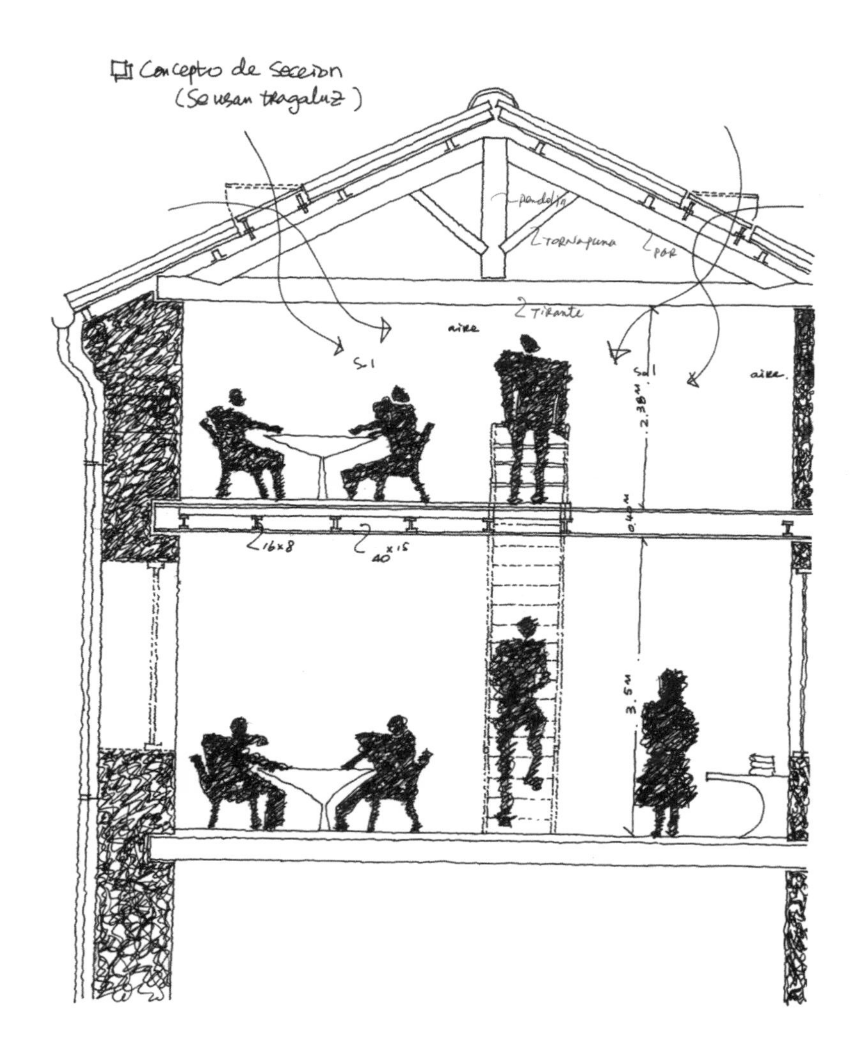
Concepto de seccion
(Se usan tragaluz)
pendolón
tornapunta
par
Tirante
aire
sol
aire
2.38M
0.40M
16x8
40x15
3.5M

미리 짠 각본을 과감히 찢어버렸다.

원고를 버리고 나니 아쉬운 마음이 엄습했다.

그러나 한편으로는 홀가분했다.

어울리지 않는 옷을 과감하게 버리고

누추하지만 편안한 옷을 입은 만족감이었다.

치수의 큰 옷을 입고 있는 기분이었다. 언어는 자신의 감정을 솔직하게 담아낼 때 공감할 수 있다. 수없이 날밤을 새우며 준비를 끝냈다. 발표 하루 전날 밤이었다. 에베레스트를 등반하는 산악인이 종교에 관계없이 에베레스트 산신에게 티베트 방식의 기도를 드리듯이 간절히 기도했다. 순간 한 가지 묘안에 가슴을 후려쳤다. 내가 알고 있는 단어만 사용해서 발표하고 싶었다. 라파엘이 적어준 고급단어로 설명하다 보니 감정을 느낄 수 없었다.

지난 시절 대학원을 졸업하고서 부유한 아가씨를 소개받았다. 2주일 만에 한 달 봉급이 바닥을 드러냈다. 어색한 그림자만이 시간을 갉아먹고 있었다. 나다운 자신감을 드러내지도 그렇다고 끝까지 나를 속이지도 못하고 엉거주춤 물러서고 말았다. 당당하지도, 비겁하지도 못한 상황에 끌려다니고 있었던 나 자신을 마드리드에서 다시 들여다보고 있었다. 가장 나다운 방법이 최선의 해결책이라는 확신이 들었다. 애지중지하던 원고를 과감히 찢어버렸다. 원고를 버리고 나니 아쉬운 마음이 엄습했다. 그러나 한편으로는 홀가분했다. 어울리지 않는 옷을 과감하게 버리고 누추하지만 편안한 옷을 입은 만족감이었다.

무릎을 꿇었다. "하느님 용기를 주십시오!"라고 소리쳤다. 내가 가지고 있는 것, 내가 알고 있는 실력으로 발표를 마칠 수 있게 해주실 것을 간청했다. 막다른 골목에서 당당하게 맞서는 황소의 용기는 가우디에게서 받은 것이다. 노력은 인간의 몫이고 결과는 하느님의 몫이다. 가장 나다운 모습으로 무장했다. 더 물러설 때가 없는 장수처럼 나의 가슴을 어루만졌다.

당신은

나의 영원한 지지자이며

나의 영원한 꿈입니다.

높은 곳을 향해 펄럭이며

영원히 사라지지 않는

깃발입니다.

서울에서 아내가

세상에서 가장 아름다운 기도

벼랑 끝에 봉착하는 순간 심연의 목소리가 울렸다. 때로는 눈물로, 통곡으로 찌든 가슴을 씻어내고 난 뒤에야 비로소 심연의 소리를 들을 수 있었다. 세상에서 가장 솔직하고 명쾌하고 아름다운 소리는 가슴 밑바닥에서 울리는 자아의 울림이다. 마흔 중반, 스페인 마드리드에서 고독한 내면과 마주했다. 꿈의 문 앞에 고독의 강물이 흐르고 있었다. 마흔다섯의 나이가 자꾸 돌아가자고 했다. 돈키호테처럼 용기 있는 싸움을 할 자신이 없었다. 외로운 선택 앞에서 자아의 가르침을 무시하고 싶었다. 피부색깔과 말과 문화가 사막처럼 건조한 마드리드에서 외롭게 나와 마주 앉았다. 마지막 출구 앞에서 자아의 외침을 따를 것인가. 아니면 외면할 것인가. 수없이 갈등했다. 고난 뒤에 희망이 솟아오르고, 피하고 난 뒤엔 공허함이 몰아칠 것을 이미 알고 있었다. 나는 루비콘 강에서 망설이고 있었다.

시간은 냉정하게 흘러갔다. 그렇게 가슴 졸이며 기다리던 작품 발표날이 다가왔다. 수많은 고민의 마침표를 찍을 순간이 다가왔다. 황소의 심장을 향해 칼날을 꽂아야 하는 그 진실의 순간이 마침내 운명처럼 다가왔다. 드디어 내 차례가 됐다. 무대로 걸어 나가는 발걸음에 중력이 사라졌다. 떨고 있는 나의 영혼이 솜처럼 가벼웠다. 슬라이드, 컴퓨터, 프로젝트의 장비를 살펴보고 심사위원 교수들과 친구들을 바라보았다. 머릿속에는 오로지 한 단어만을 외치고 있었다. "나는 할 수 있다." "나는 할 수 있다." "나는 잘할 수 있다."

황소와 사투를 벌일 투우장의 모래를 한줌에 쥐어보는 투우사처럼 두려움의 공기를 움켜쥐었다. 그리고 투우사처럼 냉정한 시간 위로 나의 목숨을 던졌다. 발표장은 일순간 고요한 적막이 감돌았다. 기대 반 걱정 반으로 쳐다보는 눈길과 마주쳤다. 심호흡을 길게 했다. 그리고 입을 열었다. 그러나 입술이 꼼짝하지 않았다. 손과 몸을 이리저리 흔들고 나서야 마침내 "부에노Bueno(자, 그러면…)!"라는 소리가 가늘게 목구멍으로 빠져나왔다. 오른손을 다시 몇 번이나 흔들고 나서야 "저의 발표는…"이라는 목소리가 메아리처럼 귀에 울렸다. 몰아치는 열정의 강물은 이리저리 휘어지고 넘어지기를 수없이 반복하며 심연의 바다로 흘러갔다.

외마디 비명 같은 한마디가 튀어나오자 잠자던 단어들이 춤을 추듯 감정을 실으며 작품 위로 날아다녔다. 서툰 언어실력을 충분히 이기고도 남을 에너지가 발표장을 빨아들이고 있었다. 열정이 폭포처럼 용틀임하며 흘렀다. 시제를 생략하기도 하고 단어와 단어를 연결하는 접속사를 생략하기도 했다. 말을 잊어버리면 손짓, 몸짓을 동원해 수많은 그림과 도면에 나만의 감정을 입히고 또 입혔다. 나도 모르게 존칭을 생략한 공격적인 말이 튀어나왔다. "나의 말을 이해하느냐?"는 말에 펠릭스 교수가 손을 들고서 "이해하고 있어!"라며 계속하라고 격려하는 바람에 심사장은 웃음바다가 됐다. 만화처럼 수많은 도면이 나의 말을 대신했다. 보너스로 한국 건축과 스페인 건축을 비교하는 특별 발표까지 마쳤다. 로사 선생이 심사 주무관인 펠릭스 교수에게 귓속말로 괜찮은가를 물었는데 펠릭스 교수는 큰 소리로 "에스타 비엔Está bien(잘했어)!"이라고 소리쳤다. 나의 귀에도 들릴 만큼. 한바탕의 농후한 공연이 막을 내릴 때 심사교수들이 일제히 박수를 치기 시작했다. 가슴 밑에서 불덩어리가 솟구쳐 올라왔다.

이 세상에서 가장 좋은 기도는 역경 속에 뛰어드는 것이다. 그리고 그것을 이겨내기 위한 용기를 주실 것을 청원하는 것이다. 사랑은 때때로 나를 제물로 바치는 의식이었다. 나는 투우사처럼 박수를 받으며 모래판을 내려왔다. 그러나 내일 또 다른 진실의 순간을 맞이할 것이다. 영원히 나 자신을 모래판 위에 던질 것이다. 나의 가슴에 뜨거운 스페인의 열정이 흐르고 있었다. 그것은 사랑이었다. 영원히 지울 수 없는 역사의 선물, 불멸의 사랑이었다.

Epilogue

비겁함, 나태함을 모두 스페인에 두고 왔다

지구가 23.5도 기울어져 있듯이 내 청춘도 기울어져 있었다. 그 기울기가 태양의 옷을 갈아입게 만들듯이 내 자신의 정체성을 각인했다. 남들과 다른 나만의 기울기 때문에 의기소침한 적이 있었다. 마흔 중반 마드리드의 삶은 내가 젊어진 기울기를 바라보는 시간이었다. 나만의 기울기를 나 자신의 정체성으로 받아들이는 것이 두려웠다. 남들처럼 세우려고 안달한 적이 있었다. 장미의 가시를 제거하기 위해 수많은 시간을 허비하며 정작 장미의 향과 아름다움을 발견하지 못했다. 나 자신만의 기울기에 날개를 달아줄 용기가 없었다. 스페인은 내 청춘의 마지막 날개를 달아주는 모험이었다.

스페인에서 나는 수없이 좌절하고 포기하고 싶은 충동을 느꼈다. 처음부터 학문에 미칠듯한 애정과 비전을 가진 것도 아니었다. 그냥 무너지고 싶지 않아서 처절하게 매달리고 참았을 뿐이다. 나이 마흔 중반, 스페인 땅에서 내 인생의 기울기를 다시 쳐다보았다. 그리고 꿈의 날개를 달고 싶었다. 박제된 인생이 아니라 살아 꿈틀거리는 열정으로 살고 싶었다. 고독한 시간 속에서 나의 기울기를 보았다. 인생을 알만 한 나이, 마흔 중반에 나는 조금씩 포기하는 버릇이 생겨났다. 나이의 갑옷 뒤에 숨어서 자꾸 변명하고 있었다.

한쪽 좌석에 허약해 보이는 한 노인이 싱싱한 꽃다발을 들고 앉아 있었다. 그런데 통로 맞은편 자리에 앉아 있던 젊은 처녀가 자꾸만 노인의 꽃다발에 눈길을 주는 것이었다. 노인이 내릴 때가 됐다. 별안간 노인은 소녀의 무릎 위로 꽃다발을 들이밀었다. "꽃이 마음에 드는 모양이야. 아가씨가 이 꽃을 가진 걸 알면 우리 집사람이 좋아할 거야. 집사람한테 꽃을 아가씨에게 주었다고 하지." 꽃을 받아든 소녀는, 버스에서 내려 작은 공동묘지의 입구로 걸어 들어가는 노인을 바라보고 있었다.

《영혼을 위한 닭고기 스프》 중에서

나 스스로 마지막이라고 생각하는 지점까지 견디다보니 어디선가 지혜도 생겨나고 도와주는 사람들도 나타났다. 아내의 무덤에 바칠 꽃이었지만 그 꽃을 간절하게 원하는 소녀에게 주고 나니 새로운 용기가 생겼다. 빈손으로 무덤으로 걸어가는 노인처럼 마음은 청춘이 됐다. 마흔 중반 아름다운 장미꽃을 스페인 마드리드에 바치고 홀연히 서울로 날아왔다. 마흔 중반의 비겁함, 나태함을 모두 스페인에 두고 날아왔다.

나는 오늘도 끊임없이 '진실의 순간'을 맞이하고 있다. 투우사처럼 살벌한 모래판 위에서 내 인생의 칼을 물레토(희망)에 숨기고 호시탐탐 황소의 목(꿈)을 겨누고 있다. 성급하게 칼을 찔렀다가 무너지기를 반복하고 있다. 그러나 나는 투우장에서 벗어나지 않을 것이다. 죽는 날까지 나의 삶을 살아갈 것이다. 스페인의 모험은 내 나이 쉰에 무모한 글쓰기 도전으로 이끌었으며 쉰아홉에 800킬로미터 스페인 산티아고 순례길과 페루 마추픽추 정통 잉카 트레일에 나서게 만들었다.

청춘이 펄떡이던 시절 그렇게 두려워했던 군대도 막상 가보니 별것 아니었듯이 세상이 허무하고, 가슴이 허전하고, 청춘이 그립고, 자유가 간절할 때 외면하지 말고 지금 당장 가슴이 이끄는 방향으로 걸어가기를 원했다. 하고 싶은 일을 하기에, 미루어놓은 꿈을 실천할 수 없을 만큼 인생이 짧은 것은 아니었다. 매일 도전하는 삶은 멀리 있지 않고 항상 나의 숨결처럼 곁에 있음을 잊고 있었을 뿐이다.

껍질이 다 벗겨진 손으로 돌을 들어 올리는 가우디처럼, 세상의 끝에서 신대륙을 향해 날아간 콜럼버스처럼, 끊임없이 이상을 향해 돌진한 돈키호테처럼 나의 꿈을 향해 살아가고 싶었다. 한 번밖에 주어지지 않는 내 인생의 주인으로서 당당하게 시간의 고삐를 잡고 인생의 밀림을 달릴 것이다.

44살에 다시 스페인 유학이라는 꿈을 품었기에

50살에 무모한 글쓰기에 도전할 수 있었고

59살에 산티아고 순례길 800킬로미터와

3,000미터 고봉의 마추픽추 잉카 트레일에 도전할 수 있었고,

70살에도 세계의 도시를 탐험할 꿈을 품고,

80살에도 세계의 사람들을 만나고,

100살에도 세계의 하늘을 날아다닐 것이다.